Le Livre de Poche
Jeunesse

Mort sur le Nil

Agatha Christie

Agatha Christie (1890 – 1976), l'une des gloires du roman policier britannique, est née d'un père américain et d'une mère anglaise. Elle signe ses livres du nom de son premier mari, même après son divorce et son remariage avec un archéologue dont elle partagera les travaux. Elle a inventé, dit-on, son premier « mystère » en 1920, pour éprouver la perspicacité de sa sœur, grande lectrice de romans policiers. À sa mort, elle laissera plus de cent romans et pièces de théâtre : trois cents millions d'exemplaires en cent langues différentes – sans compter quelques histoires sentimentales publiées sous un pseudonyme.

Du même auteur :

- Ils étaient dix
- Le meurtre de Roger Ackroyd
- Le crime de l'Orient-Express
- Un cadavre dans la bibliothèque
- Le train bleu
- ABC contre Poirot
- Cinq petits cochons
- Les vacances d'Hercule Poirot

AGATHA CHRISTIE

Mort sur le Nil

Nouvelle traduction d'Élise Champon
et Robert Nobret

À Sybil Burnett,
qui elle aussi adore vagabonder de par le monde.

1

— Tiens donc, mais c'est Linnet Ridgeway !

— Hé oui, c'est bien elle ! s'émut Mr Burnaby, l'aubergiste des *Three Crowns*.

Du coude, il écarta son compagnon.

Bouche bée et les yeux ronds, les deux hommes s'en mettaient plein la vue.

Une immense Rolls-Royce rouge vif venait de piler devant le bureau de poste local.

Nue tête, vêtue d'une robe qui avait l'air toute simple – mais qui en *avait l'air* seulement –, une fille avait sauté de la voiture. Une fille blonde comme les blés, au visage régulier, à la silhouette parfaite... une fille qui ne semblait pas du genre à se laisser marcher sur les pieds... une fille comme on n'en voyait guère à Malton-under-Wode.

D'un pas de grenadier, elle s'engouffra dans le bureau de poste.

— C'est bien elle, répéta Mr Burnaby. (Puis plus bas, avec une nuance de respect :) Des millions, qu'elle possède... Et à ce qu'il paraît qu'elle va claquer des mille et des cents à refaire la baraque. Ce sera des piscines en veux-tu en voilà, des jardins à l'italienne, une salle de bal... et la moitié du manoir qu'on va démolir et reconstruire !

— Tout ça, ça va apporter de l'argent à la commune, commenta son compère.

C'était un petit homme chétif, qui ne payait pas de mine. Il avait le ton geignard et rancunier.

— Sûr que c'est une aubaine pour Malton-under-Wode, reconnut Mr Burnaby. Une aubaine ou je ne m'y connais pas.

Il se frotta les mains.

— Ça va relancer l'activité, ajouta-t-il avec emphase.

— Oui, et nous changer de sir George ! fit l'autre.

— Lui, c'est les chevaux qui l'ont mis sur la paille, compatit Mr Burnaby. Il n'a jamais eu de veine.

— Il en a tiré combien, du domaine ?

— Soixante mille livres au bas mot, d'après ce que je me suis laissé dire.

Le gringalet siffla entre ses dents.

Quant à Mr Burnaby, il poursuivit sur un ton triomphant :

— Et à ce qui paraît que quand tout sera terminé, elle en aura dépensé soixante mille de plus !

— Fichtre ! Ça lui vient d'où, tout cet argent ?

— D'Amérique, à ce qu'on raconte. Sa mère était la fille unique d'un de ces types cousus de milliards. On se croirait au cinéma, pas vrai ?

La jeune femme sortit du bureau de poste et remonta dans sa voiture.

Le gringalet suivit la Rolls des yeux.

— Je trouve pas ça normal, qu'elle ait une telle allure ! L'argent plus la beauté, c'est trop pour une seule bonne femme. Quand une fille est riche à ce point-là, elle devrait pas avoir le droit d'être belle plante par-dessus le marché. Et elle *est* belle plante. Cette fille-là, elle a tout. Y a pas de justice.

*

Extrait des potins mondains du *Daily Blague* :
Parmi les soupeurs de Chez ma Tante, *j'ai noté la présence de la belle Linnet Ridgeway. Elle était en compagnie de l'Honorable Joanna Southwood, de lord Windlesham et de Mr Toby Price. Miss Ridgeway, comme chacun sait, est la fille de Melhuish Ridgeway, qui a épousé Anna Hartz. Elle vient d'hériter de son grand-père, Leopold Hartz, une fortune colossale. La ravissante Linnet est la coqueluche du moment et le bruit court que ses fiançailles seraient prochainement annoncées. Ce qu'il y a de sûr, c'est que lord Windlesham semble* very much in love.

*

11

— Ma chérie, je crois que ce sera tout simplement *sublime* ! s'écria Joanna Southwood.

Elle était à Wode Hall, dans la chambre à coucher de Linnet Ridgeway.

Par la fenêtre, au-delà des jardins, on apercevait les bois qui dessinaient des ombres bleues sur la campagne.

— C'est assez réussi, non ? dit Linnet.

Elle s'accouda sur l'appui de la fenêtre. Elle respirait l'enthousiasme, la joie de vivre, le dynamisme. À côté d'elle, Joanna Southwood paraissait presque un peu terne. Grande et mince, c'était une jeune femme de vingt-sept ans, au long visage intelligent, et aux sourcils bizarrement épilés.

— Et tu as fait tout ça en si peu de temps ! Tu as eu une armée d'architectes ou quoi ?

— J'en ai eu trois.

— À quoi ressemble un architecte ? Je crois bien que je n'en ai jamais vu.

— Ils ont été très bien. Mais ils manquent parfois de sens pratique.

— Tu as dû les remettre au pas en vitesse, ma chérie. Plus *pratique* que toi, ça n'existe pas.

Joanna cueillit un collier de perles sur la coiffeuse.

— Ce sont des vraies, non ?

— Bien sûr !

— « Bien sûr » pour toi, ma chérie. Mais ce ne serait pas le cas pour tout le monde. Des perles de culture, oui, ou même du bazar du coin ! Elles sont

12

renversantes, et si merveilleusement assorties... Elles doivent valoir une *fortune* !

— Tu trouves ça de mauvais goût ?

— Non, pas du tout ! C'est une merveille. Il vaut combien, ce collier ?

— Environ cinquante mille livres.

— Le genre de somme qui fait rêver ! Tu n'as pas peur qu'on te le vole ?

— Non, il ne me quitte jamais ; et de toute façon, il est assuré.

— Prête-le-moi jusqu'au dîner, tu veux bien, ma chérie ? Ça me ferait tellement plaisir.

Linnet se mit à rire.

— Bien sûr, si ça t'amuse.

— Tu sais, Linnet, je t'envie. C'est bien simple, tu as *tout*. À vingt ans, te voilà indépendante, tu as tout l'argent que tu veux, tu es belle, tu es en parfaite santé... Et tu as de la cervelle à revendre par-dessus le marché. Tu les auras quand, tes vingt et un ans ?

— En juin prochain. Je donnerai une réception monstre à Londres pour fêter ma majorité.

— Et ensuite tu vas épouser Charles Windlesham ? Ces horribles échotiers en frémissent de la plume. Il faut dire qu'il est en adoration.

Linnet haussa les épaules.

— Je n'en sais rien. Je ne tiens pas à épouser qui que ce soit pour l'instant.

— Chérie, comme tu as raison ! Ce n'est jamais

tout à fait la même chose après, n'est-ce pas ? Le téléphone sonna. Linnet alla répondre.

— Allô ? Allô ?

C'était le maître d'hôtel.

— Mlle de Bellefort est en ligne, miss. Dois-je vous la passer ?

— Bellefort ? Oh bien sûr, oui, passez-la-moi.

Il y eut un déclic.

— Allô ? miss Ridgeway ? fit une voix douce et animée, légèrement essoufflée. *Linnet ?*

— *Jackie, ma chérie !* Cela fait des *siècles* que tu ne m'as pas donné de tes nouvelles !

— Je sais. C'est affreux, Linnet, je meurs d'envie de te voir.

— Chérie, pourquoi ne viens-tu pas ici ? C'est mon nouveau jouet. J'adorerais te le montrer.

— C'est bien ce que je comptais faire.

— Alors, saute dans un train ou dans une voiture !

— Entendu. J'ai un cabriolet complètement déglingué. Je l'ai payé quinze livres, et il y a des jours où il roule très bien. Mais il a aussi ses humeurs. Si je ne suis pas arrivée à l'heure du thé, tu sauras qu'il aura fait un caprice. À tout à l'heure, ma chérie.

Linnet raccrocha et revint vers Joanna.

— C'était Jacqueline de Bellefort, ma plus vieille amie. Nous étions ensemble dans un pensionnat religieux à Paris. Elle n'a pas eu de chance. Son père était un comte français et sa mère une Américaine, une Sudiste. Son père a levé le pied avec une autre

14

femme, et sa mère a tout perdu dans le krach de Wall Street. Jackie est restée sans le sou. Je ne sais pas comment elle s'est débrouillée ces deux dernières années.

Joanna faisait briller ses ongles rouge sang avec le polissoir de son amie. Elle prit du recul et pencha la tête pour juger de l'effet.

— Chérie... tu ne trouves pas ça assommant ? Moi, quand mes amies ont des ennuis, je les laisse tomber *illico*. Ça peut paraître cruel, mais ça évite tellement de complications par la suite. Elles veulent tout le temps t'emprunter de l'argent, ou alors elles ouvrent une boutique de mode et tu es obligée de leur acheter des robes à hurler. Ou encore, elles se mettent à peindre des abat-jour ou à fabriquer des foulards en batik.

— Alors, si demain je perds tout mon argent, tu me laisseras tomber ?

— Oui, ma chérie. Tu ne pourras pas dire que je ne t'ai pas prévenue. Je n'aime que les gens qui réussissent. D'ailleurs, c'est vrai de presque tout le monde, sauf qu'il n'en est pas beaucoup qui soient prêts à l'admettre. Ils te diront que, décidément, il n'est plus possible de fréquenter Mary, ou Emily, ou Pamela. « Ses malheurs l'ont rendue si *amère*, si bizarre, la pauvre chérie ! »

— Ce que tu peux être brutale, Joanna !

— Je suis une arriviste forcenée, comme tout le monde.

— *Moi*, je ne suis pas comme ça.

— Pour une raison évidente. Pas besoin de se montrer ignoble quand des fondés de pouvoir américains – beaux gosses et dans la force de l'âge, ce qui ne gâte rien – vous versent une confortable pension tous les trois mois.

— Et tu te trompes à propos de Jackie, dit Linnet. Ce n'est pas une sangsue. Je lui ai offert de l'aider mais elle a refusé. Elle est fière comme pas deux.

— Alors pourquoi est-elle si pressée de venir ? Je te parie qu'elle veut quelque chose. On va bien voir.

— Elle avait l'air un peu survoltée, reconnut Linnet. Elle prend tout tellement à cœur. Un jour, elle a donné un coup de couteau à quelqu'un !

— Chérie, mais c'est fascinant !

— Un type était en train d'agacer un chien. Jackie a essayé de l'en empêcher. Il n'a rien voulu savoir Elle l'a empoigné pour le secouer, mais il était beaucoup plus fort qu'elle, si bien qu'elle a fini par sortir son couteau de poche et par le lui planter Dieu sait où. Ils se sont battus comme des chiffonniers.

— Je m'en doute. Quelle horreur !

La femme de chambre de Linnet entra. Elle murmura quelques mots d'excuse, sortit une robe de la penderie et l'emporta.

— Qu'arrive-t-il à Mary ? demanda Joanna. Elle a pleuré ?

— La pauvre petite ! Je t'ai dit qu'elle devait épouser un homme qui travaille en Égypte. Comme elle ne savait pas grand-chose sur son compte, j'ai voulu prendre des renseignements. Et on a découvert qu'il avait déjà une femme... et trois enfants !

— Quelle quantité d'ennemis tu dois te faire, Linnet !

— Des ennemis ? fit Linnet, ahurie.

Joanna hocha la tête et prit une cigarette.

— Eh oui, des ennemis, mon ange ! Tu es d'une efficacité dévastatrice. Et tu possèdes l'art insupportable de faire toujours ce qu'il convient de faire... et au bon moment par-dessus le marché !

Linnet éclata de rire.

— Qu'est-ce que tu me racontes ? Je n'ai pas un ennemi sur terre.

*

Assis sous un cèdre, lord Windlesham admirait les gracieuses proportions de Wode Hall. Rien n'en gâchait l'antique beauté. Nouveaux bâtiments et annexes étaient hors de vue derrière la maison. C'était un spectacle à la fois paisible et enchanteur, tout baigné par le soleil d'automne. Cependant, ce qui se dessinait devant ses yeux cessait progressivement d'être Wode Hall. À la place, il voyait une demeure élisabéthaine plus impressionnante, un parc immense, une toile de fond plus austère... Charlonbury, le domaine de ses ancêtres. Et au premier plan, une femme aux cheveux d'or, à l'expression vive et confiante... Il voyait Linnet, en maîtresse de Charltonbury !

Il se sentait plein d'espoir. Cette fin de non-recevoir n'avait rien de définitif. Elle avait besoin d'un temps de réflexion. Bah ! il pouvait se permettre d'attendre un peu. Comme tout s'arrangeait bien ! Il était certes souhaitable qu'il fasse un mariage d'argent, mais pas au point d'en négliger ses sentiments. Or il aimait Linnet. Même sans dot, il l'aurait préférée à l'une des filles les plus riches d'Angleterre. Il se trouvait simplement que, par bonheur, elle était *aussi* une des filles les plus riches d'Angleterre.

Dans sa tête, il échafaudait de mirifiques plans d'avenir : redorer son blason, restaurer l'aile ouest, et plus besoin de louer les chasses d'Écosse à des parvenus...

Charles Windlesham rêvassait au soleil.

*

Il était 4 heures de l'après-midi quand un cabriolet bringuebalant s'arrêta devant la maison dans un crissement de gravier. Une jeune fille en jaillit, petite et svelte sous sa tignasse noire. Elle escalada le perron en trois bonds et fit sonner la cloche à toute volée.

Quelques instants plus tard, elle était introduite dans le grand salon par un maître d'hôtel aux airs d'ecclésiastique qui annonça avec l'intonation sépulcrale de rigueur :

— Mlle de Bellefort.

— Linnet !

— Jackie !

Un peu à l'écart, Windlesham regardait non sans bienveillance cette créature impétueuse se jeter dans ses bras de Linnet.

— Lord Windlesham... Mlle de Bellefort, ma meilleure amie.

« Charmante, pensa-t-il. Pas vraiment jolie, mais très séduisante avec ses boucles noires et ses yeux immenses. »

Il murmura quelques riens polis et s'esquiva afin de laisser les deux amies ensemble.

Jacqueline attaqua bille en tête – dans le style dont Linnet se souvenait si bien.

— Windlesham ? Windlesham ? C'est l'homme avec lequel tous les journaux te marient ? Alors c'est vrai, Linnet ? Tu vas sauter le pas ?

— Peut-être, murmura Linnet.

— Chérie, comme je suis contente ! Il a l'air adorable.

— Oh, pas si vite ! Je n'ai encore rien décidé.

— Évidemment ! Les reines choisissent toujours le prince consort après mûres délibérations.

— Ne sois pas stupide, Jackie.

— Mais tu *es* une reine, Linnet ! Tu l'as toujours été. *Sa Majesté la Reine Linnet ! Linnet la blonde !* Et moi je suis la confidente de la reine ! Sa fidèle dame d'honneur.

— Tu en dis des bêtises, Jackie chérie ! Où étais-tu durant tout ce temps ? Tu avais disparu. Tu ne m'as jamais écrit.

— Je déteste écrire. Où j'étais ? Aux trois quarts noyée, chérie. Dans le BOULOT. Boulot sinistre avec des femmes sinistres.

— Jackie, je voudrais que tu...

— ... que j'accepte les libéralités de la reine ? Eh bien, pour être franche, c'est pour ça que je suis ici. Pas pour t'emprunter de l'argent. Je n'en suis pas encore là ! Mais j'ai une immense faveur à te demander.

— Je t'écoute.

— Si tu dois épouser ce Windlesham, tu comprendras peut-être.

Linnet sembla un instant perplexe, puis son visage s'éclaira :

— Jackie, tu ne veux pas dire que... ?

— Oui, ma chérie. *Je suis fiancée !*

— C'est donc ça ! Je te trouvais particulièrement rayonnante. Tu l'es toujours, bien sûr, mais aujourd'hui plus encore que d'habitude.

— Je me sens rayonner, comme tu dis.

— Qui est-ce ? Raconte !

— Il s'appelle Simon Doyle. Il est grand, et fort, et incroyablement gamin et naïf, et absolument irrésistible... Il est fauché comme les blés – pas un sou. C'est ce qu'il est convenu d'appeler un « hobereau » – mais un hobereau ruiné, fils cadet et tout le tremblement. Sa famille est originaire du Devon. Il adore la campagne et les choses de la campagne. Depuis cinq ans, il étouffe dans un bureau de la City. Mais on vient de licencier du monde et il se trouve au chômage. Linnet, si je ne l'épouse pas, j'en *mourrai*. J'en *mourrai* ! J'en *mourrai* !

— Ne sois pas ridicule !

— J'en mourrai, te dis-je. Je suis folle de lui. Il est fou de moi. Nous ne pouvons pas vivre l'un sans l'autre.

— Tu m'as l'air mordue, chérie.

— Je sais. C'est épouvantable, non ? Amour, quand tu nous tiens...

Elle se tut. Ses immenses yeux noirs prirent une expression tragique. Elle frissonna un peu.

— Ça... ça fait peur, quelquefois ! Simon et moi sommes faits l'un pour l'autre. Je n'aimerai jamais personne d'autre. Et tu *dois* nous aider, Linnet. Quand j'ai appris que tu avais acheté ce manoir, ça m'a donné une idée. Écoute, tu vas avoir besoin d'un régisseur, peut-être même de deux. Je voudrais que tu donnes la place à Simon.

— Oh ! s'exclama Linnet, saisie.

Jacqueline se hâta de poursuivre :

— Il connaît ce travail sur le bout des doigts. Il sait ce qu'est un domaine, c'est là qu'il a grandi. Il a aussi l'expérience des affaires. Oh, Linnet ! Tu vas lui donner ce travail, n'est-ce pas ? pour l'amour de moi ! S'il ne se montre pas à la hauteur, tu le flanqueras dehors. Mais il réussira. Nous pourrons vivre dans un cottage, et je te verrai souvent, et il fera une merveille de ton parc, et...

Elle se leva.

— Dis que tu acceptes, Linnet. Dis-le. Ma divine Linnet ! Ma Linnet aux cheveux d'or ! Ma seule et unique Linnet ! Dis que tu acceptes !

— Jackie...

— Tu acceptes ?

Linnet éclata de rire.

— Idiote chérie ! Amène-moi ce garçon, que je voie de quoi il a l'air, et nous en reparlerons ensuite.

Jackie se précipita et couvrit son amie de baisers.

— *Linnet chérie...* tu es une véritable amie ! J'en étais sûre. Tu ne m'aurais jamais laissée tomber. Tu es la plus chic fille au monde. Je te quitte. Au revoir.

— Mais, Jackie, tu vas *rester*.

— Moi ? Pas question ! Je rentre à Londres et je reviens demain avec Simon, histoire de mettre tout ça au point. Tu vas l'adorer. C'est un *chou*.

— Tu ne veux pas prendre au moins une tasse de thé ?

— Pas le temps. Je suis trop survoltée. Il faut que je coure tout raconter à Simon. Je sais, je suis piquée, chérie, mais je n'y peux rien. Le mariage me guérira sans doute... Ça semble avoir un effet lénifiant sur pas mal de gens.

Arrivée à la porte, elle s'arrêta un instant et revint

en courant poser un rapide et dernier baiser sur la joue de son amie.

— Linnet chérie, des comme toi, on n'en fait plus.

*

M. Gaston Blondin, patron de *Chez ma Tante*, le bistrot qui faisait courir le Tout-Londres, n'était pas homme à accorder inconsidérément ses faveurs. Les riches, les beaux, les célèbres et les bien-nés pouvaient attendre en vain un privilège ou une attention particulière. En de rares occasions cependant, M. Blondin condescendait à accueillir courtoisement l'un d'eux, à l'accompagner à une table bien placée et à échanger avec lui quelques remarques pertinentes.

Ce soir-là, M. Blondin avait usé à trois reprises de cette prérogative seigneuriale : pour une duchesse, pour un pair du royaume, amateur de chevaux de courses et pour un bout d'homme à la mine assez grotesque et à l'invraisemblable moustache noire dont personne n'aurait été imaginer que la seule présence pouvait en quoi que ce soit rehausser l'éclat des lieux.

Quoi qu'il en soit, M. Blondin le traitait avec une écœurante flagornerie. Bien qu'on expliquât depuis une demi-heure aux clients qu'aucune table n'était disponible, il s'en était mystérieusement découvert une dans un endroit particulièrement bien placé.

M. Blondin y conduisit son client avec un empressement évident.

— Mais bien sûr, pour *vous*, il y a *toujours* une table, monsieur Poirot. Que ne donnerais-je pour que vous nous fassiez cet honneur plus souvent !

Hercule Poirot sourit : il se remémorait des circonstances pas si lointaines où un cadavre, un serveur, M. Blondin et une très jolie femme avaient chacun joué leur rôle.

— Vous êtes trop aimable, monsieur Blondin.

— Vous êtes seul, monsieur Poirot ?

— Seul.

— En ce cas, Jules va composer pour vous un balthazar intime qui sera un poème... un vrai poème. Les femmes – si charmantes soient-elles – ont un vilain défaut : elles vous détournent l'esprit de la nourriture. Vous allez apprécier votre repas, monsieur Poirot, je vous le promets. Quant au vin...

Une discussion technique s'ensuivit à laquelle Jules, le maître d'hôtel, prêta son concours.

Avant de s'éloigner, M. Blondin s'attarda un instant, baissa la voix et demanda sur le ton de la confidence :

— Vous êtes sur de grosses affaires ?

Poirot secoua la tête.

— Je mène, hélas, une existence oisive, répondit-il. J'ai un peu mis de côté dans le temps, ce qui me donne les moyens de dormir sur mes lauriers.

— Comme je vous envie !

— Non, non, vous auriez tort. Je vous assure que ce n'est pas aussi amusant qu'il y paraît. (Il poussa un soupir.) On dit parfois que l'homme a été obligé d'inventer le travail pour éviter de penser, et c'est bien vrai.

— Mais on peut faire tant de choses ! On peut voyager !

— Oui, on peut voyager... Jusqu'ici, je ne m'en suis pas privé. Cet hiver, j'irai sans doute en Égypte. Le climat est merveilleux à cette saison, paraît-il. On échappe ainsi au brouillard, à la grisaille, à la monotonie de cette sempiternelle pluie.

— Ah ! l'Égypte..., soupira M. Blondin.

— On peut faire tout le trajet en train, maintenant, et éviter ainsi la mer, mis à part la Manche, bien entendu.

— Ah ! La mer... elle ne vous réussit pas ?

Poirot secoua la tête et frissonna quelque peu.

— Moi non plus, compatit M. Blondin. C'est drôle, cet effet qu'elle a sur l'estomac.

— Mais seulement sur certains ! Il y a des gens que le roulis ne gêne en rien. Ils adorent même ça.

— Encore une injustice du Bon Dieu, gémit M. Blondin.

Il secoua tristement la tête et, ruminant ces pensées impies, se retira.

Des serveurs au pied léger et à la main adroite s'affairèrent à la table de Poirot. Toasts, beurre, seau à glace, ils apportaient tous les à-côtés d'un repas de qualité.

L'orchestre nègre éclata dans un délire de sons étranges et discordants. Londres dansait.

Hercule Poirot regardait le spectacle et enregistrait ses impressions dans son cerveau clair et bien ordonné.

Quel ennui, quelle fatigue sur la plupart de ces visages ! Quelques hommes au solide embonpoint paraissaient s'amuser cependant, tandis qu'une morne endurance se lisait sur le visage de leurs partenaires. La grosse dondon en rouge avait l'air radieux. Sans doute la graisse offrait-elle des compensations... un piment... une sorte d'appétit de vivre inconnu de ces gens aux formes un peu plus à la mode.

Des représentants de la jeune génération évoluaient çà et là – certains le regard vide, d'autres l'air de s'ennuyer, d'autres encore carrément malheureux. Quelle absurdité que de vouloir faire de la jeunesse l'âge du bonheur ! La jeunesse... l'âge de toutes les vulnérabilités.

Le regard de Poirot s'adoucit en se posant sur un couple. Un couple particulièrement bien assorti – l'homme, grand et bien découplé, la femme, svelte et délicate. Deux corps qui se mouvaient au rythme du bonheur. Bonheur d'être là, d'y être en cet instant, d'y être l'un à l'autre.

La musique cessa brusquement. On battit des

mains et elle reprit. Après un second bis, le couple rejoignit sa table, non loin de Poirot. La jeune fille avait le visage en feu et elle riait. Comme elle s'asseyait en levant les yeux vers son compagnon, Poirot put la détailler tout à son aise.

Outre le rire, il y avait quelque chose d'autre dans ses yeux. Hercule Poirot secoua la tête, d'un air de doute. « Elle l'aime trop, cette petite, songea-t-il. C'est dangereux. Oui, c'est dangereux. »

Un mot soudain retint son attention : « Égypte ».

Leurs voix lui parvenaient clairement. Celle de la fille, jeune, fraîche, sûre d'elle, avec juste une pointe d'accent étranger dans la prononciation du « r » – et celle de l'homme, basse, agréable, celle d'un Anglais bien élevé.

— Je ne vends pas la peau de l'ours, Simon. Je te l'ai dit, Linnet ne nous laissera pas tomber.

— Mais si *moi*, je la laisse tomber ?

— Ce serait idiot. C'est le travail rêvé pour toi.

— En fait, je le crois aussi... tout comme je crois être à la hauteur. Et j'ai bien l'intention de faire de mon mieux... parce que je t'aime.

La jeune fille eut un petit rire – un rire de pur bonheur.

— Nous attendrons trois mois, histoire d'être sûrs que tu ne te feras pas flanquer dehors... et puis alors...

— Alors je te doterai de tous mes biens terrestres... J'ai bien pigé, non ?

— Et, comme je me tue à te le dire, nous irons

27

passer notre lune de miel en Égypte. Au diable l'avarice ! Toute ma vie j'ai rêvé d'aller en Égypte. Le Nil, les pyramides, le sable...

— Nous irons ensemble, Jackie. Ensemble..., dit l'homme d'une voix presque indistincte. Ce ne sera pas merveilleux ?

— Je me pose des questions... Est-ce que ce sera aussi merveilleux pour toi que pour moi ? Est-ce que tu m'aimes vraiment... autant que je t'aime ?

Sa voix s'était faite soudain plus aiguë. Ses yeux s'étaient dilatés, comme sous l'effet de la terreur.

La réponse fusa, tranchante :

— Ne sois pas ridicule, tu veux ?

— Je me pose des questions..., répéta-t-elle.

Puis elle haussa les épaules :

— Allons danser.

« L'une qui aime... et l'autre qui se laisser aimer, murmura Poirot dans son coin. Oui, moi aussi, je me pose des questions. »

*

— Et si c'était un type odieux ? demanda Joanna.

— Oh, sûrement pas ! Je me fie au goût de Jackie !

— On dit que l'amour est aveugle, murmura Joanna.

Agacée, Linnet changea de sujet.

— Il faut que j'aille voir Mr Pierce à propos de ces plans.

— Quels plans ?

— Il s'agit de quelques horribles vieux cottages insalubres. Je vais les faire démolir et reloger les occupants.

— Ce que tu peux être salubre et humanitaire, quand tu t'y mets !

— Ils auraient de toute façon été obligés de déménager. Leurs fenêtres donnent juste sur ma nouvelle piscine.

— Et ces gens sont d'accord pour s'en aller ?

— La plupart sont enchantés. Sauf un ou deux qui se montrent plutôt obtus... c'est d'ailleurs assommant. Ils ne se rendent pas compte qu'ils auront des conditions de vie bien meilleures.

— Mais je suppose que tu vas leur imposer ta loi ?

— Ma chère Joanna, c'est tout à leur avantage.

— Oui, ma chérie, j'en suis sûre. Avantage forcé... comme les travaux du même nom.

Linnet fronça les sourcils. Et Joanna se mit à rire.

— Allons, tu es un tyran, avoue-le. Un tyran bienfaiteur, si tu veux, mais un tyran.

— Je ne suis pas le moins du monde un tyran !

— Mais tu aimes bien n'en faire qu'à ta tête.

— Pas spécialement.

— Linnet Ridgeway, regarde-moi en face et dis-moi s'il est arrivé *une seule fois* que tu n'aies pas fait exactement ce que tu voulais ?

— Mais des tas de fois !

— Oh ! oui, « des tas de fois », mais pas d'exemple concret. Et tu auras beau te creuser la cervelle, tu n'en trouveras pas un seul, ma chérie. La marche triomphale de Linnet Ridgeway dans son carrosse doré...

— Tu penses que je suis égoïste ? s'insurgea Linnet.

— Non, simplement... irrésistible. C'est l'effet combiné du charme et de l'argent. Tout plie devant toi. Ce que tu ne peux acheter avec de l'argent, tu l'achètes avec un sourire. Résultat : Linnet Ridgeway, la Fille qui a Tout.

— C'est ridicule, Joanna.

— Ma foi, est-ce que tu n'as pas tout ?

— Si, peut-être... mais dit comme ça, ça a quelque chose de dégoûtant.

— Mais bien sûr que c'est dégoûtant, chérie ! Petit à petit, tu vas devenir blasée, tu vas t'ennuyer... En attendant, profite de ta marche triomphale dans ton carrosse doré. Je me demande seulement ce qui se passera le jour où tu voudras emprunter une rue marquée « sens interdit ».

— Ne sois pas stupide, Joanna ! Ah, Charles ! lança Linnet à lord Windlesham qui arrivait. Joanna est en train de me dire les pires méchancetés.

— Pure malveillance de ma part, pure malveillance, ma chérie, murmura Joanna en se levant.

Elle les quitta sans un mot d'excuse. Elle avait vu une lueur briller dans l'œil de Windlesham.

Celui-ci resta silencieux un moment. Puis il alla droit au but :

— Linnet, vous avez pris une décision ?

— Est-ce que je suis cruelle ? répondit lentement Linnet. Il me semble pourtant bien que si je ne suis pas sûre de moi, je devrais dire « non ».

— Ne le dites pas, l'interrompit-il. Prenez votre temps, tout le temps que vous voudrez. Mais je suis convaincu que nous serions heureux ensemble.

— Vous comprenez, reprit Linnet d'un ton d'excuse et presque enfantin, je m'amuse tellement... (Elle balaya l'air de la main :) Surtout avec tout ça. Je voulais faire de Wode Hall la maison de campagne de mes rêves, et je crois que je n'ai pas commis trop d'erreurs, qu'en pensez-vous ?

— C'est magnifique. Magnifiquement conçu. Tout est parfait. Vous êtes très douée, Linnet.

Il s'interrompit un instant avant de poursuivre :

— Mais vous aimez aussi Charltonbury, n'est-ce pas ? Bien sûr, le château a besoin d'être modernisé, mais vous faites si bien ce genre de choses. Vous adorez ça.

— Oh, oui ! Charltonbury est sublime !

Elle avait répondu tout de suite avec enthousiasme, mais elle avait ressenti un froid soudain. Une note discordante avait retenti qui troublait la parfaite harmonie de son existence. Sur l'instant, elle n'y prêta pas attention, mais plus tard, lorsque Windlesham fut parti, elle s'efforça de sonder les recoins de son âme.

Charltonbury. Oui, c'était cela... Elle n'avait pas apprécié la mention de Charltonbury. Mais pourquoi ? Charltonbury, ce n'était pas rien. Les ancêtres de Windlesham le possédaient depuis l'époque d'Élisabeth 1re. Devenir la châtelaine de Charltonbury, c'était s'élever au premier rang de la société. Et Windlesham était un des plus beaux partis d'Angleterre.

Évidemment, comment aurait-il pris Wode au sérieux ? Il ne pouvait être question de le comparer à Charltonbury.

Oui, mais Wode était à *elle* ! Elle l'avait choisi, acheté, reconstruit. Pour lui, elle avait dépensé sans compter. C'était sa propriété – son royaume.

Quoi qu'il en soit, tout cela ne compterait plus si elle épousait Windlesham : que feraient-ils de deux résidences de campagne ? Et des deux, c'était Wode Hall qui serait sacrifié.

Elle, Linnet Ridgeway, n'existerait plus. Elle serait la comtesse de Windlesham, qui aurait apporté une belle dot à Charltonbury et à son maître. Elle ne serait plus reine, mais princesse consort.

« Je suis ridicule », se dit-elle.

Curieux cependant à quel point l'idée d'abandonner Wode Hall lui faisait horreur.

Et n'y avait-il pas encore autre chose qui la poursuivait ?

Oui, la voix de Jackie, l'étrange ton tremblé sur lequel elle avait dit : « Si je ne l'épouse pas, j'en *mourrai* ! J'en *mourrai* ! J'en *mourrai* ! »

Elle était si affirmative, si grave... Est-ce qu'elle, Linnet, éprouvait de pareils sentiments envers Windlesham ? Certainement pas. Peut-être ne les éprouverait-elle jamais pour personne. Cela devait pourtant être merveilleux d'éprouver ça...

Le bruit d'un moteur de voiture lui parvint par la fenêtre ouverte.

Elle se secoua. C'était sans doute Jackie et son fiancé. Il fallait qu'elle aille à leur rencontre.

Elle était sur le perron quand Jacqueline et Simon Doyle mirent pied à terre.

— Linnet ! s'écria Jackie en s'élançant vers elle. Je te présente Simon ! Simon... voici Linnet. La fille la plus merveilleuse du monde.

Simon était un grand gaillard aux larges épaules, aux yeux bleu foncé, aux cheveux noirs et bouclés, au menton carré et au sourire juvénile, ouvert, séduisant...

Linnet lui tendit la main. Celle de Simon était ferme et chaude... Et la façon dont il la regarda, avec une sincère admiration, lui plut.

Jackie lui avait dit qu'elle était merveilleuse, et visiblement il la trouvait merveilleuse...

Une douce griserie l'envahit.

— Comme je suis heureuse ! s'exclama-t-elle. Entrez, Simon que je puisse souhaiter la bienvenue à mon nouveau régisseur comme il convient.

Et tout en lui montrant le chemin, elle se dit :

« Je suis terriblement... terriblement heureuse. Le fiancé de Jackie me plaît... il me plaît énormément... »

Elle eut un soudain pincement au cœur : « Quelle veinarde, cette Jackie... »

*

Renversé dans son fauteuil d'osier, Tim Allerton contemplait la mer en bâillant. Il jeta un rapide coup d'œil de côté à sa mère.

Mrs Allerton était une belle femme d'une cinquantaine d'années, aux cheveux de neige. Le pli sévère qui marquait sa bouche chaque fois qu'elle regardait son fils ne faisait que masquer une tendresse profonde. Même les plus parfaits étrangers ne s'y trompaient pas, et Tim lui non plus n'en ignorait rien. Il demanda :

— Vous aimez vraiment Majorque, mère ?

— Bof..., réfléchit-elle. C'est... c'est bon marché.

— Et froid, ajouta Tim avec un léger frisson.

C'était un jeune homme grand et mince, aux cheveux noirs et à la poitrine étroite. Sa bouche exprimait la douceur, ses yeux étaient tristes et son menton un peu mou. Il avait de longues mains fines.

Menacé de tuberculose quelques années auparavant, il n'avait jamais été de constitution robuste. Il était censé « écrire », mais parmi ses amis, il était entendu que toute question relative à sa production littéraire était à bannir.

— À quoi penses-tu, Tim ? demanda Mrs Allerton, toujours sur le qui-vive.

Ses grands yeux noirs et brillants avaient une expression soupçonneuse.

Tim Allerton lui sourit.

— Je pensais à l'Égypte.

— À l'Égypte ? répéta Mrs Allerton, dubitative.

— De la vraie chaleur. Du sable doré où paresser. Le Nil... J'aimerais beaucoup remonter le Nil. Pas vous ?

— Oh ! j'*adorerais* ça, répondit-elle. Mais l'Égypte est très chère, mon petit. Ce n'est pas une destination pour les gens qui sont obligés de compter.

Tim se mit à rire. Il se leva et s'étira. Soudain, il s'anima et déclara avec vivacité :

— Je me charge des frais ! Oui, ma chère mère, j'ai boursicoté. Et le résultat est très satisfaisant. Je l'ai appris ce matin.

— Ce matin ? Tu n'as eu qu'une lettre et c'était...

Elle s'arrêta et se mordit la lèvre.

Tim semblait balancer entre l'amusement et l'irritation. L'amusement l'emporta.

— C'était une lettre de Joanna ! Très juste, mère. Vous êtes la reine des détectives ! À côté de vous, Hercule Poirot n'aurait qu'à bien se tenir !

Mrs Allerton eut l'air plutôt fâchée.

— J'ai aperçu l'écriture par hasard...

— ... et ce n'était pas l'écriture d'un agent de change ? Très juste. En réalité, j'ai appris la nouvelle hier. Pauvre Joanna ! Son écriture est assez reconnaissable. On dirait des arabesques dessinées par une araignée en état d'ébriété.

— Que raconte-t-elle ? Rien de neuf ?

Mrs Allerton s'efforçait de paraître indifférente. L'amitié qui liait son fils à sa cousine, Joanna Southwood, l'avait toujours agacée. Non pas, comme elle se le répétait, qu'il y ait « quelque chose » entre eux. Tim n'avait jamais manifesté de sentiment amoureux envers Joanna, pas plus qu'elle envers lui. Leur complicité reposait sur un goût partagé pour les potins et sur de nombreuses relations communes. Tous les deux, ils aimaient les gens et parler des gens. Et Joanna avait un humour caustique très amusant.

Ce n'était donc pas parce qu'elle craignait que Tim ne tombe amoureux de Joanna qu'elle se raidissait toujours en sa présence, ou quand arrivaient ses lettres.

Non, il s'agissait d'autre chose, d'un sentiment difficile à définir. Une jalousie inconsciente, peut-être, devant le plaisir qu'ils prenaient en la compagnie l'un de l'autre. Tim et sa mère s'entendaient si bien qu'elle était toujours surprise de le voir s'intéresser à une autre femme. Elle se rendait bien compte aussi que sa présence dressait une barrière entre ces deux membres de la jeune génération. Il était souvent arrivé qu'en la voyant, alors qu'ils étaient plongés dans une conversation animée, ils se soient mis à parler avec hésitation, à se faire un devoir de l'inclure à tout prix dans leurs propos. Non, décidément, Mrs Allerton n'aimait pas Joanna Southwood. Elle la trouvait hypocrite, maniérée et on ne peut plus superficielle. Et elle avait beau faire, elle ne parvenait guère à dissimuler ses sentiments.

En réponse à sa question, Tim sortit la lettre de sa poche et la parcourut. Une longue lettre, remarqua sa mère.

— Elle ne raconte pas grand-chose, dit-il. Les Devenish divorcent. Le vieux Monty s'est fait arrêter pour ivresse au volant. Windlesham est parti pour le Canada. Il semble avoir très mal pris que Linnet Ridgeway le laisse tomber. Elle est décidée à épouser son régisseur.

— C'est incroyable ! Est-ce que c'est un individu atroce ?

— Mais non, pas du tout. C'est un Doyle, les Doyle du Devonshire. Sans le sou, bien sûr... et en fait, il était fiancé à l'une des meilleures amies de Linnet. Ça, c'est quand même un peu énorme.

— Je ne trouve pas ça bien du tout ! remarqua Mrs Allerton qui en avait rougi.

Tim lui jeta un regard plein d'affection.

— Je sais, mère. Vous désapprouvez qu'on chipe les conjoints des autres et autres crasses du même genre.

— De mon temps, nous avions des principes. Et c'était très bien ainsi. Aujourd'hui les jeunes gens ont l'air de penser qu'ils peuvent faire tout ce qui leur passe par la tête.

Tim sourit.

— Ils ne se contentent pas de le penser. Ils le font. Voir Linnet Ridgeway.

— Eh bien, je trouve ça abominable !

Tim lui adressa un clin d'œil.

— Allons, remettez-vous, vieille réactionnaire ! Au fond, je suis peut-être de votre avis. De toute façon, moi, je ne me suis encore jamais approprié la femme ou la fiancée de qui que ce soit.

— Je suis sûre que tu ne ferais jamais une chose pareille, dit Mrs Allerton qui ajouta avec énergie : je t'ai élevé convenablement !

— Le mérite vous en revient donc, et pas à moi !

Il lui adressa un sourire taquin et plia la lettre qu'il remit dans sa poche.

« Il me montre presque toutes ses lettres, se laissa aller à songer Mrs Allerton. Mais celles de Joanna, il ne m'en lit que des bribes. »

Elle chassa bien loin cette pensée mesquine et prit le parti, comme toujours, de se comporter en personne de bon ton.

— Joanna va bien ? Elle s'amuse ?

— Couci-couça. Elle projette d'ouvrir un salon de thé dans Mayfair.

— Elle se prétend toujours au bord de la ruine, grinça Mrs Allerton avec un brin de malveillance, mais on la voit partout et elle porte des vêtements qui valent une fortune. Elle est toujours à la pointe de la mode.

— Ma foi, dit Tim, c'est probablement parce qu'elle ne les paye pas... Non, mère, je ne veux pas dire par là les horreurs que votre esprit édouardien vous suggère. Je veux dire littéralement qu'elle ne règle pas ses factures.

Mrs Allerton soupira.

— Je n'ai jamais compris comment les gens s'arrangent pour faire ça sans problèmes !

— C'est un don, répondit Tim. Si vous avez des goûts extravagants et aucun sens de l'argent, n'importe qui vous accordera toujours un crédit illimité.

— Oui, mais vous finirez devant le tribunal pour banqueroute, comme ce pauvre sir George Wode.

— Vous avez toujours eu un faible pour ce vieux maquignon. Sans doute parce qu'il vous a comparée à une rose, en 1879, lors d'un bal.

— En 1879, je n'étais pas née ! s'emporta Mrs Allerton. Sir George a de charmantes manières et je ne te permets pas de le traiter de maquignon.

— Quelqu'un de bien informé m'en a raconté de drôles à son sujet.

— Joanna et toi, vous dites n'importe quoi sur les gens ; tout vous est bon, à condition que ce soit suffisamment méchant.

Tim haussa les sourcils.

— Ma chère mère, vous vous emportez ! J'ignorais que le vieux Wode vous tenait tant à cœur.

— Tu ne peux pas comprendre à quel point ça a été dur pour lui de vendre Wode Hall. Il y tenait comme à la prunelle de ses yeux.

Tim ravala la réplique qu'il avait sur le bout de la langue. Après tout, de quel droit s'érigerait-il en juge ? Au lieu de quoi, il dit, songeur :

— Là, je pense que vous n'avez pas tort, Linnet lui a offert de venir voir les transformations, et il l'a envoyée sur les roses.

— Cela va de soi ! Elle aurait dû savoir que ce n'était pas une chose à faire.

— Je crois qu'il la déteste... Chaque fois qu'il l'aperçoit, il se met à grommeler des imprécations entre ses dents. Il ne lui pardonne pas de lui avoir donné tant d'argent pour sa propriété de famille mangée aux mites.

— Et tu ne peux pas comprendre ça ? s'exclama Mrs Allerton.

— Franchement, non. Pourquoi vivre dans le passé ? S'accrocher à ce qui n'existe plus ?

— Et que proposes-tu à la place ?

Tim haussa les épaules.

— Les émotions, peut-être. La nouveauté. La joie de ne jamais savoir de quoi demain sera fait. Le plaisir de gagner de l'argent grâce à son astuce et à son intelligence plutôt que d'hériter bêtement d'un bout de terrain inutile.

— Un coup de bourse réussi, par exemple !

— Pourquoi pas ? répliqua Tim en riant.

— Et que penses-tu du même coup de bourse *raté* ?

— Là, ma chère mère, vous manquez de tact. Aujourd'hui, en tout cas, vous tombez mal... Alors, que dites-vous de mon projet égyptien ?

— Ma foi...

Il l'interrompit avec un sourire.

— Marché conclu. Nous avons toujours eu envie d'aller en Égypte, tous les deux.

— Quelle date proposes-tu ?

— Oh ! le mois prochain. Janvier est le meilleur moment pour aller là-bas. Ainsi, nous pourrons profiter de la charmante clientèle de cet hôtel quelques semaines de plus.

— Tim ! s'écria Mrs Allerton d'un ton de reproche. (Puis elle ajouta d'un air coupable :) J'ai promis à Mrs Cole que tu l'accompagnerais au poste de police. Elle ne comprend pas un mot d'espagnol.

Tim fit la grimace.

— Pour sa bague ? Le rubis rouge sang de la mère Pot-de-colle ? Elle persiste à penser qu'on le lui a volé ? J'irai si vous y tenez, mais c'est du temps perdu. Ça ne servira qu'à causer des ennuis à une malheureuse femme de chambre. Je l'ai vu à son doigt quand elle s'est baignée ce jour-là. Elle a dû le perdre dans l'eau sans s'en apercevoir.

— Elle affirme qu'elle l'avait enlevé et laissé sur sa coiffeuse.

— Eh bien, elle se trompe ! Je l'ai vu comme je vous vois. Cette femme est cinglée. D'ailleurs, il faut être cinglée pour plonger dans la mer en plein mois de décembre en prétendant que l'eau est bonne sous prétexte que le soleil brille par hasard à ce moment-là. De toute façon, les grosses femmes ne devraient pas avoir le droit de se baigner. Elles sont répugnantes en maillot de bain.

— Si je comprends bien, je dois renoncer à me baigner, murmura Mrs Allerton.

Tim éclata de rire.

— Vous ? Mais vous pouvez en remontrer à la plupart des greluchonnes du coin.

Mrs Allerton soupira.

— Je regrette qu'il n'y ait pas plus de jeunesse pour toi, ici.

— Moi pas. Nous nous suffisons, vous et moi. Nous n'avons pas besoin d'autres distractions.

— Si Joanna était là, tu serais ravi.

— Pas du tout, répliqua Tim avec une énergie inattendue. Vous avez tout faux. Joanna m'amuse mais, au fond, elle me déplaît assez, et quand elle se pend à mes basques, ça m'horripile. Heureusement qu'elle n'est pas là. Si je devais ne jamais la revoir, je n'en ferais pas une maladie.

» Il n'y a qu'une femme au monde pour laquelle j'éprouve réellement du respect et de l'admiration,

42

ajouta-t-il à mi-voix, et je crois que vous savez très bien, Mrs Allerton, de qui je parle.

Gênée, Mrs Allerton rougit.

— Les femmes vraiment bien sont rares, conclut Tim gravement. Et il se trouve que vous êtes de celles-là.

*

Dans le salon de l'appartement qui donnait sur Central Park, à New York, Mrs Robson s'exclama :

— Est-ce que ce n'est pas divin ? Quelle chance tu as, Cornelia !

Cornelia Robson vira au rouge pivoine. C'était une grande fille gauche au regard de chien fidèle.

— Oh ! ce sera merveilleux, bredouilla-t-elle.

La vieille miss Van Schuyler approuva d'un signe de tête ce comportement en tous points convenable pour des parentes pauvres.

— J'ai toujours rêvé de faire un voyage en Europe, soupira Cornelia, mais je n'aurais jamais imaginé que ce serait possible un jour.

— Miss Bowers m'accompagnera comme d'habitude, bien sûr, dit miss Van Schuyler, mais elle est d'une compagnie limitée... très limitée. Et il y a un tas de petites choses que Cornelia pourra faire pour moi.

— Je ne demande que ça, cousine Marie, répondit Cornelia avec conviction.

— Bien, bien, dans ce cas, c'est entendu. Cours vite voir miss Bowers, mon petit. C'est l'heure de mon lait de poule.

Dès que Cornelia eut quitté la pièce, sa mère s'écria :

— Ma chère Marie, je te suis si reconnaissante ! Tu sais, je crois que Cornelia souffre beaucoup de ne pas avoir de succès dans le monde. Elle se sent humiliée. Si seulement j'avais les moyens de l'emmener en voyage, mais tu connais ma situation depuis la mort de Ned...

— Je suis très contente de l'emmener, coupa miss Van Schuyler. Cornelia a toujours été une fille gentille et débrouillarde, disposée à rendre service, et pas aussi égoïste que la plupart des jeunes gens d'aujourd'hui.

Mrs Robson se leva et déposa un baiser sur les joues parcheminées de sa riche parente.

— Je te suis infiniment reconnaissante.

Dans l'escalier, elle croisa une grande femme à l'air énergique qui apportait un verre plein d'un liquide jaunâtre et mousseux.

— Eh bien, miss Bowers, on se prépare à partir pour l'Europe ?

— Ma foi, oui, Mrs Robson.

— C'est un merveilleux voyage !

— Ma foi, oui, je pense que ce sera très agréable.

— Mais vous avez déjà été à l'étranger ?

— Oh oui, Mrs Robson ! Je suis allée à Paris avec

miss Van Schuyler l'automne dernier. Mais je n'ai jamais été en Égypte.

— J'espère... que vous n'aurez pas... d'ennuis, murmura Mrs Robson avec hésitation et en baissant la voix.

Mrs Bowers répondit toutefois de son ton habituel :

— Oh, *non*, Mrs Robson ; je ferai bien attention à *ça*. J'ai toujours l'œil.

C'est le visage néanmoins quelque peu assombri que Mrs Robson se remit lentement à descendre l'escalier.

*

Dans son bureau de Manhattan, Mr Andrew Pennington était en train d'ouvrir son courrier personnel. Soudain son poing se serra et s'abattit sur la table avec violence. Son visage était devenu cramoisi et deux grosses veines saillaient sur son front. Il appuya sur un bouton et une sémillante secrétaire apparut aussitôt.

— Dites à Mr Rockford de venir.

— Bien, Mr Pennington.

Sterndale Rockford, l'associé de Pennington, arriva quelques instants plus tard. Les deux hommes se ressemblaient assez : tous deux grands et secs, ils avaient le cheveu poivre et sel, le visage rasé de près et l'air intelligent.

— Qu'est-ce qui se passe, Pennington ?

Celui-ci s'arracha à la lettre qu'il était en train de relire.

— Linnet s'est mariée !

— *Quoi ?*

— Tu as bien entendu, Linnet Ridgeway s'est *mariée*.

— Comment ? Quand ? Pourquoi n'en avons-nous rien su ?

Pennington regarda le calendrier posé devant lui.

— Elle n'était pas encore mariée quand elle a écrit cette lettre, mais ça doit être fait à l'heure qu'il est... Le 4 au matin. Aujourd'hui.

Rockford se laissa tomber dans un fauteuil.

— Bigre ? Sans prévenir. Sans rien... Qui est le type ?

Pennington reprit la lettre :

— Doyle. Simon Doyle.

— Quel genre est-ce ? Tu le connais ?

— Non. Elle n'en dit pas grand-chose... (Il parcourut les lignes à l'écriture droite et claire.) J'ai l'impression que cette affaire cache je ne sais quelle manigance... mais peu importe. Elle est mariée, voilà l'essentiel.

Leurs regards se rencontrèrent. Rockford hocha la tête.

— Il va falloir réfléchir, dit-il.

— Qu'est-ce qu'on va faire ?

— Je te le demande.

Ils restèrent un moment silencieux.

— Tu as une idée ? reprit Rockford.

— Le *Normandie* lève l'ancre aujourd'hui, répondit Pennington avec lenteur. L'un de nous deux a encore le temps d'embarquer.

— Tu as perdu la tête ! Où veux-tu en venir ?

— Les juristes anglais...

Pennington s'arrêta.

— Quoi, les juristes anglais ? Tu ne veux quand même pas traverser l'Atlantique pour avoir une prise de bec avec eux. Tu es cinglé !

— Je ne propose ni à toi ni à moi d'aller en Angleterre.

— Alors, quelle est l'idée mirobolante ?

Pennington tapota la lettre posée sur son bureau.

— Linnet part pour l'Égypte en voyage de noces. Elle pense y séjourner un mois au bas mot...

— L'Égypte, hein ?

Rockford réfléchit, puis croisa le regard de Pennington.

— L'Égypte, répéta-t-il. C'est *ça* l'idée ?

— Oui, une rencontre de pur hasard. Au cours d'un voyage... Linnet et son mari... une atmosphère de lune de miel... On peut tenter le coup.

— Linnet n'est pas stupide, objecta Rockford, sceptique. Mais après tout...

— Après tout, il doit y avoir les moyens de... de biaiser, conclut Pennington.

47

Leurs regards se rencontrèrent de nouveau. Rockford hocha la tête.

— Très bien, mon vieux.

Pennington consulta la pendule.

— Il va falloir se grouiller – quel que soit celui qui part.

— C'est toi ! répliqua Rockford aussitôt. Tu emportes toujours le morceau avec Linnet. « Oncle Andrew »... Avec toi, c'est dans la poche.

Le visage de Pennington se durcit.

— J'espère que j'arriverai à décrocher la timbale.

— Il *faut* que tu la décroches, riposta son associé. La situation est critique...

*

— Envoyez-moi Mr James, je vous prie, dit William Carmichael au jeune clerc maigre et chétif qui passait la tête par la porte, le regard interrogateur.

James Fanthorp entra. Son oncle leva les yeux et grogna :

— Humph ! Te voilà !

— Vous m'avez fait demander ?

— Jette un coup d'œil là-dessus.

Le jeune homme s'assit et tira le dossier vers lui. Son oncle l'observait.

— Alors ?

La réponse ne se fit pas attendre.

— Cela me paraît louche.

48

L'aîné des associés de Carmichael, Grant & Carmichael notaires, poussa de nouveau son fameux grognement.

James Fanthorp relut la lettre qui venait d'arriver d'Égypte par avion.

Cela paraît le comble de la perversité que d'écrire une lettre d'affaires par un jour pareil. Nous venons de passer une semaine au Mena House, *à* Gizeh, *et nous avons fait une excursion au* Fayoum. *Après-demain, nous remonterons le Nil en bateau jusqu'à* Louxor, Assouan *et peut-être* Khartoum. *Ce matin, en allant retirer les billets chez* Cook, *devinez sur qui je suis tombée ! Sur mon homme d'affaires américain,* Andrew Pennington. *Je crois que vous l'avez rencontré il y a deux ans, quand il est venu en Angleterre. J'ignorais qu'il était en Égypte et il ne savait pas que j'y étais ! Ni que j'étais mariée. Il a dû croiser la lettre où je lui annonçais mon mariage. Il va lui aussi remonter le Nil, sur le même bateau que nous. Quelle coïncidence, non ? Merci infiniment de tout ce que vous avez fait pour moi. Je...*

Comme le jeune homme s'apprêtait à tourner la page, Me Carmichael lui reprit la lettre.

— C'est tout, dit-il. Le reste n'a aucune importance. Alors, qu'en penses-tu ?

Le neveu réfléchit un instant avant de répondre.

— Eh bien, je pense... qu'il ne s'agit pas d'une coïncidence...

Approbateur, l'autre hocha la tête.

— Cela te plairait, un voyage en Égypte ?

— Vous croyez que ce serait judicieux ?

— Je crois qu'il n'y a pas de temps à perdre, oui.

— Mais pourquoi moi ?

— Fais travailler tes méninges, mon garçon, fais travailler tes méninges. Linnet Ridgeway ne t'a jamais vu. Pennington non plus. En prenant l'avion, tu arriveras peut-être à temps.

— Je... ça ne me plaît pas du tout.

— Possible. N'empêche que tu le feras quand même.

— C'est... indispensable ?

— À mon avis, répondit Me Carmichael, c'est vital !

*

Mrs Otterbourne réajusta son turban de cotonnade indigène et décréta, exaspérée :

— Je ne vois vraiment pas pourquoi nous n'irions pas en Égypte. J'en ai par-dessus la tête de Jérusalem.

Comme sa fille ne relevait pas, elle ajouta :

— Tu pourrais au moins répondre quand on te parle !

Rosalie Otterbourne regardait une photo dans le journal. Dessous, on pouvait lire :

Mrs Simon Doyle, la célèbre beauté, plus connue avant son mariage sous le nom de miss Linnet Ridgeway. Mr et Mrs Doyle passent leurs vacances en Égypte.

— Tu aimerais aller en Égypte, maman ? demanda Rosalie.

— Oui ! aboya Mrs Otterbourne. Je trouve qu'on nous traite ici de façon par trop cavalière. Ma seule présence vaut toutes les publicités du monde – cela devrait se traduire par une substantielle remise sur facture. Mais lorsque j'y ai fait allusion, ils m'ont répondu de façon très impertinente ! Je ne me suis pas privée de leur dire ma façon de penser.

La jeune fille soupira.

— Ici ou ailleurs... tous les endroits se valent... autant partir tout de suite.

— Sans compter que ce matin même, poursuivit Mrs Otterbourne, le directeur a eu l'audace de me demander de quitter l'hôtel d'ici deux jours sous prétexte que les chambres étaient toutes réservées depuis longtemps,

— Alors nous sommes obligées de vider les lieux ?

— Pas du tout ! Je suis prête à me battre pour défendre mes droits !

— Dans ce cas, nous pouvons aussi bien aller en Égypte. Ça revient au même, murmura Rosalie.

— Ce n'est certainement pas une question de vie ou de mort, reconnut Mrs Otterbourne.

Ce en quoi elle se trompait. Car c'était exactement ça : une question de vie ou de mort.

2

— Ça, c'est Hercule Poirot, le détective, dit
Mrs Allerton.

Mère et fils étaient installés dans des fauteuils de
rotin laqué rouge vif sur la terrasse de l'hôtel *Cataract*,
à Assouan. Ils suivaient des yeux deux silhouettes qui
s'éloignaient : celle d'un homme court sur patte, vêtu
d'un costume de soie blanche, et celle d'une grande
fille mince.

Tim Allerton se redressa avec une vivacité inhabi-
tuelle.

— Ce drôle de petit bonhomme-là ? s'étonna-t-il.

— Oui, ce drôle de petit bonhomme-là !

— Que diable fait-il ici ?

Sa mère éclata de rire.

— Mon chéri, on dirait que le sujet te fascine !
Pourquoi les hommes aiment-ils tellement le crime ?
Moi, je déteste les romans policiers, et je n'en lis

jamais. Mais je ne crois pas que M. Poirot soit venu ici avec une idée derrière la tête. Il a gagné pas mal d'argent et maintenant il s'offre du bon temps, j'imagine.

— En tout cas, il n'a d'yeux que pour la plus jolie fille du coin.

Mrs Allerton pencha la tête pour ne pas perdre de vue le dos de M. Poirot et de sa compagne. Celle-ci le dépassait d'une bonne demi-tête. Sa démarche était souple et gracieuse.

— Elle n'est pas mal, dit Mrs Allerton en jetant un coup d'œil de côté à son fils.

À son grand amusement, celui-ci mordit aussitôt à l'hameçon.

— Elle est mieux que ça. Dommage qu'elle ait l'air tellement bougon et grincheux.

— Ce n'est peut-être qu'un masque...

— Ça doit être une enquiquineuse. Mais ça ne l'empêche pas d'être agréable à regarder.

L'objet de ces commentaires cheminait au côté de Poirot. Rosalie Otterbourne jouait avec son ombrelle fermée et son expression était bien telle que Tim l'avait décrite : à la fois bougon et grincheuse. Elle avait les sourcils froncés et sa bouche écarlate formait une courbe tombante.

Ils tournèrent à gauche après avoir franchi le portail de l'hôtel et s'engagèrent dans l'ombreuse fraîcheur du jardin public.

D'humeur sereine, Poirot devisait avec bonhomie.

Il portait un panama et il tenait à la main un chasse-mouches tarabiscoté au manche en simili ambre.

— Tout cela m'enchante, déclarait-il. Les rochers noirs de l'île Éléphantine, le soleil, les felouques sur le fleuve... Oui, il fait bon vivre.

Il s'arrêta puis ajouta :

— Vous ne trouvez pas, mademoiselle ?

— Ça n'est sans doute pas mal, grommela Rosalie Otterbourne. Mais je trouve Assouan sinistre. L'hôtel est à moitié vide et la moyenne d'âge y est de cent ans...

Elle s'interrompit et se mordit la lèvre.

Les yeux de Poirot pétillèrent de malice.

— C'est vrai, oui, j'ai déjà un pied dans la tombe.

— Je... je ne pensais pas à vous. Je suis désolée. Je suis horriblement grossière.

— Pas du tout. Il est tout à fait naturel d'avoir envie de fréquenter des gens de son âge. Oh ! à propos, il y a quand même *un* jeune homme à l'hôtel.

— Celui qui est toujours dans le giron de sa mère ? Elle, elle me plaît, mais lui, il est épouvantable ! Il a l'air d'une prétention !

— Et moi, suis-je prétentieux ?

— Non, je ne crois pas.

Manifestement, la question ne l'intéressait pas, mais Poirot ne sembla pas s'en formaliser. Il se contenta de signaler, avec une tranquille satisfaction :

— Mes meilleurs amis me trouvent archiprétentieux.

— Bof ! c'est sans doute que vous avez des raisons de parader, répliqua-t-elle d'un ton évasif. Mais, voyez-vous, le crime ne m'intéresse pas le moins du monde.

— Je suis heureux d'apprendre que vous n'avez pas de secret honteux à cacher, déclara gravement Poirot.

Rosalie lui lança un rapide regard interrogateur qui lui retira pour un instant son masque de mauvaise humeur. Poirot ne parut pas s'en apercevoir et poursuivit :

— Je n'ai pas vu Madame votre mère au déjeuner aujourd'hui. J'espère qu'elle n'est pas souffrante ?

— Cet endroit ne lui réussit pas, décréta Rosalie. Je serai contente quand on s'en ira.

— D'ici là, nous sommes compagnons de route, n'est-ce pas ? Nous faisons tous les deux l'excursion jusqu'à Ouadi Haifa et la deuxième cataracte ?

— Oui.

Ils quittèrent les ombrages du jardin pour la portion de route poussiéreuse qui longeait le fleuve. Cinq marchands de colliers, deux vendeurs de cartes postales, trois vendeurs de scarabées en plâtre, deux jeunes âniers et un détachement de marmaille famélique et glapissante les encerclèrent aussitôt.

— Collier, monsieur ? Joli, monsieur. Pas cher...

— Tu veux un scarabée, madame ? Regarde... grande reine... Beaucoup chance...

— Regarde, monsieur... Vrai lapis. Très bon. Pas cher...

— Promenade avec l'âne, monsieur ? Très bon âne, monsieur. Whisky-soda il s'appelle, monsieur.

— Tu veux aller carrière de granit, monsieur ? Celui-là, très bon âne. L'autre, pas bon âne, toujours tomber !

— Tu veux cartes postales ? Très jolies... Pas chères...

— Madame, regarde, lapis, ivoire, dix piastres seulement !

— Ce chasse-mouches, très bon, de l'ambre...

— Tu veux promenade en bateau, monsieur ? Très bon bateau, monsieur...

— Tu retournes à l'hôtel, madame ? Celui-là, âne première classe...

Hercule Poirot faisait de vagues gestes pour se débarrasser de cette nuée de mouches humaines. Rosalie, elle, doublait le pas pour tenter de se dégager, comme une somnambule.

— Mieux vaut faire semblant d'être sourd et aveugle, marmonnait-elle.

La marmaille famélique courait à côté d'eux en gémissant :

— Bakchich ? Bakchich ? Hip ! hip ! hip ! Hourra !... Très bon... Très joli...

Leurs guenilles multicolores tourbillonnaient au gré de leurs gesticulations. Les mouches se posaient en grappes sur leurs paupières. Ils se montrèrent les plus obstinés. Les autres avaient rebroussé chemin, prêts à lancer l'attaque sur le prochain arrivant.

Poirot et Rosalie essuyaient maintenant le feu roulant des offres des boutiquiers. Là, les accents étaient charmeurs, insidieux.

« Vous venir dans ma boutique aujourd'hui, monsieur ? » « Vous vouloir ce crocodile en ivoire ? » « Vous n'avoir pas encore visité ma boutique, monsieur ? Je vous montre très belles choses... »

Ils pénétrèrent dans la cinquième échoppe – but de cette promenade – où Rosalie déposa quelques rouleaux de pellicule.

En ressortant, ils regagnèrent le fleuve.

Un bateau à vapeur venait juste d'accoster, Poirot et Rosalie observèrent les passagers avec intérêt.

— Il y en a, un monde ! remarqua Rosalie.

TimAllerton, qui arrivait à ce moment-là, s'approcha d'eux. Il était légèrement essoufflé, comme s'il avait marché très vite.

— Un tas de gens abominables comme d'habitude, je suppose, remarqua-t-il au bout d'un certain temps en indiquant les passagers.

— Ils sont généralement assez abominables, c'est vrai, reconnut Rosalie.

Tous trois arboraient cet air de supériorité que prennent envers les nouveaux venus ceux qui se trouvent déjà sur place depuis la veille.

— Ça, par exemple ! s'écria soudain Tim d'une

57

voix vibrante. Que je sois pendu si ce n'est pas Linnet Ridgeway, là-bas !

Si la nouvelle laissa Poirot de marbre, elle éveilla l'intérêt de Rosalie. Elle tendit le cou et, toute trace de maussaderie envolée, demanda :

— Où ça ? C'est cette femme là-bas, en blanc ?

— Oui, avec un homme assez grand. Ils descendent à quai maintenant. C'est le nouveau mari, j'imagine. Son nom m'échappe pour l'instant.

— Doyle, dit Rosalie. Simon Doyle. C'était dans tous les journaux. Elle roule sur l'or, non ?

— Ce n'est que la fille la plus riche d'Angleterre, répondit gaiement Tim.

Ils restèrent tous trois à regarder en silence débarquer les passagers. Poirot détaillait avec intérêt celle qui avait fait l'objet des remarques de ses compagnons.

— Elle est très belle, murmura-t-il.

— Il y a des gens qui ont tout, dit Rosalie avec un accent d'amertume.

Une bizarre expression d'envie était apparue sur son visage tandis qu'elle regardait la jeune femme avancer sur la passerelle.

Linnet était habillée aussi parfaitement que si elle devait se produire en vedette dans un spectacle de music-hall. Elle avait également l'assurance d'une star. Où qu'elle aille, elle avait l'habitude d'être regardée, admirée, d'occuper le centre du plateau.

Elle était à la fois consciente et inconsciente des

regards fixés sur elle : ces hommages faisaient partie de son existence.

Elle descendit sur le quai en jouant son rôle, même si elle le jouait sans y penser : celui de la belle et riche mariée pendant sa lune de miel. Elle se tourna avec un petit sourire et une remarque vers l'homme qui marchait à son côté. Il lui répondit, et le son de sa voix parut intéresser Hercule Poirot. Les yeux brillants, il fronça les sourcils.

Le couple passa près de lui. Il entendit Simon Doyle dire :

— Nous arriverons bien à trouver le temps, ma chérie. Nous pouvons rester une semaine ou deux ici, si tu t'y plais.

Le visage animé, il la regardait avec adoration – et non sans une certaine humilité.

Pensif, Poirot l'examinait. Ces épaules larges, ce teint hâlé, ces yeux bleu foncé, ce sourire ouvert et juvénile...

— Fichu veinard, commenta Tim après leur passage. Se dénicher une héritière qui ne louche pas et qui n'a pas les pieds plats, imaginez-vous ça !

— Ils ont l'air terriblement heureux, dit Rosalie avec une pointe d'envie. Ce n'est pas juste, ajouta-t-elle soudain, mais si bas que Tim ne comprit pas ce qu'elle disait.

Poirot, cependant, avait entendu. Abandonnant son expression perplexe, il lui jeta un rapide coup d'œil.

— Il faut que je file faire quelques courses pour ma mère, déclara Tim.

Il souleva son chapeau et s'éloigna.

Poirot et Rosalie reprirent lentement le chemin de l'hôtel en écartant du geste les ânes et les nouvelles mains tendues.

— Ainsi, ce n'est pas juste, mademoiselle ? murmura Poirot.

La jeune fille rougit de colère.

— Je ne vois pas de quoi vous parlez.

— Je ne fais que répéter ce que vous venez de marmonner.

Rosalie Otterbourne haussa les épaules.

— Ça fait beaucoup pour une seule personne. L'argent, l'allure, la beauté, et...

— Et l'amour, n'est-ce pas ? L'amour ? Mais, qui sait, on l'a peut-être épousée pour son argent ?

— Vous n'avez pas remarqué comme il la regarde ?

— Oh si, mademoiselle. J'ai vu tout ce qu'il y avait à voir, et même quelque chose que vous, vous n'avez pas vu.

— Quoi donc ?

— J'ai vu, reprit lentement Poirot, des cernes sous les yeux d'une femme. J'ai vu une main serrer si fort une ombrelle que les jointures de ses doigts en étaient toutes blanches.

Rosalie le regardait, les yeux ronds.

— Que voulez-vous dire ?

— Je veux dire que tout ce qui brille n'est pas or. Je veux dire que bien que cette femme soit riche, belle, et aimée, il y a quelque chose qui ne va pas. Et je sais encore autre chose.

— Oui ?

— Je sais que quelque part, un jour, j'ai entendu cette voix, la voix de Mr Doyle, et je donnerais cher pour me rappeler où, répondit Poirot, les sourcils froncés.

Mais Rosalie ne l'écoutait plus. Elle s'était arrêtée net. De la pointe de son ombrelle, elle traçait des dessins dans le sable.

Brusquement, elle éclata :

— Je suis odieuse ! Odieuse ! Abominable des pieds à la tête. Je voudrais lui arracher ses vêtements et piétiner son joli visage arrogant. Je me conduis comme une tigresse jalouse, mais je n'y peux rien. Elle a tellement de succès, elle a tellement d'allure, elle est tellement sûre d'elle.

Un peu surpris par cette explosion, Poirot la prit par le bras et la secoua gentiment.

— Bien ! Rien que d'avoir dit ça, vous allez vous sentir beaucoup mieux.

— Je la hais ! Je n'ai jamais haï quelqu'un comme ça, dès le premier regard !

— Formidable !

Rosalie le dévisagea, perplexe. Puis elle fit une grimace et se mit à rire.

— Encore mieux ! dit Poirot en riant lui aussi.

Ils entrèrent à l'hôtel en devisant amicalement.

— Il faut que j'aille retrouver ma mère, dit Rosalie en arrivant dans le hall sombre et frais.

Poirot le traversa pour ressortir sur la terrasse qui surplombait le Nil. Les tables étaient déjà prêtes pour le thé mais il était encore trop tôt. Il resta un instant en contemplation devant le fleuve, puis alla faire un tour dans le jardin.

Des joueurs de tennis échangeaient des balles en plein soleil. Il s'arrêta un instant pour les regarder, puis s'engagea dans une allée en escalier qui descendait vers le fleuve. C'est là qu'il aperçut, assise sur un banc face au Nil, la jeune fille de *Chez ma Tante*. Il la reconnut aussitôt. Son visage, tel qu'il l'avait vu ce soir-là, était resté gravé dans sa mémoire. Mais maintenant, il était bien différent : plus pâle, plus maigre, avec des rides qui trahissaient l'épuisement et une profonde détresse.

Poirot resta un peu en retrait. Elle ne l'avait pas vu et il en profita pour l'observer. Nerveuse, elle tapotait le sol du pied. Dans son regard noir où couvait une flamme, s'exprimait une sorte de bizarre souffrance triomphante. Elle suivait des yeux les voiles blanches des bateaux qui croisaient sur le Nil.

Un visage... Une voix... Il se les rappelait tous deux. Le visage de cette fille et la voix qu'il avait entendue un peu plus tôt, la voix du jeune marié...

Tandis qu'il la dévisageait sans qu'elle en eût conscience, se nouait déjà la scène suivante du drame.

On entendit des voix. La jeune fille sauta sur ses pieds. Linnet Doyle et son mari descendaient l'escalier. La voix de Linnet était confiante et joyeuse. Elle n'avait plus l'air aussi tendue. Linnet était heureuse.

La jeune fille fit un pas vers eux. Le couple se figea.

— Bonsoir, Linnet, dit Jacqueline de Bellefort. Ainsi, te voilà ! Décidément, nous ne cessons de tomber l'une sur l'autre. Bonsoir, Simon, comment vas-tu ?

Avec un petit cri, Linnet Doyle s'était rencognée contre le rocher. Le beau visage de Simon Doyle s'était convulsé de rage. Il s'avança comme s'il voulait frapper la fragile jeune fille.

D'un rapide mouvement de tête, elle lui signala la présence d'un étranger. Simon se retourna et, apercevant Poirot, prit un ton embarrassé.

— Bonsoir, Jacqueline, bafouilla-t-il. Je... je n'espérais pas te voir ici.

La déclaration était on ne peut moins convaincante.

La jeune fille leur sourit de toutes ses dents.

— Pour une surprise, c'est une surprise, n'est-ce pas ?

Puis, sur un petit salut, elle s'éloigna.

Poirot prit discrètement la direction opposée. Il n'en entendit pas moins Linnet Doyle qui disait :

— Simon ! Pour l'amour du ciel, Simon, que pouvons-nous faire ?

3

Le dîner avait pris fin. Une lumière douce éclairait la terrasse de l'hôtel. La plupart des clients s'y étaient installés à de petites tables.

Simon et Linnet Doyle apparurent, accompagnés d'un élégant individu aux cheveux gris, au visage intelligent et d'allure très américaine. Comme le trio hésitait sur le seuil, Tim Allerton se leva et alla les rejoindre.

— Vous ne vous souvenez sans doute pas de moi, dit-il à Linnet, mais je suis le cousin de Joanna South-wood.

— Bien sûr, suis-je bête ! Vous êtes Tim Allerton ! Voici mon mari, poursuivit-elle d'une voix qui frémissait un peu – orgueil ? gêne ? –, et mon homme d'affaires américain, Mr Pennington.

— Il faut que vous voyiez ma mère, dit Tim.

Un instant plus tard, ils étaient tous attablés ensemble. Tim et Pennington entouraient Linnet, assise dans un angle, et se disputaient son attention. Mrs Allerton bavardait avec Simon Doyle.

La porte à tambour tourna. Soudain tendue, la jeune femme s'apaisa en voyant le petit homme qui en sortait et traversait la terrasse.

— Vous n'êtes pas la seule célébrité présente, ma chère, dit Mrs Allerton. Ce drôle de petit bonhomme n'est autre que Hercule Poirot.

Elle n'avait lancé cela qu'afin de meubler un silence gênant, mais Linnet parut frappée par cette information.

— Hercule Poirot ? Oui ! bien sûr... J'ai entendu parler de lui...

Elle s'absorba un instant dans ses pensées, ce qui ne manqua pas de décontenancer ses deux compagnons.

Poirot était parvenu au bout de la terrasse lorsqu'il s'entendit interpeller :

— Asseyez-vous avec nous, monsieur Poirot. Quelle nuit délicieuse !

Il obtempéra.

— Mais oui, madame, très belle, en effet.

Il sourit poliment à Mrs Otterbourne. Elle était ridicule avec ses drapés en linon noir et son turban. Elle poursuivit, de sa voix geignarde et haut perchée :

— Nous avons des tas de célébrités, non ? J'espère qu'on publiera un entrefilet dans les journaux : beautés en vogue, écrivains célèbres...

Elle s'interrompit avec un petit rire de fausse modestie.

La jeune fille renfrognée assise en face de Poirot tressaillit et se renfrogna davantage.

— Vous avez actuellement un roman en chantier, madame ?

Mrs Otterbourne eut le même petit rire faussement modeste.

— Je suis d'une paresse ! Il est impératif que je m'y mette. Mes lecteurs s'impatientent... et mon éditeur, le pauvre ! Ce ne sont que relances à chaque courrier ! Et jusqu'à des télégrammes !

De nouveau, Poirot sentit que la jeune fille s'agitait dans l'obscurité.

— Je ne vous cacherai pas, monsieur Poirot, que si je suis ici, c'est en partie pour la couleur locale. *Neige sur le désert*, voilà le titre de mon prochain roman. Puissant, suggestif ! La neige, sur le désert, fond aux premiers souffles enflammés de la passion.

Rosalie se leva, murmura une phrase incompréhensible et s'éloigna dans l'ombre du jardin.

— Il faut du solide, continua Mrs Otterbourne en secouant énergiquement son turban. De la nourriture solide, rien que de l'important. Voilà ce que sont mes livres. Je suis bannie par les libraires ? Peu importe. Je dis la vérité. Le sexe... Ah ! monsieur Poirot, pourquoi les gens ont-ils si peur du sexe ? C'est le pivot de l'univers ! Vous avez lu mes livres ?

— Hélas, madame ! Voyez-vous, je ne lis pas beaucoup de romans. Mon travail...

— Il faut que je vous offre un exemplaire de *Sous le figuier*. Il est très significatif. C'est brutal, mais c'est *vrai* !

— C'est trop aimable à vous, madame. Je le lirai avec plaisir.

Mrs Otterbourne garda le silence un instant. Elle tripotait le collier de perles qui lui faisait trois fois le tour du cou et jetait de droite et de gauche des regards qui se voulaient furtifs.

— Et si... Je vais faire un saut jusqu'à ma chambre et vous le chercher.

— Je vous en prie, madame, ne vous dérangez pas. Plus tard...

— Mais non ! Au contraire ! (Elle se leva.) J'aimerais vous montrer...

— Qu'est-ce qu'il y a, maman ?

Rosalie avait réapparu comme par enchantement.

— Rien du tout, ma chérie. J'allais juste monter chercher un livre pour M. Poirot.

— *Sous le figuier* ? Je m'en occupe.

— Tu ne sais pas où il est, ma chérie, je vais le faire.

— Mais si, je le sais.

La jeune fille retraversa la terrasse et s'engouffra dans l'hôtel.

— Laissez-moi vous féliciter, dit Poirot avec une courbette. Vous avez une fille charmante.

67

— Rosalie ? Oui, oui... elle est ravissante. Mais elle est si *dure*, monsieur Poirot. Elle n'a aucune indulgence pour la maladie. Elle pense toujours avoir raison. Elle s'imagine qu'elle en sait plus que moi sur ma propre santé...

Poirot fit signe à un serveur qui passait.

— Une liqueur, madame ? Une chartreuse ? Une crème de menthe ?...

Mrs Otterbourne secoua vigoureusement la tête.

— Non, non Je suis pratiquement abstinente. Vous avez dû le remarquer. Je ne bois que de l'eau... ou à la rigueur de la citronnade. Je ne supporte pas le goût de l'alcool.

— Dans ce cas, puis-je vous commander un citron pressé ?

Il commanda un citron pressé et une bénédictine.

La porte à tambour livra passage à Rosalie qui vint vers eux, un livre à la main.

— Le voilà, dit-elle d'une voix inexpressive – extra-ordinairement inexpressive.

— M. Poirot vient de demander un citron pressé pour moi, dit sa mère.

— Et vous, mademoiselle, que prendrez-vous ?

— Rien...

Soudain consciente de la brutalité de sa réponse, elle ajouta :

— Rien. Merci.

Poirot prit le livre que Mrs Otterbourne lui tendait. Il avait encore sa jaquette d'origine, joyeux bariolage où figurait une femme à la coiffure sophistiquée et aux ongles écarlates, assise sur une peau de tigre dans le traditionnel costume d'Eve. Au-dessus de sa tête, un arbre aux feuilles de chêne croulait sous le poids d'énormes pommes aux couleurs improbables.

L'ouvrage était intitulé *Sous le figuier*, par Salomé Otterbourne. À l'intérieur, une notice enthousiaste de l'éditeur soulignait le merveilleux courage et le réalisme de cette étude de la vie amoureuse d'une femme moderne. « Audacieuse, non conventionnelle, réaliste », tels étaient les adjectifs dont il était fait usage.

— Très honoré, madame, murmura Poirot avec une courbette de plus.

En relevant la tête, il croisa le regard de la fille de l'auteur. Stupéfait et peiné par la douleur qu'il y lisait, il fit un mouvement involontaire.

Les consommations arrivèrent, créant une heureuse diversion.

Poirot leva galamment son verre.

— À votre santé, madame... mademoiselle...

— C'est tellement rafraîchissant, murmura Mrs Otterbourne en sirotant son citron pressé. C'est... c'est exquis.

Le silence se fit. Ils restèrent en contemplation devant les rochers noirs qui brillaient en bas. Affleurant les eaux du Nil, ils avaient au clair de lune quelque chose de fantastique. On aurait dit d'énormes monstres préhistoriques à demi engloutis. Une brise légère se leva soudainement et retomba de manière aussi soudaine. On éprouvait une sensation de calme... d'expectative.

Hercule Poirot revint à la terrasse et à ses occupants. Était-ce une illusion de sa part, ou régnait-il ici le même calme fait d'attente ? Comme au théâtre, quand on guette l'entrée en scène de l'actrice principale...

Juste à ce moment-là, la porte à tambour tourna de nouveau. Cette fois, on aurait dit qu'elle le faisait avec une certaine emphase. Tout le monde cessa de parler et regarda dans sa direction.

Une jeune femme apparut, mince et brune, vêtue d'une robe du soir bordeaux. Elle s'arrêta un instant puis se dirigea d'un pas décidé vers une table libre. Il n'y avait rien de prétentieux ni d'extravagant dans son allure, et pourtant, elle donnait l'impression de faire une entrée en scène.

— Ma parole ! dit Mrs Otterbourne en secouant sa tête enturbannée. En voilà une qui n'a pas l'air de se prendre pour n'importe qui !

Poirot ne répondit pas. Il la regardait. Là où elle s'était assise, la jeune fille faisait ostensiblement face à Linnet Doyle. Poirot vit celle-ci se pencher, dire quelque chose, puis se lever et changer de place. Maintenant, elle tournait le dos à la nouvelle venue.

Songeur, Poirot hocha la tête.

Cinq minutes plus tard, la jeune fille alla s'installer à l'autre bout de la terrasse. Fumant et souriant paisiblement, elle était l'image même de la satisfaction. Mais, comme par hasard, son regard rêveur ne quittait pas la femme de Simon Doyle.

Au bout d'un quart d'heure, Linnet Doyle se leva brusquement et rentra dans l'hôtel, suivie presque aussitôt de son mari.

Jacqueline de Bellefort, toujours souriante, tourna son siège face au fleuve. Elle alluma une cigarette et se perdit dans la contemplation du Nil. Elle n'avait pas cessé de sourire.

4

— Monsieur Poirot ?

Poirot était resté seul sur la terrasse, après que tout le monde fut rentré. Perdu dans ses pensées, il avait les yeux fixés sur les rochers noirs et brillants quand il revint sur terre à l'appel de son nom.

La voix était cultivée, sûre d'elle, une voix charmante, chargée peut-être d'un soupçon d'arrogance.

Poirot se leva vivement et rencontra le regard impérieux de Linnet Doyle. Elle portait un châle de velours pourpre sur une robe de satin blanc. On ne pouvait imaginer femme plus adorable et plus majestueuse.

— Vous êtes monsieur Hercule Poirot ? demanda-t-elle.

Mais ce n'était pas vraiment une question.

— Pour vous servir, madame.

— Vous savez peut-être qui je suis ?

— Oui, madame. J'ai entendu parler de vous. Je sais exactement qui vous êtes.

Linnet hocha la tête. Elle ne s'attendait pas à autre chose. Elle poursuivit, à sa manière autoritaire et charmante.

— Voulez-vous venir avec moi dans la salle de jeu, monsieur Poirot ? Il faut que je vous parle.

— Mais certainement, madame.

Elle lui montra le chemin. Poirot la suivit. Elle le fit entrer dans la salle de jeu déserte et lui fit signe de fermer la porte. Puis elle se laissa tomber dans un fauteuil. Poirot s'installa en face d'elle, de l'autre côté de la table.

Elle alla droit au but. Sans hésiter. Les mots lui venaient facilement.

— J'ai beaucoup entendu parler de vous, monsieur Poirot, et je sais que vous êtes un homme très intelligent. Il se trouve que j'ai un urgent besoin d'aide et tout me laisse à penser que vous êtes l'homme qu'il me faut.

Poirot inclina la tête.

— Vous êtes très aimable, madame, mais voyez-vous, je suis en vacances et, quand je suis en vacances, je n'accepte aucune affaire.

— Cela devrait pouvoir s'arranger, dit Linnet.

C'était dit sans intention blessante, mais avec l'assurance tranquille d'une jeune femme qui avait toujours réussi à faire tourner les choses à sa convenance.

— Monsieur Poirot, je suis victime d'une intolérable persécution, poursuivit Linnet. Cette persécution doit cesser ! Je voulais aller me plaindre à la police mais mon... mon mari a l'air de penser que la police se montrerait impuissante.

— Pourriez-vous être... un peu plus explicite ? murmura poliment Poirot.

— Oh oui, volontiers. L'affaire est très simple.

Elle se montra en effet des plus explicite – sans hésitation et sans trouble. Linnet avait l'esprit clair et précis. Elle ne s'interrompit qu'une fois afin de présenter les faits de la manière la plus concise possible.

— Avant que je ne le rencontre, mon mari était fiancé à Mlle de Bellefort. C'était une amie à moi. Mon mari a rompu ses fiançailles avec elle – ils n'étaient pas faits l'un pour l'autre. Elle l'a fort mal pris. J'en suis désolée... mais on ne peut rien contre ce genre de choses. Elle a proféré contre moi certaines... ma foi, certaines menaces auxquelles je n'ai pas prêté attention, et qu'elle n'a pas mises à exécution, je me dois de le reconnaître. En revanche, elle a adopté une attitude extraordinaire : elle nous suit partout où nous allons.

Poirot haussa les sourcils.

— Ah !... C'est assez original, comme vengeance.

— Très original, en effet... et résolument grotesque. Mais c'est aussi très contrariant.

Elle se mordit la lèvre.

— Oui, je m'en doute, acquiesça Poirot. Si je comprends bien, vous êtes en voyage de noces.

— Oui. La première fois, c'est arrivé à Venise. Elle était descendue au *Danielli*, comme nous. J'ai cru à une coïncidence. C'était gênant, sans plus. Puis, nous l'avons retrouvée à Brindisi, sur le bateau. Nous nous sommes imaginés qu'elle se rendait en Palestine. Nous l'avions donc laissée, pensions-nous, sur le bateau. Mais... mais quand nous sommes arrivés à Gizeh, elle était là... elle nous attendait.

Poirot hocha la tête.

— Et maintenant ?

— Nous avons remonté le Nil en bateau. Je m'attendais presque à la rencontrer à bord. Lorsque j'ai constaté qu'elle n'y était pas, j'ai cru qu'elle avait cessé ses... enfantillages. Mais à notre arrivée ici... elle... elle était là... à nous attendre.

Poirot l'observait avec attention. Elle était toujours aussi maîtresse d'elle-même, mais les articulations de sa main – celle qui agrippait la table – étaient blanches.

— Et vous redoutez que cette situation ne se prolonge...

— Oui. (Elle s'arrêta puis reprit :) Bien sûr, cette histoire est complètement stupide. Jacqueline se rend ridicule. Je suis surprise qu'elle n'ait pas plus de fierté, de dignité...

Poirot fit un petit geste.

— Il est des moments, madame, où l'on jette fierté

75

et dignité aux orties. D'autres sentiments les supplantent.

— Oui, c'est possible, répondit Linnet avec agacement. Mais que diable espère-t-elle tirer de tout ça ?

— Il n'est pas forcément question d'en tirer quelque chose, madame.

Il avait dû toucher un point sensible. Linnet rougit.

— Vous avez raison, répliqua-t-elle vivement. Peu importe le motif. Il faut que cela cesse, voilà le point crucial.

— Et que proposez-vous pour obtenir ce résultat, madame ?

— Eh bien... il va de soi que mon mari et moi ne pouvons continuer à être importunés ainsi ! Il doit exister un moyen légal de s'opposer à pareil traitement !

Pour la première fois, elle s'était emportée. Poirot la regarda, pensif.

— Vous a-t-elle menacés en public ? Insultés ? Agressés physiquement ?

— Non.

— Dans ce cas, madame, pour être franc, je ne vois pas ce que vous pouvez faire. Si c'est le bon plaisir d'une jeune femme de voyager dans certains endroits, et que ces endroits se trouvent être justement ceux où vous voyagez vous-mêmes, eh bien quoi ? L'air appartient à tout le monde ! S'est-elle jamais immiscée dans votre vie privée ? Toutes ces rencontres ont lieu en public, non ?

— Vous voulez dire que je ne peux rien faire ? demanda Linnet, incrédule.

— Rien du tout, pour autant que je sache, répondit Poirot, placide. Mlle de Bellefort est dans son droit.

— Mais... mais c'est à devenir fou ! Il est *intolérable* qu'on me fasse supporter pareil traitement !

— Vous avez toute ma sympathie, madame, dit Poirot d'un ton sec, d'autant plus qu'il ne doit pas vous arriver souvent d'avoir à supporter quoi que ce soit, j'imagine.

Linnet fronça les sourcils.

— Il *doit* y avoir un moyen d'arrêter ça, murmura-t-elle.

Poirot haussa les épaules.

— Vous pouvez toujours partir, aller ailleurs, suggéra-t-il.

— Elle nous suivra !

— C'est bien possible, en effet.

— C'est absurde ! Pourquoi devrais-je... devrions-nous... fuir ? Comme si... comme si...

Elle s'interrompit.

— Exactement, madame. Comme si... ! Tout est là, n'est-ce pas ?

Linnet releva la tête et le regarda fixement.

— Qu'entendez-vous par là ?

Poirot changea de ton. Il se pencha vers elle.

— Madame, lui dit-il avec une merveilleuse douceur et une infinie gentillesse, pourquoi en faites-vous si grand cas ?

— Pourquoi ? Mais je vous répète que c'est à devenir fou ! C'est exaspérant au dernier degré ! Je vous l'ai dit, pourquoi !

Poirot secoua la tête.

— Pas vraiment...

— Qu'entendez-vous par là ? demanda de nouveau Linnet.

Poirot se radossa, croisa les bras et dit d'un ton détaché, impersonnel :

— Écoutez, madame. Je vais vous raconter une petite histoire. Un jour, il y a un mois ou deux, je dînais dans un restaurant à Londres. Deux personnes occupaient la table voisine, un homme et une jeune fille. Ils semblaient très heureux, très épris l'un de l'autre. Ils parlaient d'avenir avec confiance. Je n'ai pas pour habitude de prêter l'oreille à ce qui ne m'est pas destiné mais, visiblement, ils se souciaient comme d'une guigne qu'on les entende ou pas. L'homme me tournait le dos, mais je voyais le visage de la fille. Il avait une expression de ferveur intense. Elle était amoureuse – cœur, corps et âme –, elle n'était pas de celles qui aiment à la légère et papillonnent de-ci, de-là. Avec elle, c'était clairement à la vie à la mort. Ils étaient fiancés, ces deux-là. Et ils faisaient le projet d'aller passer leur lune de miel en Égypte.

Il s'arrêta.

— Eh bien ? lança Linnet d'un ton dur.

— C'était il y a un mois ou deux, reprit Poirot. Mais le visage de la fille, je ne l'ai pas oublié. Je savais que je le reconnaîtrais si je le revoyais. Je me rappelle aussi la voix de l'homme. Et je pense que vous devinez, madame, quand j'ai revu l'une et entendu l'autre à nouveau. Ici, en Égypte. L'homme est en voyage de noces, oui, mais en voyage de noces avec une autre femme.

— Et alors quoi ? répliqua aussitôt Linnet. Je vous ai déjà relaté les faits.

— Les faits, oui.

— Eh bien, quoi d'autre ?

— La fille du restaurant avait parlé d'une amie qui, affirmait-elle, ne la laisserait pas tomber. Cette amie, je pense que c'était vous, madame.

— Oui. Je ne vous ai pas caché que nous étions amies, dit Linnet en rougissant.

— Et elle avait confiance en vous ?

— Oui.

Linnet hésita un moment en se mordillant la lèvre, puis, comme Poirot ne paraissait pas disposé à parler, elle éclata :

— Évidemment, tout ça est très dommage ! Mais ce sont des choses qui arrivent, monsieur Poirot.

— Oh oui, cela arrive, madame... Vous appartenez à la religion anglicane, je suppose ? demanda-t-il après un instant de silence.

— Oui, répondit Linnet, plutôt désarçonnée.

— Alors, vous avez dû, au culte, entendre lire tout haut des passages de la Bible. Vous avez dû entendre parler du Roi David, de l'homme riche qui possédait de nombreux troupeaux, et du pauvre qui n'avait qu'une brebis, et apprendre que le riche s'empara de la brebis du pauvre... Ce sont des choses qui arrivent, madame.

Linnet se redressa, ses yeux lançaient des éclairs.

— Je vois où vous voulez en venir, monsieur Poirot ! Vous pensez, pour parler vulgairement, que j'ai volé le fiancé de mon amie. D'un point de vue sentimental – c'est-à-dire à la manière dont les gens de votre génération envisagent les choses – c'est peut-être exact. Mais la réalité pure et dure est bien différente. Je ne nie pas que Jackie ait passionnément aimé Simon, mais je n'ai pas l'impression que vous ayez tenu compte du fait qu'il pouvait ne pas nourrir pour elle la même passion. Elle lui plaisait beaucoup, mais je pense qu'avant même de me rencontrer, il commençait à s'apercevoir qu'il commettait une erreur. Regardons les choses en face, monsieur Poirot : Simon découvre que c'est moi qu'il aime, et non Jackie. Que doit-il faire ? Se conduire en noble héros, épouser une femme qui ne lui est plus rien, et briser ainsi trois vies ? Car il est douteux que, dans ces circonstances, il ait pu faire le bonheur de Jackie. S'ils avaient été mariés lorsqu'il m'a rencontrée, son devoir aurait peut-être été de lui rester fidèle – bien que je n'en sois pas sûre. Dans un couple, si l'un est malheureux, l'autre souffre aussi. Mais des fiançailles ne sont pas indestructibles. Si l'on a fait fausse route, il vaut certainement mieux regarder la vérité en face avant qu'il ne soit trop tard. Je reconnais que cela a dû être dur pour Jackie, et j'en suis désolée, mais c'est ainsi. C'était inévitable.

— Je me le demande.

— Que voulez-vous dire ?

— Tout ce que vous me racontez est très sensé, très logique, mais il y a une chose que cela n'explique pas.

— Laquelle ?

— Votre propre attitude, madame. Vous aviez deux façons de réagir à la poursuite dont vous êtes victime. Cela pouvait vous causer de l'ennui, oui, mais cela pouvait aussi éveiller en vous de la pitié envers une amie si profondément blessée qu'elle en oublie toutes les convenances. Mais ce n'est pas ainsi que vous réagissez. Pour vous, cette persécution est *intolérable*. Et pourquoi ? À mon avis, il ne peut y avoir qu'une raison à cela : vous vous sentez coupable.

Linnet sauta sur ses pieds.

— Comment osez-vous ? Vraiment, monsieur Poirot, vous allez trop loin !

— Mais bien sûr que j'ose, madame. Je vais être franc avec vous. Bien que vous vous efforciez de vous masquer la réalité, je prétends que vous avez, en toute connaissance de cause, manœuvré pour vous approprier le fiancé de votre amie. Je vous concède que vous avez été séduite au premier coup d'œil. Je vous concède que vous avez commencé par hésiter, consciente d'avoir le *choix* – soit de vous refréner, soit de vous laisser aller. Mais je *prétends* encore que c'est *vous* qui avez pris l'initiative, et non Mr Doyle. Vous êtes belle, madame, vous êtes riche, vous êtes habile, intelligente, et vous avez du charme. Vous étiez libre de faire ou non agir ce charme. Vous possédiez tout ce que la vie peut offrir, madame. Mais celle de votre amie dépendait d'un seul être. Vous le saviez mais, malgré vos hésitations, vous n'avez pas retenu votre main. Au contraire, vous l'avez tendue et, comme l'homme riche de la Bible, vous avez pris la brebis du pauvre.

Il y eut un silence. Faisant un effort pour se maîtriser, Linnet dit d'une voix glaciale :

— Tout ceci est en dehors de la question.

— Non, ce n'est pas en dehors de la question. Je vous explique pourquoi les apparitions inattendues de Mlle de Bellefort vous bouleversent tant. Même si elle fait preuve d'un certain manque de dignité, vous êtes convaincue que le droit est de son côté.

— C'est faux !

Poirot haussa les épaules.

— Vous n'êtes pas honnête avec vous-même.

— Bien sûr que si !

— Pour autant que je sache, madame, dit moins durement Poirot, vous avez eu jusqu'ici une vie heureuse, et vous vous êtes montrée généreuse et bienveillante envers autrui.

— Je m'y suis efforcée, répondit Linnet.

Toute trace de colère disparue, elle avait dit ça avec simplicité, presque avec tristesse.

— C'est pourquoi le sentiment d'avoir délibérément blessé quelqu'un vous touche à ce point, et pourquoi vous répugnez tant à l'admettre. Pardonnez-moi si je vous ai offensée, mais l'aspect psychologique d'une affaire est toujours primordial.

— Eh bien, murmura Linnet, supposons même que vous ayez raison – ce que je ne suis pas prête à admettre, qu'y pourrait-on changer ? On ne refait pas le passé – il faut s'en arranger tel qu'il est.

Poirot hocha la tête.

— Vous raisonnez juste. Non, on ne peut pas revenir sur le passé ; oui, on doit s'arranger de ce que la vie vous apporte. Et parfois, madame, c'est bien la seule solution que l'on ait : accepter les conséquences de ses actes.

— Alors, vous pensez que je ne peux rien faire, ce qui s'appelle rien ? demanda Linnet, incrédule.

— Vous devez vous armer de courage, madame, voilà ce que je pense.

— Vous ne pourriez pas... parler à Jackie... à Mlle de Bellefort ? La raisonner ?

— Si, je pourrais le faire. Je le ferai si vous le désirez. Mais n'en attendez pas grand-chose. Mlle de

Bellefort est en proie à une idée fixe et rien ne l'en détournera.

— Mais il doit quand même bien y avoir *quelque chose* que nous pourrions faire pour nous sortir de là ?

— Vous pourriez, bien sûr, rentrer en Angleterre et vous terrer chez vous.

— Même comme ça, Jacqueline est capable de s'installer dans le village et de se trouver sur mon passage à chaque fois que je mettrai le nez dehors.

— Sans aucun doute.

— Et puis, je ne pense pas que Simon approuverait notre fuite, ajouta Linnet, pensive.

— Comment prend-il tout ça ?

— Il est furieux... tout bonnement furieux.

Poirot hocha la tête, songeur.

— Vous... vous lui parlerez ? implora Linnet.

— Bon, je lui parlerai. Mais, à mon avis, je n'arriverai à rien.

— Jackie est incroyable ! explosa Linnet. On ne peut jamais prévoir ce qu'elle va faire !

— Vous avez parlé de menaces, tout à l'heure. Pourriez-vous me dire de quoi elle vous avait menacée ?

Linnet haussa les épaules.

— Elle a menacé de... eh bien... de nous tuer tous les deux. Jackie a un comportement très latin, parfois.

— Je vois, fit Poirot d'un ton grave.

— Vous agirez pour mon compte ? demanda Linnet d'un ton suppliant.

— Non, madame, répondit fermement Poirot. Je n'accepte pas de mission de votre part. Je ferai ce que je pourrai dans l'intérêt de mes semblables. Ça, oui. Il y a là une situation difficile et dangereuse. Je ferai mon possible pour la clarifier... mais je ne suis pas très optimiste quant à mes chances de succès.

— Mais vous n'agirez pas pour *moi* ?

— Non, madame, répéta Hercule Poirot.

5

Hercule Poirot était presque certain que Jacqueline de Bellefort n'était pas rentrée se coucher et qu'elle devait être quelque part dans les environs de l'hôtel. Il la trouva assise sur un des bancs de la corniche surplombant le Nil.

Le menton dans les mains, elle ne tourna pas la tête en l'entendant approcher.

— Mademoiselle de Bellefort ? Me permettrez-vous de bavarder un instant avec vous ?

Jacqueline tourna la tête et fit un vague sourire.

— Certainement, répondit-elle. Vous êtes monsieur Hercule Poirot, n'est-ce pas ? Laissez-moi deviner : vous m'êtes envoyé par Mrs Doyle qui vous a promis de gros honoraires si vous réussissiez dans votre mission.

Poirot prit place sur le banc à côté d'elle.

— Votre supposition est partiellement exacte,

dit-il en souriant. Je viens de quitter Mrs Doyle, mais je n'ai accepté aucun honoraire de sa part et, à proprement parler, je n'agis pas en son nom.

— Ah ! fit Jacqueline en l'examinant avec attention. Alors qu'est-ce que vous faites là ?

Hercule Poirot répondit par une autre question :

— M'aviez-vous déjà vu auparavant, mademoiselle ?

Elle secoua la tête.

— Non, je ne crois pas.

— Et pourtant, moi, je vous ai vue. J'avais la table voisine, *Chez ma Tante*. Vous étiez là avec Mr Simon Doyle.

Une expression étrange se posa comme un masque sur son visage.

— Je me rappelle cette soirée, dit-elle.

— Beaucoup d'eau a coulé sous les ponts depuis.

— Comme vous dites, beaucoup.

Sa voix, dure, recouvrait un amer désespoir.

— Mademoiselle, je vous parle en ami. Enterrez vos morts !

Elle sursauta.

— Que voulez-vous dire ?

— Oubliez le passé ! Tournez-vous vers l'avenir ! Ce qui est fait est fait. L'amertume n'y changera rien.

— Je suis certaine que cela conviendrait admirablement à cette chère Linnet.

— Ce n'est pas à elle que je pense en ce moment. Je pense à *vous*. Vous avez souffert, oui, mais ce que vous faites maintenant ne peut que prolonger votre souffrance.

Elle secoua la tête.

— Vous vous trompez. Par moments, je m'amuse presque.

— Ça, mademoiselle, c'est le pire de tout.

Elle lui jeta un bref regard.

— Vous n'êtes pas bête, dit-elle. Je crois même que vous essayez d'être gentil, ajouta-t-elle lentement.

— Rentrez chez vous, mademoiselle. Vous êtes jeune, vous êtes intelligente. Vous avez votre vie devant vous.

Jacqueline secoua très lentement la tête.

— Vous ne comprenez pas... ou vous ne voulez pas comprendre. Ma vie, c'est Simon.

— On s'imagine ça quand on est jeune. Mais l'amour n'est pas tout, mademoiselle, dit doucement Poirot.

Elle continua de secouer la tête.

— Vous ne comprenez pas. Naturellement, vous connaissez toute l'histoire ? Vous avez parlé à Linnet ? Et vous étiez au restaurant ce soir-là... Nous nous aimions, Simon et moi.

— Je sais que vous l'aimiez.

Elle saisit aussitôt le sous-entendu. Elle répéta avec force :

— *Nous nous aimions*. Et j'adorais Linnet. J'avais confiance en elle. C'était ma meilleure amie. Linnet a toujours pu s'offrir tout ce qu'elle voulait. Elle ne s'est jamais rien refusé. Dès qu'elle a vu Simon, elle l'a voulu... et elle l'a pris.

— Et il s'est laissé... acheter ?

Jacqueline se rebiffa quelque peu.

— Non, ce n'est pas tout à fait ça, sinon, je ne serais pas ici en ce moment... Vous laissez entendre que Simon ne mérite pas d'être aimé... S'il avait épousé Linnet pour son argent, ce serait vrai. Mais il ne l'a pas épousée pour son argent. C'est plus compliqué que ça. On peut être *fasciné*, monsieur Poirot. Et l'argent fait partie de cette fascination. Linnet avait une espèce d'aura, vous savez. Elle était reine en son royaume, princesse héritière jusqu'au bout des ongles. Comme au théâtre. Elle avait le monde à ses pieds ; un des plus riches pairs d'Angleterre, un des plus courtisés voulait en faire sa femme. Et à la place, elle s'abaissa jusqu'à l'obscur Simon Doyle... Et vous vous étonnez que cela lui soit monté à la tête ?... Regardez la lune, là-haut. Vous la voyez clairement, n'est-ce pas ? Elle est bien là ? Mais que le soleil vienne à briller, vous ne la verriez plus du tout. Eh bien, c'est un peu ce qui est arrivé. J'étais la lune... Quand le soleil est apparu, Simon a été ébloui. Il ne me voyait plus. Il ne voyait que le soleil... que Linnet.

Elle se tut un instant avant de poursuivre :

— Il a été fasciné, je vous l'ai dit. Elle lui a tourné la tête. Et puis il y a son autorité – l'habitude qu'elle a de commander. Elle est si sûre d'elle-même qu'elle communique cette assurance aux autres. Simon est faible, peut-être, mais c'est un homme simple. Il m'aurait aimée, moi, et moi seule, si Linnet n'était apparue et ne l'avait enlevé dans son carrosse d'or. Et je sais, je sais très bien qu'il ne serait jamais tombé amoureux d'elle si elle ne l'avait pas voulu.

— C'est ce que vous pensez, oui.

— Je le *sais*. Il m'aimait... Et il m'aimera toujours.

— Même maintenant ? demanda Poirot.

Une réplique lui vint aux lèvres aussitôt, mais elle la retint. Elle regarda Poirot et son visage se colora d'un rouge profond. Puis elle détourna les yeux et baissa la tête.

— Oui, je sais, dit-elle d'une voix étouffée. Il me hait pour l'instant. Oui, il me hait... Mais qu'il fasse bien attention !

D'un geste vif, elle fouilla dans le réticule de soie posé sur le banc. Puis elle tendit la main, paume ouverte. Un minuscule revolver à crosse de nacre y luisait, ravissant jouet.

— Exquise babiole, n'est-ce pas ? Il a l'air trop inoffensif pour être vrai, mais il est vrai. Une seule de ces balles peut tuer. Et je tire très bien.

Elle eut un sourire lointain.

— Quand j'étais gamine et que ma mère m'a emmenée vivre en Caroline du Sud, mon grand-père m'a appris à tirer. Il était de la vieille école qui faisait confiance au revolver, en particulier quand son honneur était en jeu. Mon père aussi s'était battu plusieurs fois en duel quand il était jeune. Et c'était une fine lame. Un jour, il a tué un homme. À cause d'une femme. Autrement dit, monsieur Poirot, dit-elle en le regardant droit dans les yeux, j'ai du sang chaud dans les veines. J'ai acheté cet objet dès que j'ai compris ce qui se passait. Je voulais tuer l'un des deux, mais je n'arrivais pas à décider lequel. Les deux, cela n'aurait pas été satisfaisant. Si j'avais été sûre d'effrayer Linnet... ! Mais elle a du cran. Elle ne connaît pas la peur physique. Alors j'ai décidé que j'allais... attendre ! Attendre s'est mis à me séduire un peu plus chaque fois que j'y repensais. Après tout, j'avais tout le temps. Pourquoi me presser ? C'était plus amusant d'attendre, de voir venir, de vivre de fantasmes. Et puis une idée m'est passée par la tête... l'idée de les suivre. Aussi loin qu'ils aillent, ils m'y trouveraient, *moi* ! Et ça a marché. J'ai réussi à embêter sérieusement Linnet. Rien n'aurait pu l'embêter autant. Ça lui met les nerfs à vif. C'est alors que j'ai commencé à jouir de la situation. Et elle ne peut rien faire. Je suis toujours aimable et polie. Ils ne peuvent pas me reprocher un seul mot déplacé. Et ça leur empoisonne tout, absolument tout !

Elle éclata d'un rire argentin. Poirot l'attrapa par le bras.

— Vous allez me faire le plaisir de vous tenir tranquille. Tranquille, je vous dis.

— Ah oui ? fit-elle en le regardant avec un sourire de défi.

— Mademoiselle, je vous en conjure, cessez ce que vous êtes en train de faire.

— Vous voulez que je laisse cette chère Linnet en paix ?

— Ça va beaucoup plus loin que ça. N'ouvrez pas votre âme au mal.

Elle le regarda, un peu ahurie.

— Parce que, poursuivit Poirot d'un ton grave, si vous continuez, le mal prendra possession de vous. Oui, sans aucun doute il viendra... Il vous submergera. Et il vous sera bientôt impossible de l'en chasser.

Elle leva sur lui un regard vacillant.

— Je... je ne sais pas... (Puis elle s'écria, catégorique :) Vous ne pourrez pas m'empêcher de continuer !

— Non, je ne peux pas vous en empêcher, dit Poirot avec tristesse.

— Même si je voulais la tuer... vous ne pourriez pas m'en empêcher.

— Non... pas si vous étiez prête à en payer le prix.

Jacqueline de Bellefort éclata de rire.

— Oh ! Je n'ai pas peur de la mort ! Après tout, quelle raison ai-je encore de vivre ? Vous réprouvez sans doute que l'on tue une personne qui vous a blessée à mort, qui vous a pris tout ce que vous possédiez au monde ?

— Oui, mademoiselle, je considère le meurtre

comme un délit impardonnable, répondit Poirot d'un ton ferme.

Jacqueline recommença à rire.

— Alors vous devez approuver ma vengeance actuelle. Car, voyez-vous, aussi longtemps qu'elle durera, je n'utiliserai pas ce revolver... Mais parfois j'ai peur, oui, j'ai peur... de voir rouge tout à coup, d'avoir envie de lui faire du mal, de lui enfoncer un couteau dans le corps, de poser mon joli petit revolver sur sa tempe et puis de presser sur la détente... *Oh !*

Poirot sursauta.

— Que se passe-t-il, mademoiselle ?

Elle tourna la tête et plongea le regard dans l'obscurité.

— Quelqu'un !... Il y avait quelqu'un là-bas... Il est parti, maintenant.

Poirot regarda autour de lui. L'endroit paraissait désert.

— Je crois que nous sommes seuls, mademoiselle, dit-il en se levant. De toute façon, j'ai dit tout ce que j'avais à dire. Je vous souhaite une bonne nuit.

Jacqueline se leva à son tour et adopta un ton presque suppliant :

— Vous comprenez, n'est-ce pas... que je ne peux pas faire ce que vous me demandez ?

Poirot secoua la tête.

— Non, car vous devez en être capable. Le moment du choix vient toujours. Pour votre amie Linnet aussi, il fut un temps où elle aurait pu reculer.

Elle l'a laissé passer. Quiconque agit de cette façon est condamné à poursuivre son entreprise, il ne lui est pas offert de seconde chance.

— Pas de seconde chance..., répéta Jacqueline de Bellefort.

Elle resta un moment à remâcher ses pensées puis leva les yeux d'un air de défi.

— Bonne nuit, monsieur Poirot !

Il secoua la tête tristement et la suivit sur le chemin de l'hôtel.

6

Le lendemain matin, Simon Doyle aborda Hercule Poirot au moment où ce dernier quittait l'hôtel.

— Bonjour, monsieur Poirot.

— Bonjour, Mr Doyle.

— Vous allez en ville ? Me permettez-vous de vous accompagner ?

— J'en serai enchanté.

Ils marchèrent côte à côte, franchirent le portail de l'hôtel et pénétrèrent dans l'ombre fraîche des jardins. Simon ôta sa pipe de sa bouche.

— J'ai cru comprendre, monsieur Poirot, que ma femme avait eu une conversation avec vous hier soir ?

— C'est exact.

— Simon Doyle semblait gêné. Il appartenait à cette catégorie d'hommes d'action qui ont du mal à traduire leurs pensées en mots et à s'exprimer clairement.

— Je suis heureux que vous ayez fait comprendre une chose : c'est que nous sommes plus ou moins impuissants dans cette affaire.

— Il est évident que vous n'avez aucun recours légal.

— Exact. Linnet n'a pas l'air de s'en rendre compte. (Il eut un vague sourire.) Elle a été élevée avec l'idée qu'on peut s'adresser à la police pour n'importe quel ennui.

— Ce serait trop beau ! dit Poirot.

Il y eut un silence. Puis Simon reprit, rougissant au fur et à mesure qu'il parlait :

— C'est... c'est une honte de la persécuter comme ça ! Elle n'a rien fait ! Si quelqu'un pense que je me suis conduit en goujat, grand bien lui fasse. C'est sans doute vrai. Mais je ne veux pas qu'on mette ça sur le dos de Linnet. Elle n'y est pour rien.

Poirot inclina gravement la tête mais resta muet.

— Avez-vous... euh... avez-vous parlé à Jackie... à Mlle de Bellefort ?

— Oui, je lui ai parlé.

— Et vous avez pu la ramener à la raison ?

— Hélas, non.

— Ne comprend-elle pas qu'elle se ridiculise ? s'emporta Simon. Qu'aucune femme convenable ne se comporterait comme elle le fait ? N'a-t-elle aucune fierté, aucun respect d'elle-même ?

Poirot haussa les épaules.

— Elle n'a conscience que d'avoir été... offensée.

— C'est entendu, mais bon sang ! Une fille normale ne se conduit pas comme ça. Je reconnais que j'ai tous les torts. Que je l'ai traitée comme il n'est pas permis et tout ce qu'on voudra. Je comprendrais qu'elle m'ait assez vu et ne veuille plus jamais me revoir. Mais me suivre partout... c'est *indécent* ! Elle se donne en spectacle ! Et que diable espère-t-elle obtenir ?

— Sa revanche, peut-être ?

— C'est idiot ! Franchement, je comprendrais mieux qu'elle donne dans le mélodrame... qu'elle me tire dessus, par exemple !

— Ça lui ressemblerait plus, vous pensez ?

— Ma foi, oui. Elle a le sang chaud... et elle n'est plus maîtresse d'elle-même. Rien de ce qu'elle pourrait faire dans un moment de rage ne me surprendrait de sa part. Mais cet espionnage...

Il secoua la tête.

— C'est plus subtil... oui ! C'est intelligent ! remarqua Poirot.

Doyle le foudroya du regard.

— Vous ne vous rendez pas compte ! Ça met les nerfs de Linnet à vif.

— Et les vôtres ?

Simon parut surpris.

— Les miens ? Oh, moi ? Je lui tordrais volontiers le cou, à ce petit démon.

— Vous n'éprouvez plus rien pour elle ?

— Mon cher monsieur Poirot, comment dire

ça ?... C'est comme la lune quand le soleil se lève. Vous ne la voyez plus. Eh bien, quand j'ai rencontré Linnet, Jackie n'a plus existé pour moi.

— Tiens, c'est drôle ça ! marmonna Poirot.

— Pardon ?

— Votre comparaison m'intéresse, c'est tout.

Rougissant de nouveau, Simon reprit :

— J'imagine que Jackie vous a raconté que j'avais épousé Linnet pour son argent ? Bon Dieu, il n'y a pas un mot de vrai là-dedans ! Je n'aurais jamais épousé une femme pour son argent ! Ce que Jackie ne comprend pas, c'est qu'un type ait du mal à supporter qu'on tienne à lui comme... comme elle tenait à moi.

— Ah ? fit Poirot en lui lançant un regard perçant.

Simon s'enferra :

— Cela paraît mufle de dire ça... mais Jackie m'aimait trop !

— *L'une qui aime et l'autre qui se laisse aimer*, murmura Poirot.

— Hein ? Vous dîtes ? Vous savez, un homme tolère mal qu'une femme l'aime plus qu'il ne l'aime. Il ne veut pas se sentir *possédé* corps et âme, poursuivit-il en s'échauffant. « Cet homme est à *moi* ! Il *m'appartient...* » Je ne peux pas supporter cette attitude possessive. Aucun homme ne peut supporter ça. Ça donne envie de s'en aller, de se libérer. On veut *posséder* sa femme et non *être possédé* par elle.

Simon s'arrêta et, d'une main qui tremblait un peu, alluma une cigarette.

— Et c'est ce que vous éprouviez avec Mlle Jacqueline ? demanda Poirot.

— Hein ? Euh... oui... eh bien, en fait, oui. Elle ne s'en rendait pas compte, évidemment. Et ce n'est pas le genre de chose que j'aurais pu lui dire. Mais je *commençais* à en avoir assez. C'est alors que j'ai rencontré Linnet et elle a tout balayé. Je n'avais jamais vu femme aussi adorable. C'était stupéfiant. Tout le monde se prosternait à ses pieds et c'était moi, pauvre misérable, qu'elle choisissait.

Il avait dit ça avec un émerveillement de petit garçon naïf.

— Je comprends, dit Poirot, pensif. Oui, je comprends.

— Pourquoi Jackie ne réagit-elle pas en homme ? demanda Simon avec rancœur.

— Eh bien, voyez-vous, Mr Doyle, le problème, c'est qu'elle n'a *rien* d'un homme.

— Non, ça va de soi, mais je voulais dire en bonne joueuse. Après tout, quand le vin est tiré, il faut le boire. Tout est ma faute, je le reconnais. Mais c'est comme ça. Une femme que l'on n'aime plus, ce serait de la folie furieuse que de l'épouser. Et maintenant que je vois la véritable personnalité de Jackie et jusqu'où elle est capable d'aller, j'ai l'impression de l'avoir échappé belle.

— Jusqu'où elle est capable d'aller..., répéta Poirot, pensif. Avez-vous une idée, Mr Doyle, de ce que cela représente ?

Simon le regarda, plutôt surpris.

— Non. Du moins... qu'entendez-vous par là ?

— Savez-vous qu'elle a un revolver sur elle ?

Simon fronça les sourcils puis secoua la tête.

— Je ne pense pas qu'elle s'en servira... enfin plus maintenant. Elle aurait pu le faire plus tôt, mais le moment est passé. À présent, elle se décharge de sa rancune sur nous deux.

Poirot haussa les épaules.

— Peut-être bien, dit-il, sceptique.

— Mais c'est pour Linnet que je me fais du souci, crut bon d'ajouter Simon.

— Je le conçois, en effet, dit Poirot.

— Je n'ai pas vraiment peur que Jackie nous joue un mélodrame et se mette à tirer. Mais cette filature, cet espionnage incessant poussent Linnet à bout. Je vais vous expliquer le plan que j'ai échafaudé, et peut-être pourrez-vous m'aider à le mettre au point. Pour commencer j'ai clamé assez fort pour que tout le monde l'entende que nous allions rester ici une dizaine de jours. Mais le *Karnak* quitte Shellal demain pour Ouadi Halfa. Je me propose de réserver deux places sous un nom d'emprunt. Et demain, nous partirons en excursion pour Philae. La femme de chambre de Linnet se chargera des bagages. Nous rejoindrons le *Karnak* à Shellal. Quand Jackie s'apercevra que nous ne sommes pas rentrés, il sera trop tard, nous serons déjà en route. Elle en conclura que nous lui avons échappé et que nous sommes retournés au Caire. D'ailleurs, je peux même soudoyer le concierge pour qu'il le lui dise. Et une enquête à l'agence de voyages ne donnera rien puisque nos noms ne figureront nulle part. Alors, qu'en pensez-vous ?

— C'est bien conçu, oui. Mais, si elle attendait ici votre retour ?

— Nous pouvons ne pas revenir. Nous irions jusqu'à Khartoum et de là, peut-être au Kenya par avion. Elle ne peut tout de même pas nous suivre dans le monde entier !

— Non. Ne serait-ce que pour des raisons pécuniaires. Elle n'a pas beaucoup d'argent, si j'ai bien compris ?

Simon regarda Poirot avec admiration.

— Alors là, bravo ! Je n'y avais pas pensé. Jackie est pauvre comme Job.

— Et pourtant, elle s'est débrouillée pour vous suivre jusqu'ici ?

— Oh ! Elle touche un petit revenu, bien sûr. Quelque chose comme deux cents livres par an, je crois. J'imagine... oui, elle a dû réaliser son capital pour mener son train actuel.

— Donc, le jour viendra où elle aura épuisé ses ressources et se retrouvera sans le sou ?

— Oui...

Simon eut l'air embarrassé. L'idée paraissait le mettre mal à l'aise. Poirot l'observait attentivement.

— Non, remarqua-t-il, ce n'est pas une idée bien agréable...

— Alors là, je n'y peux rien ! s'écria Simon, furieux. Que pensez-vous de mon plan ? ajouta-t-il.

— Cela peut marcher, oui. Mais évidemment, c'est une *dérobade*...

Simon rougit.

— Vous voulez dire que nous prenons la fuite ? Oui... c'est vrai... Mais Linnet...

— Peut-être est-ce en effet la meilleure solution. Mais n'oubliez pas que Mlle de Bellefort est loin d'être stupide.

— Un jour, dit Simon d'un air sombre, il faudra que nous ayons une explication. Son attitude n'est pas raisonnable.

— « Raisonnable ! » Vous avez de ces mots ! s'écria Poirot.

— Je ne vois pas pourquoi les femmes ne pourraient pas se conduire en êtres rationnels, déclara Simon, imperturbable.

— Elles le font assez souvent, répliqua Poirot, grinçant. C'est encore plus inquiétant. Je serai aussi sur le *Karnak*, ajouta-t-il. Cela fait partie de mon itinéraire.

— Oh !

Simon eut un moment d'hésitation, puis il dit, cherchant ses mots :

— Ce n'est pas... ce n'est pas... euh... à cause de nous ? Je veux dire, je n'aimerais pas avoir à penser...

Poirot le désabusa aussitôt :

— Pas du tout. Mon programme, je l'avais déjà préparé à Londres. Je m'y prends toujours très à l'avance.

— Vous ne voyagez pas au gré de votre fantaisie ? Ce serait beaucoup plus agréable, non ?

— Peut-être. Mais pour réussir dans la vie, il est essentiel de prévoir le moindre détail à l'avance.

— C'est ainsi que s'y prennent les assassins les plus habiles j'imagine, dit Simon en riant.

— Oui. Et pourtant, le meurtre le plus brillant que je me rappelle, un des plus difficiles qu'il m'ait été donné de résoudre, a été commis sous l'impulsion du moment.

— Il faudra que vous nous racontiez quelques-unes de vos enquêtes quand nous serons à bord du *Karnak*, dit Simon avec une curiosité enfantine.

— Ah, non ! Je ne vais pas me mettre à parler boutique, comme on dit.

— Mais votre boutique est passionnante. C'est en tout cas l'avis de Mrs Allerton. Elle attend avec impatience l'occasion de vous poser un tas de questions.

— Mrs Allerton ? Cette charmante femme aux cheveux blancs, qui a un fils si dévoué ?

— Oui. Elle sera aussi sur le *Karnak*.

— Sait-elle que vous...

— Bien sûr que non, déclara Simon avec force.

Personne ne le sait. J'ai pour principe de ne jamais me fier à qui que ce soit.

— Admirable principe... que j'ai adopté moi aussi. À propos, le dernier membre de votre trio, l'homme aux cheveux grisonnants...

— Pennington ?

— Oui. Il voyage avec vous ?

— Vous trouvez cela incongru pour une lune de miel ? Mr Pennington est l'homme d'affaires américain de Linnet. Nous sommes tombés sur lui par hasard, au Caire, répondit Simon d'un air mécontent.

— Ah, vraiment ! Me permettrez-vous une question ? Votre femme est majeure ?

Simon parut amusé.

— Elle n'a pas encore tout à fait vingt et un ans, mais elle n'avait besoin de la permission de personne pour m'épouser. Mr Pennington en est tombé des nues. Il avait quitté New York à bord du *Carmanic*, deux jours avant l'arrivée de la lettre dans laquelle Linnet lui annonçait son mariage. Il n'était au courant de rien.

— Le *Carmanic*, murmura Poirot.

— Il n'en est pas revenu quand nous l'avons croisé dans le hall du *Shepheard's*, au Caire.

— Quelle coïncidence, en effet !

— Après ça, nous avons découvert que nous faisions la même croisière sur le Nil, alors nous avons continué ensemble. Honnêtement, il était difficile d'agir autrement. Cela a d'ailleurs été... une sorte de soulagement. (Il eut de nouveau l'air embarrassé.) Vous comprenez, Linnet vivait dans une tension permanente, elle s'attendait à voir surgir Jackie n'importe où, n'importe quand. Quand nous étions seuls, tous les deux, nous ressassions sans cesse nos problèmes. Andrew Pennington nous a aidés en ce sens que nous avons été obligés de parler d'autre chose.

— Votre femme s'est-elle confiée à Mr Pennington ?

— Non ! répliqua Simon d'un ton agressif. Cela ne regarde que nous ! De plus, quand nous avons commencé cette croisière sur le Nil, nous pensions avoir vu la fin de cette histoire.

Poirot secoua la tête.

— Oh ! non, vous n'en avez pas vu la fin. Et vous n'êtes pas près de la voir. J'en suis sûr.

— Vous n'êtes pas très réconfortant, monsieur Poirot.

Poirot le regarda un peu irrité. « Cet Anglo-Saxon ne prend rien au sérieux, songeait-il. Pour lui, tout est un jeu. Il ne sera jamais adulte. »

Linnet Doyle, Jacqueline de Bellefort, elles, prenaient toutes les deux l'affaire au sérieux. Mais chez Simon, on ne trouvait rien qu'impatience masculine et contrariété.

— Me permettrez-vous encore une question indiscrète ? demanda Poirot. Est-ce vous qui avez eu l'idée de passer votre lune de miel en Égypte ?

Simon rougit.

— Non, bien sûr que non. En réalité, j'aurais pré-féré aller ailleurs, n'importe où, mais Linnet ne vou-lait pas en démordre. Et alors...

Il s'interrompit, hésitant.

— Bien entendu, dit gravement Poirot.

Il prit bonne note du fait que, lorsque Linnet ne voulait pas démordre de quelque chose, cette chose était tenue de se produire.

« J'ai entendu trois versions différentes de l'affaire, se dit-il. Celle de Linnet Doyle, celle de Jacqueline de Bellefort, et celle de Simon Doyle. Laquelle est la plus proche de la vérité ? »

7

Le lendemain matin vers 11 heures, Simon et Linnet Doyle partirent pour leur excursion à Philae. Du balcon de l'hôtel, Jacqueline de Bellefort les regarda embarquer sur leur pittoresque voilier. Ce qu'elle ne vit pas c'est le départ, devant l'hôtel, de la voiture chargée de bagages dans laquelle était assise une domestique à l'air réservé. La voiture tourna à droite, en direction de Shellal.

Il restait deux heures avant le déjeuner. Poirot décida d'aller se promener sur l'île Éléphantine qui se trouvait juste en face de l'hôtel.

Il descendit jusqu'à l'embarcadère. Deux hommes prenaient pied sur un des bateaux de l'hôtel et il se joignit à eux. Les deux hommes ne se connaissaient manifestement pas. Le plus jeune était arrivé la veille par le train. Grand, le cheveu brun, le visage mince et le menton énergique, il portait un pantalon de flanelle grise crasseux, et un chandail à col roulé particulièrement peu adapté au climat. L'autre, rondouillard et entre deux âges, ne tarda pas à entrer en conversation avec Poirot – comme ce dernier, il parlait couramment un... mauvais anglais. Loin de prendre part au débat, le jeune homme leur jeta un regard noir puis, leur tournant carrément le dos, se mit à admirer l'adresse avec laquelle le batelier nubien dirigeait le bateau du pied tout en manœuvrant la voile de la main. Tout était calme. Ils glissaient doucement sur l'eau le long des gros rochers noirs et une brise légère leur éventait le visage. Ils atteignirent très vite l'Éléphantine et, sitôt à terre, Poirot se dirigea droit sur le musée flanqué de son intarissable compagnon, Ce dernier tendit sa carte de visite à Poirot avec une courbette. Elle portait la mention : *Signor Guido Richetti, Archeologo.*

Pour ne pas être en reste, Poirot lui rendit sa courbette et lui tendit sa propre carte de visite. Ces formalités accomplies, ils pénétrèrent tous les deux dans le musée. L'Italien déversait un torrent d'érudition. Ils parlaient à présent en français.

Le jeune homme au pantalon de flanelle erra un moment dans le musée en bâillant puis s'échappa à l'air libre.

Poirot et le signor Richetti finirent par sortir le rejoindre. L'Italien voulait à tout prix jeter un coup d'œil aux ruines, mais Poirot, ayant aperçu une ombrelle verte familière au bord du fleuve, fila dans cette direction.

Mrs Allerton était assise sur un gros rocher, un carnet de croquis à portée de la main et un livre sur les genoux.

Poirot souleva poliment son chapeau, et Mrs Allerton engagea aussitôt la conversation.

— Bonjour, monsieur Poirot. J'imagine qu'il n'y a aucun moyen de se débarrasser de cette affreuse marmaille.

Elle était entourée de petites silhouettes noires, souriantes et gesticulantes, qui tendaient des mains implorantes en zézayant, pleines d'espoir : « Bakchich ! Bakchich ! »

— Je pensais qu'ils se lasseraient de moi, gémit Mrs Allerton. Cela fait plus de deux heures qu'ils m'observent et le cercle se resserre de plus en plus. De temps à autre, je crie « Imchi », je brandis mon ombrelle, et ils se dispersent un instant. Et puis ils reviennent, et ils me regardent, et ils m'épient... et ils ont les yeux crottés, tout comme le nez, et au fond, je crois que je n'aime pas vraiment les enfants... à moins qu'ils soient plus ou moins lavés et qu'ils aient des rudiments de bonnes manières.

Elle eut un rire sans joie.

Courtois, Poirot s'efforça de dissiper la bande, mais sans succès. Ils disparaissaient et réapparaissaient, se rapprochaient de nouveau...

— Si on pouvait être tranquille en Égypte, ce pays

me plairait davantage, commenta Mrs Allerton. Mais on n'y est jamais seul nulle part. Il y a toujours quelqu'un pour vous harceler, vous demander de l'argent ou vous proposer des ânes, des colliers, ou une excursion dans un village indigène, ou une chasse au canard.

— C'est le grand inconvénient de ce pays, c'est vrai.

Il étala soigneusement son mouchoir sur le rocher et s'assit avec précaution.

— Votre fils ne vous accompagne pas, ce matin ?

— Non, il avait quelques lettres à poster avant notre départ. Nous faisons l'excursion de la deuxième cataracte, vous savez.

— Moi aussi.

— Vous m'en voyez ravie. Il faut que je vous dise que je suis aux anges de vous avoir rencontré. Quand nous étions à Majorque, une certaine Mrs Cole nous a raconté des choses extraordinaires sur votre compte. Elle venait de perdre une bague avec un rubis en se baignant, et elle n'arrêtait pas de se lamenter que vous ne soyez pas là pour le lui retrouver.

— Diable ! Je ne suis pas scaphandrier !

Ils se mirent à rire.

— De ma fenêtre, poursuivit Mrs Allerton, je vous ai vu vous promener en compagnie de Simon Doyle, ce matin. Que pensez-vous de lui ? Il nous intéresse tous beaucoup.

— Ah ! Vraiment ?

— Oui. Son mariage avec Linnet Ridgeway a jeté la stupeur. Elle devait épouser lord Windlesham et, tout à trac, la voilà qui se fiance avec cet homme dont personne n'a jamais entendu parler.

— Vous la connaissez bien, madame ?

— Non, mais une de mes cousines, Joanna Southwood, est une de ses meilleures amies.

— Ah ! oui, j'ai souvent vu son nom dans les journaux. Miss Joanna Southwood est une jeune personne dont on parle beaucoup.

— Ça, elle sait très bien faire sa publicité.

— Vous ne l'aimez guère ?

— Je suis trop mauvaise langue, répondit Mrs Allerton d'un air contrit. Que voulez-tous, je suis vieux jeu. Je ne l'aime pas beaucoup, mais Tim et elle sont les meilleurs amis du monde.

— Je vois, dit Poirot.

Mrs Allerton lui lança un bref regard et changea de sujet.

— Les jeunes gens sont rares, ici. La jolie jeune fille brune, avec son épouvantable mère, la dame au turban, doit être à peu près la seule. J'ai remarqué que vous avez beaucoup parlé avec elle... Elle m'intéresse, cette enfant.

— Et pourquoi cela, madame ?

— Elle me fait de la peine. On peut souffrir terriblement quand on est jeune et sensible. Et je crois qu'elle souffre.

— Oui, elle n'est pas heureuse, cette pauvre petite.

— Tim et moi, nous l'avons surnommée « La Boudeuse ». J'ai essayé une ou deux fois de lui parler, mais elle m'a envoyée promener. Quoi qu'il en soit, elle fait aussi cette excursion sur le Nil, alors nous finirons bien par nous lier d'amitié, non ?

— C'est une éventualité à ne pas écarter, madame.

— Moi, je suis très sociable. Les gens m'intéressent énormément. Les gens de toute sorte... Tim prétend que cette fille aux cheveux noirs – je crois qu'elle s'appelle Bellefort – était fiancée à Simon Doyle. Ça doit être plutôt gênant pour eux de se retrouver comme ça ?

— Gênant est le moins qu'on puisse dire, oui, reconnut Poirot.

— C'est peut-être ridicule, mais elle me fait presque peur. On sent en elle tant de... de violence...

Poirot hocha doucement la tête.

— Vous n'avez pas tort, madame. Une grande force d'émotion, c'est toujours un peu effrayant.

— Les gens vous intéressent-ils aussi, monsieur Poirot ? Ou réservez-vous votre attention aux criminels en puissance ?

— C'est une catégorie qui n'exclut pas grand monde, madame.

Mrs Allerton eut l'air plutôt surprise.

— Vous le pensez vraiment ?

— À condition que le motif soit là, ajouta Poirot.

— Qui sera différent pour chacun ?

— Bien entendu.

Mrs Allerton hésita, un petit sourire aux lèvres.

— Même moi, peut-être ?

— Les mères, madame, sont particulièrement impitoyables quand leurs enfants sont en danger.

— C'est vrai... oui, vous avez tout à fait raison, répondit-elle gravement.

Après un instant de silence, elle reprit en souriant :

— J'essaie d'imaginer ce qui pourrait pousser au crime chacun des clients de l'hôtel. C'est très amusant. Simon Doyle, par exemple...

— Son crime serait très simple ; il irait droit au but. Sans s'embarrasser de subtilités.

— Il serait donc très facilement détecté ?

— Oui. Ce n'est pas le genre de tueur astucieux.

— Et Linnet ?

— Elle se conduirait comme la reine d'*Alice au Pays des Merveilles* : « Qu'on lui coupe la tête ! »

— Bien sûr ! Le droit divin du monarque ! Avec un petit côté vigne de Naboth, comme dans la Bible. Et cette redoutable Jacqueline de Bellefort, pourrait-elle commettre un meurtre ?

Poirot hésita un instant puis répondit :

— Oui, je pense qu'elle le pourrait.

— Mais vous n'en êtes pas certain ?

— Non. Elle m'intrigue, cette petite.

— Je ne vois pas Mr Pennington en assassin, et vous ? Il a l'air si boucané, si recuit... comme s'il n'avait pas de sang dans les veines.

— Mais il doit avoir un très fort instinct de conservation.

— Oui, sans doute. Et cette pauvre Mrs Otterbourne avec son turban ?

— Il y a toujours la vanité, madame.

— Comme motif de meurtre ? demanda Mrs Allerton, sceptique.

— Les motifs d'un meurtre sont parfois dérisoires, madame.

— Et quels sont les plus fréquents, monsieur Poirot ?

— Le plus fréquent... c'est l'argent... C'est-à-dire le profit sous toutes ses formes. Puis vient la vengeance, et ensuite l'amour, la peur, la haine, la bienfaisance...

— Monsieur Poirot !

— Mais si, madame. J'ai vu un cas où – appelons-le A – s'est vu éliminer par B dans le seul but d'aider C. Les assassinats politiques n'ont souvent pas d'autre mobile. On élimine quelqu'un parce que l'on considère qu'il représente un danger pour la société. On oublie que la vie et la mort sont l'affaire du Bon Dieu.

— Je suis heureuse de vous l'entendre dire. Quoi qu'il en soit, c'est Dieu qui choisit en fin de compte son instrument.

— Cette façon de penser recèle un danger, madame.

Mrs Allerton adopta un ton plus léger :

— Eh bien, monsieur Poirot, après cette conversation, je m'étonne qu'il y ait encore des gens en vie ! Il est temps de rentrer, ajouta-t-elle en se levant. Nous devons partir tout de suite après le déjeuner.

Ils atteignirent l'embarcadère au moment où le jeune homme au chandail à col roulé reprenait sa place sur le bateau. L'Italien s'y trouvait déjà. Quand le Nubien eut largué les amarres, Poirot adressa poliment une remarque à l'inconnu :

— Il y a des choses magnifiques à voir en Égypte, vous ne trouvez pas ?

Le jeune homme fumait une pipe nauséabonde. Il se l'ôta de la bouche et répliqua avec brièveté, avec énergie, et avec un accent qui surprenait par sa distinction :

— Elles me rendent malade.

Mrs Allerton mit son pince-nez et l'examina avec intérêt.

— Tiens ? Et pourquoi ça ? demanda Poirot.

— Prenez les pyramides par exemple. Ce sont d'énormes blocs de maçonnerie inutiles, élevés pour satisfaire l'égoïsme d'un roi despotique et bouffi d'orgueil. Pensez à ces milliers d'hommes qui ont sué et peiné pour les construire et qui en sont morts. Cela me rend malade de penser aux souffrances et aux tortures qu'elles représentent.

— Alors, dit gaiement Mrs Allerton, vous préféreriez qu'il n'y ait ni pyramides, ni Parthénon, ni magnifiques tombeaux, ni temples, pour la satisfaction de savoir que les gens ont tous fait trois repas par jour et sont morts dans leur lit ?

Le jeune homme dirigea sur elle son regard mauvais.

— Je pense que les êtres humains ont plus d'importance que les pierres.

— Mais ils ne sont pas aussi durables, remarqua Poirot.

— Je préfère regarder un travailleur bien nourri plutôt que n'importe quelle prétendue œuvre d'art. C'est l'avenir qui compte, pas le passé !

C'en était trop pour le signor Richetti qui se lança dans un discours passionné, assez difficile à suivre.

Le jeune homme répliqua en expliquant à chacun ce qu'il pensait au juste du système capitaliste. Ses paroles étaient chargées de venin.

Lorsque sa tirade prit fin, ils étaient parvenus au débarcadère de l'hôtel.

— Eh bien, eh bien..., murmura gaiement Mrs Allerton en mettant pied à terre.

Le jeune homme la regarda d'un œil torve.

Dans le hall de l'hôtel, Poirot rencontra Jacqueline de Bellefort. Elle était en tenue d'équitation. Elle lui fit un petit salut ironique.

— Je vais me promener à dos d'âne, déclara-t-elle. Me conseillez-vous les villages indigènes, monsieur Poirot ?

— C'est là que vous allez aujourd'hui, mademoiselle ? Eh bien, ils sont très pittoresques – mais ne dépensez pas trop d'argent dans l'artisanat local.

— Qui est importé d'Europe ? On ne me trompe pas si facilement !

Avec un petit salut, elle sortit dans le soleil éclatant. Poirot acheva ses bagages. Tâche aisée, car ses affaires étaient toujours rangées selon un ordre méticuleux. Puis, il descendit déjeuner dans la salle à manger.

Après le repas, le car de l'hôtel emmena les voyageurs pour la deuxième cataracte jusqu'à la gare où ils devaient prendre l'express quotidien du Caire à Shellal – un trajet d'une dizaine de minutes.

Il y avait là les Allerton, Poirot, le jeune homme en pantalon de flanelle crasseux et l'Italien. Mrs Otterbourne et sa fille, qui étaient parties en excursion à Philae et au barrage, devaient rejoindre le bateau à Shellal.

Le train du Caire via Louxor avait environ vingt minutes de retard. Il finit cependant par arriver et on eut droit alors aux habituelles scènes d'affolement. Les porteurs indigènes qui descendaient les valises se heurtaient à ceux qui les montaient. Quelque peu essoufflé, Poirot se retrouva enfin dans un compartiment avec une partie de ses bagages, plus ceux des Allerton et plus d'autres encore dont il ignorait totalement l'origine. Tim et sa mère avaient échoué ailleurs avec un reliquat de valises hétéroclites.

Le compartiment de Poirot était occupé par une vieille demoiselle – visage ridé, col-cravate amidonné, diamants à la douzaine et expression de mépris reptilien pour l'humanité en général. Elle gratifia Poirot d'un regard aussi noir qu'aristocratique et disparut derrière les pages d'un magazine américain.

Une jeune femme d'une trentaine d'années était assise en face d'elle. Grande, un peu mollassonne, elle avait de bons yeux marron de chien fidèle, le cheveu un tantinet hirsute et semblait manifester le désir quasi maladif de se rendre utile. De temps à autre, la vieille dame regardait par-dessus son magazine et lui lançait un ordre. « Cornelia, ramasse les couvertures. » « Quand nous arriverons, surveille ma valise. À aucun prix ne laisse quelqu'un la toucher. » « N'oublie pas mon coupe-papier. »

Le trajet fut bref. Dix minutes après, ils s'arrêtaient sur la jetée où les attendait le *Karnak*. Les Otterbourne étaient déjà à bord.

Le *Karnak* était plus petit que le *Papyrus* et que le *Lotus*, les vapeurs de la première cataracte, trop gros pour passer les écluses du barrage d'Assouan. Les passagers furent conduits à leur cabine. Le bateau n'étant pas plein, la plupart étaient logés sur le pont-promenade. Toute la partie avant du pont était occupée par un salon vitré où les passagers pouvaient s'installer pour admirer le fleuve. Sur le pont inférieur se trouvaient un fumoir et un petit salon et, plus bas encore, la salle à manger. S'étant assuré que ses affaires étaient bien dans sa cabine, Poirot retourna sur le pont pour assister aux manœuvres de départ.

Il rejoignit Rosalie Otterbourne, appuyée au bastingage.

— Nous voici en route pour la Nubie. Cela vous fait plaisir, mademoiselle ?

La jeune fille poussa un profond soupir.

— Oui, j'ai l'impression de tout quitter, de partir enfin loin de tout, fit-elle avec un grand geste de la main.

Il y avait de la sauvagerie dans ce plan d'eau qui s'étendait devant eux, dans ces escarpements de rochers dénudés qui semblaient l'enclore, dans ces vestiges de maisons englouties par la montée des eaux consécutive à l'endiguement du fleuve. Le paysage tout entier respirait la mélancolie et dégageait une manière de charme quasi maléfique.

— Loin de tout le monde..., murmura Rosalie.

— À l'exception de vos proches, mademoiselle.

Elle haussa les épaules.

— Il y a quelque chose dans ce pays qui me rend... méchante. Qui fait remonter à la surface tout ce qui bout à l'intérieur. La vie est si injuste...

— Je me le demande. Il ne faut pas se fier aux apparences.

— Regardez ma mère, dit-elle entre ses dents, et regardez les autres... Pour la mienne, il n'y a qu'un seul dieu, le Sexe, et Salomé Otterbourne est son Prophète ! (Elle s'arrêta.) Je n'aurais pas dû dire ça, je suppose.

— À moi, vous pouvez. J'ai l'habitude d'en enten-

119

dre de toutes les couleurs. Si, comme vous le prétendez, vous bouillez à l'intérieur – telle la confiture sur
le feu – eh bien, laissez remonter l'écume à la surface
et après on pourra la recueillir à la cuillère, comme
ceci...

Il fit le geste de jeter quelque chose dans le Nil.

— Et hop ! C'est parti !

— Quel homme extraordinaire vous faites ! s'écria
Rosalie.

Un sourire éclaira son visage maussade. Mais soudain, elle se raidit et s'exclama :

— Bon sang ! mais c'est Mrs Doyle et son mari !
Jamais je n'aurais cru qu'ils faisaient eux aussi cette
excursion.

Linnet venait de sortir d'une cabine située vers le
milieu du pont. Simon l'escortait. Poirot fut surpris
de la voir aussi rayonnante, si pleine d'assurance. Son
bonheur avait quelque chose de provocant. Simon
aussi était transfiguré. Il souriait d'une oreille à
l'autre, de l'air d'un gamin hilare.

— C'est magnifique, déclara-t-il en s'accoudant à
son tour au bastingage. J'attends beaucoup de cette
excursion, pas vous, Linnet ? C'est – comment dire ? –
tellement moins touristique, tellement moins rebattu...
J'ai l'impression que nous allons enfin pénétrer au
cœur de l'Égypte.

— Oui, répondit vivement Linnet. C'est tellement
plus... sauvage, d'une certaine façon.

Elle lui glissa la main sous le bras. Il la serra contre lui.

— Nous sommes enfin libres, Lin, murmura-t-il.

Le bateau s'éloignait de la jetée. Ils étaient en route pour les sept jours de voyage que durait l'aller-retour à la deuxième cataracte.

Un petit rire argentin fusa derrière eux. Linnet pivota sur ses talons.

Jacqueline de Bellefort se dressait sur le pont de toute sa petite taille. Elle paraissait s'amuser beaucoup.

— Linnet, ça par exemple ! Si je m'attendais à te rencontrer ici ! Je croyais vous avoir entendu dire que vous comptiez rester dix jours à Assouan. Pour une surprise, tu m'avoueras... !

— Tu... tu n'es..., bégaya Linnet. (Elle se força à sourire.) Je... je ne m'attendais pas non plus à te voir.

— Non ?

Jacqueline se dirigea vers l'autre bastingage. Linnet serra de toutes ses forces le bras de son mari.

— Simon... Simon...

La bonne humeur de Doyle s'était envolée. Il avait l'air furibond. Ses poings se serraient en dépit des efforts qu'il faisait pour se dominer.

Ils s'éloignèrent un peu tous deux. Sans tourner la tête, Poirot saisit quelques bribes de phrases :

« Rentrer... impossible... nous pourrions... » Et puis, un peu plus fort la voix de Doyle, désespérée mais menaçante :

— Nous ne pouvons pas passer notre vie à fuir, Lin. Il faut en finir une bonne fois pour toutes.

On était quelques heures plus tard. Le jour déclinait. Debout dans le salon vitré, Poirot regardait droit devant. Le *Karnak* traversait un étroit defilé. Les falaises plongeaient à pic dans le fleuve rapide et profond qui bouillonnait entre elles. Ils avaient atteint la Nubie.

Poirot entendit un pas et Linnet surgit soudain près de lui. Elle avait les mains crispées. Il ne l'avait encore jamais vue dans cet état. Elle avait l'air d'une enfant abasourdie.

— Monsieur Poirot, dit-elle, j'ai peur... j'ai peur de tout. Je ne me suis jamais sentie comme ça. Tous ces rochers sauvages, ce paysage désolé, cette obscurité... Où allons-nous ? Que va-t-il se passer ? J'ai peur, je vous dis que j'ai peur. Tout le monde me hait. C'est la première fois que je ressens ça. J'ai toujours été gentille, j'ai toujours fait ce que j'ai pu pour les autres, et on me hait, un tas de gens me haïssent. À part Simon, je suis entourée d'ennemis... Penser qu'il y a des gens qui vous haïssent, c'est une sensation horrible...

— En voilà des idées, madame !

— Ce sont sans doute... les nerfs. J'ai l'impression que... que le danger rôde autour de moi.

Elle jeta un rapide coup d'œil derrière elle.

— Comment tout cela va-t-il se terminer ? fit-elle

122

brusquement. Nous sommes prisonniers, ici. Pris au piège ! Il n'y a pas d'issue. Nous sommes obligés de continuer... je... je ne sais plus où j'en suis.

Elle se laissa tomber sur un siège. Poirot l'observa avec gravité. Son regard n'était pas dénué de compassion.

— Comment, mais comment a-t-elle pu apprendre que nous serions sur ce bateau ? reprit-elle.

— Elle a de la cervelle, vous le savez bien, répondit Poirot en secouant la tête.

— J'ai le sentiment que je ne lui échapperai jamais.

— Vous auriez pu vous organiser autrement. Je suis d'ailleurs surpris que vous ne l'ayez pas fait. Après tout, madame, l'argent n'est pas un obstacle pour vous. Pourquoi n'avez-vous pas loué votre propre *dahabieh* ?

— Si nous avions su... mais nous ne savons rien de tout ça. Et ç'aurait été difficile... Oh ! Vous ne comprenez rien à mes difficultés ! s'écria-t-elle avec une soudaine irritation. Je dois faire attention, avec Simon... Il est... Il est ridiculement sensible à... à l'argent. Au fait que j'en ai trop. Il voulait m'emmener dans un coin perdu en Espagne... il... il voulait payer lui-même toutes les dépenses de notre voyage de noces. Comme si cela avait de l'importance ! Les hommes sont stupides ! Il faudra bien qu'il s'habitue à... à vivre confortablement. Un *dahabieh*, c'est une idée qui l'aurait mis hors de lui, c'est... c'est le genre de choses qu'il considère comme une dépense inutile. Il faudra que je fasse son éducation... petit à petit.

Elle regarda Poirot et, fâchée, se mordit la lèvre comme si elle regrettait de s'être laissée entraîner à parler trop librement de ses difficultés.

Elle se leva.

— Je dois aller me changer. Désolée, monsieur Poirot. J'ai bien peur de vous avoir débité un tas de sottises.

8

Mrs Allerton, d'une élégance discrète dans sa robe de dentelle noire, descendit jusqu'au pont inférieur pour se rendre à la salle à manger. Son fils la rattrapa à la porte.

— Désolé, mère. J'avais peur d'être très en retard.

— Où sont nos places ?

La salle était garnie de petites tables. Mrs Alllerton attendit que le steward, qui plaçait d'autres gens, ait le temps de s'occuper d'eux.

— À propos, reprit-elle, j'ai invité le petit Hercule Poirot à notre table.

— Oh non, mère ! Vous n'avez pas fait ça !

Tim paraissait réellement mécontent.

Sa mère le regarda avec étonnement. D'habitude, Tim était si accommodant !

— Cela t'ennuie, mon chéri ?

— Et comment ! C'est un prétentiard de première.

— Oh non, Tim ! Je ne suis pas d'accord avec toi.

— De toute façon, qu'avons-nous besoin de nous embarrasser d'un étranger ? Cloîtrés comme nous le sommes sur ce bateau, ça va être une corvée de tous les instants. Nous allons l'avoir sur le dos matin, midi et soir.

— Je suis désolée, mon chéri, dit Mrs Allerton, très ennuyée. J'étais persuadée que cela t'amuserait. Après tout, il doit avoir connu bien des aventures. Toi qui adores les romans policiers...

Tim grogna.

— Je préférerais que vous ayez moins d'idées mirobolantes, mère. Mais j'imagine qu'on ne peut plus échapper à celle-là, maintenant ?

— Franchement, Tim, je ne vois pas comment...

— Oh ! bon, il va bien falloir s'accommoder de la situation.

Le steward vint les chercher et les installa à une table. Mrs Allerton paraissait perplexe. Tim était d'ordinaire si facile à vivre ! Cet éclat ne lui ressemblait pas. Il n'avait jamais fait montre du dégoût, de la méfiance habituels des Britanniques envers les étrangers. Tim était, au contraire, cosmopolite. Enfin... Elle soupira. Les hommes sont si difficiles à comprendre. Même le plus proche et le plus chéri d'entre eux peut avoir des réactions inattendues.

Ils étaient à peine assis qu'Hercule Poirot entra, d'un pas rapide et silencieux. Il s'arrêta près d'eux, la main sur le dossier d'une chaise.

— Puis-je, madame, profiter de votre aimable invitation ?

— Bien sûr. Asseyez-vous, monsieur Poirot.

— Vous êtes trop aimable.

Gênée, Mrs Allerton remarqua que Poirot jetait un rapide regard à Tim, et que celui-ci n'était pas parvenu à dissimuler son expression de mauvaise humeur.

Elle se fit un devoir de détendre l'atmosphère. Tandis qu'ils prenaient leur potage, elle examina la liste des passagers qui avait été posée à côté de son assiette.

— Tâchons d'identifier tout le monde, proposa-t-elle gaiement. Cela m'amuse toujours !

Elle se mit à lire :

— Mrs Allerton et Mr T. Allerton. Ça, c'est simple. Mlle de Bellefort. Ils l'ont mise à la même table que les Otterbourne, à ce que je vois. Je me demande ce que ça va donner avec Rosalie... Qui vient ensuite ? Le Dr Bessner. Le Dr Bessner ? Qui connaît le Dr Bessner ?

Elle arrêta son regard sur une table où quatre hommes étaient assis.

— Ce doit être le bibendum à moustache et au crâne rasé. Un Allemand, j'imagine. Son potage a l'air de lui plaire énormément !

Des bruits de succion parvenaient jusqu'à eux.

— Miss Bowers ? continua Mrs Allerton. Pouvons-nous deviner qui est miss Bowers ? Il y a trois ou quatre femmes qui... non, laissons-la de côté pour l'instant. Mr et Mrs Doyle. Bien sûr, les célébrités de la croisière. Elle est vraiment très belle et sa robe est une perfection.

Tim se retourna pour la voir. Linnet, son mari et Andrew Pennington occupaient une table d'angle. Linnet portait une robe blanche et un collier de perles.

— Plutôt quelconque et rudimentaire, cette robe, grommela Tim. Juste un coupon de tissu avec une espèce de ficelle au milieu.

— Bien sûr, mon chéri ! Description typiquement masculine d'un modèle à 80 guinées !

— Je ne comprendrai jamais pourquoi les femmes dépensent tant d'argent pour s'habiller. Ça me paraît absurde.

Mrs Allerton poursuivit son enquête sur les passagers.

— Mr Fanthorp doit être un des quatre hommes à cette table-là. Le jeune homme si ostensiblement calme et qui ne dit jamais un mot. Assez beau visage, réfléchi et intelligent...

— Il est intelligent, oui, reconnut Poirot. Il ne dit rien, mais il écoute avec attention et il observe. Oui, il fait bon usage de ses yeux. Ce n'est pas le genre de garçon qu'on s'attend à rencontrer voyageant pour son plaisir dans cette partie du globe. Je me demande ce qu'il fait ici.

— Mr Ferguson, lut Mrs Allerton. Je parie que

128

c'est notre ami, l'anti-capitaliste. Mrs Otterbourne et miss Otterbourne. Nous savons tout d'elles. Mr Pennington ? Alias oncle Andrew. À mon avis, c'est un bel homme...

— Voyons, mère ! dit Tim.

— Je le trouve même très bel homme, dans le genre sec, continua Mrs Allerton. La mâchoire plutôt brutale... Ce doit être un de ces hommes dont on parle dans les journaux et qui opèrent à Wall Street. Je suis sûre qu'il est extrêmement riche. Le suivant... M. Hercule Poirot, dont les talents sont malheureusement gaspillés pour l'instant. Tim, ne pourrais-tu pas concocter un joli petit crime pour M. Poirot ?

Sa plaisanterie bien intentionnée ne fit que ranimer le mécontentement de son fils. Il lui lança un regard mauvais. Mrs Allerton se dépêcha de continuer.

— Mr Richetti. Notre archéologue italien. Puis miss Robson, et pour finir, miss Van Schuyler. La dernière ne pose pas de problème. C'est cette vieille Américaine si laide qui a l'air décidée à n'adresser la parole qu'à ceux qui répondent exactement à ses normes. Elle est étonnante, non ? Une authentique pièce de musée... Les deux femmes qui l'accompagnent doivent donc être miss Bowers et miss Robson – une secrétaire, sans doute, la maigre au pince-nez, et une parente pauvre, la jeune femme à l'air pathétique qui, bien qu'elle soit traitée comme une esclave, a l'air heureuse de faire ce voyage et pense que Robson, c'est la secrétaire, et Bowers la parente pauvre.

129

— Faux, mère ! lança Tim qui avait retrouvé sa bonne humeur.

— Comment le sais-tu ?

— Parce que j'étais dans le petit salon, avant le déjeuner, et la vieille peau a dit à la femme qui l'accompagnait : « Où est miss Bowers ? Va la chercher tout de suite, Cornelia ! », et Cornelia est partie en trottinant comme un toutou bien dressé.

— Il faudra que je parle à miss Van Schuyler, dit Mrs Allerton d'un air rêveur.

Tim sourit.

— Elle vous enverra promener, mère.

— Pas du tout. Je préparerai minutieusement le terrain. Je m'assiérai à côté d'elle et, au cours de la conversation, à voix basse – mais de tête – et avec mon accent le plus distingué, je lui citerai tous les gens titrés dont je peux me rappeler. Une allusion en passant à ton petit cousin, le duc de Glasgow, pourrait bien faire l'affaire.

— Vous n'avez aucun scrupule, mère !

Les faits et gestes d'après le dîner ne manquèrent pas d'avoir un côté amusant pour qui s'intéresse à la nature humaine. Le jeune socialiste – c'était bien en effet, Mr Ferguson –, se retira dans le fumoir en fusillant du regard tous les passagers installés dans le salon vitré, sur le pont supérieur. Miss Van Schuyler se dirigea droit vers la meilleure table, à l'abri des courants d'air, où Mrs Otterbourne était déjà assise.

— Vous m'excuserez, j'en suis sûre, mais je pense avoir laissé mon tricot ici.

Sous son regard hypnotique, le turban se leva et abandonna la place. Mrs Van Schuyler s'installa avec sa suite. Mrs Otterbourne s'assit à proximité et hasarda quelques remarques qui furent reçues avec une politesse si glaciale qu'elle y renonça. Miss Van Schuyler trôna enfin dans un splendide isolement. Les Doyle étaient installés avec les Allerton. Le Dr Bessner avait choisi la compagnie tranquille de Mr Fanthorp. Jacqueline de Bellefort était seule avec un livre. Rosalie Otterbourne ne tenait pas en place. Mrs Allerton lui adressa la parole une ou deux fois et essaya de l'attirer dans son groupe, mais la jeune fille l'accueillit de la plus mauvaise grâce.

M. Hercule Poirot passa sa soirée à écouter Mrs Otterbourne discourir sur sa mission d'écrivain.

Comme il retournait à sa cabine, il aperçut Jacqueline de Bellefort. Accoudée au bastingage, elle tourna la tête et il fut frappé par son expression de profonde douleur. Plus aucune trace d'insouciance, de défi malicieux, de sombre et farouche triomphe.

— Bonne nuit, mademoiselle.

— Bonne nuit, monsieur Poirot. (Elle hésita, puis :) Vous avez été surpris de me trouver ici ?

— Pas tant surpris que désolé... tout à fait désolé. .., répondit-il avec gravité.

— Désolé... pour moi, vous voulez dire ?

— C'est en effet ce que je voulais dire. Vous avez

131

choisi la voie dangereuse... Comme nous avons embarqué sur ce bateau pour faire un voyage, vous avez embarqué pour faire votre propre voyage... un voyage sur une rivière rapide, au milieu de dangereux rochers, dirigé vers qui sait quels catastrophiques courants...

— Pourquoi dites-vous cela ?

— Parce que c'est vrai. Vous avez largué les amarres qui assuraient votre sécurité. Même si vous le vouliez, je doute que vous puissiez maintenant renverser la vapeur.

— C'est juste..., dit-elle très lentement.

Elle rejeta la tête en arrière.

— Oh ! Et puis faut bien suivre son étoile, où qu'elle vous mène.

— Prenez garde, mademoiselle, que ce ne soit pas une fausse étoile...

Elle se mit à rire et à imiter les criaillements de perroquet des petits âniers :

— Ça pas bonne étoile, m'sieur ! Cette étoile, tomber...

Poirot allait sombrer dans le sommeil quand il fut réveillé par des murmures à deux voix. Il reconnut celle de Doyle qui répétait ce qu'il avait déjà dit lorsque le bateau avait quitté Shellal :

— Il faut en finir, maintenant...

« Oui, songea Poirot, il va bien falloir en finir. »

Ce qui n'était pas fait pour le rendre heureux.

9

Le bateau arriva de bonne heure le lendemain à Ez-Zebua. Radieuse, coiffée d'une capeline, Cornelia Robson fut une des premières à descendre. Snober les gens n'était pas son genre. Dotée d'un heureux caractère, elle était encline à aimer ses semblables.

L'apparition d'Hercule Poirot en complet blanc, chemise rose, cravate noire extra-large à nœud carré et casque colonial blanc ne provoqua pas chez elle les réactions qui auraient été celles de l'aristocratique miss Van Schuyler.

Comme ils remontaient ensemble une allée bordée de sphinx, elle répondit avec empressement à sa banale entrée en matière :

— Vos compagnes de voyage ne viennent pas visiter le temple ?

— Voyez-vous, cousine Marie – je veux dire miss-Van Schuyler – n'est pas très matinale. Il lui faut faire très, très attention à sa santé. Ce qui fait qu'elle a besoin de la présence de miss Bowers, son infirmière. Et elle dit aussi que ce temple n'est pas un des plus intéressants. Mais elle m'a très gentiment permis d'y aller.

— C'est très généreux de sa part, ironisa Poirot.

Peu soupçonneuse, la candide Cornelia acquiesça.

— Oh ! Elle est très gentille. C'est merveilleux de sa part de m'offrir ce voyage. J'ai beaucoup de chance. Je n'en croyais pas mes oreilles quand elle a proposé à ma mère de m'emmener.

— Et il vous plaît, ce voyage ?

— Oh ! C'est magnifique ! J'ai déjà vu l'Italie, Venise, Padoue, Pise... et puis le Caire... sauf qu'au Caire, cousine Marie était un peu souffrante et je n'ai guère pu sortir ; et maintenant cette croisière extraordinaire jusqu'à Ouadi Halfa...

— Vous avez une nature heureuse, mademoiselle, dit Poirot en souriant.

Songeurs, ses yeux allèrent se poser sur Rosalie qui, maussade, marchait seule devant eux.

— Elle est ravissante, n'est-ce pas ? dit Cornelia qui avait suivi son regard. Seulement un peu dédaigneuse. Elle est très anglaise, évidemment. Mais elle n'est pas aussi merveilleuse que Mrs Doyle ! Mrs Doyle est la femme la plus jolie, la plus élégante que j'aie jamais vue. Et son mari baise le sol sous ses pas, non ? Cette femme aux cheveux blancs est très distinguée, n'est-ce pas ? C'est la cousine d'un duc, je crois. Elle en parlait hier soir, juste à côté de nous. Mais elle n'est pas titrée, n'est-ce pas ?

Elle babilla ainsi jusqu'au moment où leur guide les arrêta pour entonner :

— Ce temple a été ainsi dédié au dieu égyptien Amon et au dieu-soleil Rë-Harakhte, symbolisé par une tête de faucon...

Il continua à débiter son texte sur un ton monocorde. L'éléphantesque Dr Bessner, son Baedeker à la main, marmonnait pour lui-même en allemand. Il préférait l'écrit à l'oral.

Tim Allerton ne s'était pas joint au groupe. Sa mère s'efforçait de briser la glace avec le discret Mr Fanthorp. Andrew Pennington, qui tenait Linnet Doyle par le bras, semblait fasciné par les mesures chiffrées que le guide récitait.

— Vingt-deux mètres de hauteur ? J'ai l'impression qu'il en fait un peu moins. Un grand bonhomme, ce Ramsès. Un Égyptien qui en voulait.

— Un grand homme d'affaires, oncle Andrew.

Andrew Pennington la regarda d'un œil approbateur :

— Vous êtes en forme ce matin, Linnet. Je me faisais du souci pour vous, ces jours-ci. Vous aviez les traits tirés.

Ils regagnèrent tous le bateau en bavardant. Une fois de plus, le *Karnak* reprit sa route.

Le paysage était moins aride, maintenant. On voyait des palmiers, des cultures...

Ce changement de décor parut soulager les passagers d'une sensation secrète d'oppression. Tim Allerton avait surmonté sa crise de mauvaise humeur. Rosalie paraissait moins maussade. Linnet aussi avait l'air détendue.

— Ce n'est pas très délicat de parler affaires à une jeune mariée pendant sa lune de miel, lui dit gentiment Pennington, mais il y a un ou deux détails que...

— Bien sûr, oncle Andrew ! (Linnet redevint aussitôt femme pratique.) Mon mariage change sans doute un peu la situation.

— Exact. Un de ces jours, il faudra que vous me signiez quelques papiers.

— Pourquoi pas tout de suite ?

Pennington regarda autour de lui. La plupart des passagers étaient sur le pont, dans l'espace situé entre le salon et les cabines. Il n'y avait dans le salon quasi désert que Mr Ferguson attablé avec une bière et qui sifflotait, les jambes allongées devant lui dans son pantalon de flanelle sale, M. Hercule Poirot, qui lui tournait le dos ; et miss Van Schuyler qui, assise à l'écart, lisait un livre sur l'Égypte.

— Très bien, dit Andrew Pennington.

Il sortit du salon. Linnet et Simon se sourirent d'un lent sourire qui prit quelques instants à s'épanouir.

— Heureuse, ma chérie ? demanda Simon.

— Très heureuse... C'est curieux, je ne me sens plus du tout inquiète ou mal à l'aise.

— Tu es merveilleuse, dit Simon d'un ton de profonde conviction.

Pennington revint avec une liasse de documents noircis d'une écriture serrée.

— Miséricorde ! s'écria Linnet. Il faut que je signe tout ça ?

— Ce n'est pas drôle pour vous, je sais, mais je voudrais mettre vos affaires en ordre. Avant tout, il y a le bail de votre immeuble de la Cinquième Avenue... puis vos concessions dans l'Ouest...

Il continua de parler, tout en triant et en faisant bruisser les papiers.

Simon bâilla.

La porte donnant sur le pont s'ouvrit sur Mr Fanthorp. Il regarda autour de lui puis alla se poster à côté de Poirot qui contemplait l'eau bleue et le sable doré.

— ... signez ici, conclut Pennington en posant un papier devant elle et en lui désignant l'endroit.

Linnet prit la feuille et la parcourut, la retourna pour lire la première page, la retourna de nouveau puis, prenant le stylo que Pennington avait mis à sa disposition, signa : *Linnet Doyle*.

Pennington rangea le document et lui en présenta un autre.

Fanthorp se rapprochait insensiblement d'eux. Il regardait par la fenêtre quelque chose qui paraissait beaucoup l'intéresser.

— Ceci est un simple transfert, disait Pennington. Vous n'avez pas besoin de le lire.

Linnet y jeta cependant un bref coup d'œil. Pennington lui présenta un troisième document. Elle le lut de bout en bout.

— Ils sont tout ce qu'il y a de réguliers, dit Andrew Pennington. Rien de particulier. Ce n'est que pure phraséologie légale.

Simon bâilla de nouveau.

— Ma chérie, tu ne vas tout de même pas tout lire ? Tu y seras encore à l'heure du déjeuner !

— Je lis toujours tout, répondit Linnet. C'est mon père qui m'a appris ça. Il peut toujours s'être glissé une erreur.

Pennington eut un rire plutôt sec.

— Vous êtes d'une conscience admirable, Linnet.

— Elle est plus consciencieuse que je ne le serai jamais, dit Simon en riant aussi. Je n'ai jamais lu un document juridique de ma vie ! Je signe là où on me dit de signer, sur la petite ligne en pointillé, un point c'est tout.

— C'est d'une terrible négligence ! déclara Linnet d'un ton de reproche.

— Je n'ai pas un cerveau d'homme d'affaires, répondit Simon gaiement. Je ne lis jamais rien. On me demande de signer ? Je signe. C'est le plus simple !

Andrew Pennington l'observait, pensif.

— C'est un peu risqué parfois, vous ne croyez pas,

138

Doyle ? dit-il d'un ton ironique en se caressant la lèvre supérieure.

— Absurde ! répliqua Simon. Je ne fais pas partie de ces gens qui sont convaincus que le monde entier essaye de les enfoncer. Je suis confiant de nature, et ça paye, vous savez ! On a rarement cherché à m'avoir.

Soudain, à la surprise générale, le silencieux Mr Fanthorp se tourna vers eux et s'adressa à Linnet :

— Je ne voudrais pas me mêler de ce qui ne me regarde pas, mais laissez-moi vous dire combien j'admire votre sérieux. Les femmes que je rencontre dans ma profession... euh... je suis notaire... en sont lamentablement dépourvues. Ne jamais signer un document qu'on n'a pas lu, voilà qui est remarquable, tout à fait remarquable !

Il les salua d'une courbette. Puis, le visage un peu rouge, il se remit à contempler les berges du Nil. Linnet hésita.

— Oh... euh... merci, dit-elle en réprimant un début de fou rire.

Ce jeune homme était d'un solennel !

Andrew Pennington paraissait sérieusement contrarié. Quant à Simon Doyle, il balançait entre l'amusement et l'agacement.

Les oreilles de Mr Fanthorp, vues de dos, étaient d'un rouge éclatant.

— Continuons, je vous prie, dit Linnet en souriant à Pennington.

Mais ce dernier était manifestement irrité.

— Je pense qu'il vaut mieux remettre à une autre fois, déclara-t-il. Comme... euh... comme l'a dit votre mari, si vous devez tout lire, nous serons encore ici à l'heure du déjeuner. Il serait dommage de se priver de cette vue. De toute façon, seuls les deux premiers documents étaient urgents... Nous nous remettrons au travail plus tard.

— Alors, sortons, proposa Linnet. Il fait terriblement chaud ici.

Ils gravirent tous trois les portes battantes.

Hercule Poirot tourna la tête. Il posa un regard songeur sur le dos de Mr Fanthorp ; puis il contempla Mr Ferguson, allongé de tout son long et qui sifflotait toujours, les yeux au plafond.

Finalement, il jeta un œil sur miss Van Schuyler, assise toute droite dans son coin. Elle foudroyait Mr Ferguson d'un œil noir.

La porte à bâbord battit et Cornelia entra d'un pas précipité.

— Tu en as mis un temps ! glapit la vieille dame. Où étais-tu passée ?

— Excusez-moi, cousine Marie. La laine n'était pas là où vous me l'aviez dit. Elle était dans une autre valise...

— Ma chère enfant, c'est sans espoir, tu ne trouves jamais rien ! Je sais que tu fais de ton mieux, mon petit, mais tâche d'être un peu plus maligne, un peu plus vive ! C'est uniquement une question de *concentration*.

— Je suis désolée, cousine Marie. Je sais que je suis stupide.

— Quand on veut, on peut, mon petit, même si l'on n'est pas doué au départ. Je t'offre un voyage, et j'attends un minimum d'attention en retour.

Cornelia rougit.

— Je suis navrée, cousine Marie.

— Et où est miss Bowers ? L'heure de mes gouttes est passée depuis dix minutes. Va tout de suite la chercher. Le docteur a dit que c'était très important de...

Mais à cet instant précis, miss Bowers entra avec son médicament dans un petit verre.

— Vos gouttes, miss Van Schuyler.

— J'aurais dû les prendre à 11 heures, répliqua la vieille dame d'un ton cassant. S'il y a une chose que je déteste, c'est bien le manque de ponctualité.

— Il est très exactement 11 heures moins une demi-minute, dit miss Bowers en consultant sa montre.

— Il est 11 h 10 à ma montre !

— Vous verrez que c'est la mienne qui va juste. Elle n'a jamais varié d'une seconde, déclara miss Bowers, imperturbable.

Miss Van Schuyler avala le contenu du verre.

— Je me sens de plus en plus mal, dit-elle.

— Vous m'en voyez désolée, miss Van Schuyler.

Miss Bowers n'avait pas l'air le moins du monde désolée. Elle semblait complètement indifférente. De toute évidence, sa réponse avait été machinale.

— On étouffe, ici ! Installez-moi une chaise longue sur le pont, miss Bowers. Cornelia, apporte-moi mon tricot. Et tâche de ne pas le laisser tomber ! Ensuite, tu m'aideras à dévider mon écheveau.

La procession s'ébranla.

Mr Ferguson soupira, étira ses jambes et lança à la cantonade :

— Bon sang ! Je tordrais volontiers le cou de cette vieille chèvre !

— C'est le genre que vous détestez, hein ? demanda Poirot avec intérêt.

— Que je déteste ? Le mot est faible. Qu'est-ce que cette bonne femme a jamais fait pour quelqu'un ou pour quelque chose ? Elle n'a jamais travaillé, jamais levé le petit doigt. Elle s'est engraissée sur le dos des autres. C'est un parasite, un vulgaire parasite ! D'ailleurs, il y a un certain nombre de gens sur ce bateau dont le monde pourrait se passer.

— Vraiment ?

— Oui. Cette fille, par exemple, qui était là, juste maintenant, à signer des transferts d'actions et à faire de l'esbrouffe ! Des centaines, des milliers de travailleurs triment comme des esclaves pour une bouchée de pain afin qu'elle ait des bas de soie et tout un tas de babioles inutiles. C'est une des femmes les plus

142

riches d'Angleterre, à ce qu'on m'a dit, et elle n'a jamais trimé pour ça.

— Qui vous a dit qu'elle était une des femmes les plus riches d'Angleterre ?

Mr Ferguson lui lança un regard agressif.

— Quelqu'un avec qui vous ne voudriez pas être vu ! Quelqu'un qui travaille de ses mains et qui n'en a pas honte ! Pas un de vos bons à rien de dandys à la noix.

Il regardait d'un œil désapprobateur la chemise rose et le nœud carré de Poirot.

— Moi, je travaille avec ma cervelle, et je n'en ai pas honte, contre-attaqua Poirot.

Mr Ferguson émit un grognement.

— Il faudrait les fusiller, tous autant qu'ils sont ! déclara-t-il.

— Mon cher garçon, quel goût vous avez pour la violence !

— Que peut-on obtenir sans elle, pouvez-vous me le dire ? Il faut d'abord détruire pour pouvoir reconstruire.

— C'est certainement plus facile, plus bruyant, et beaucoup plus spectaculaire.

— Vous *fabriquez* quoi pour gagner votre vie ? Rien du tout, je parie. Vous êtes sans doute un de ces petits bourgeois moyens qui jouent les intermédiaires.

— Je ne suis pas un « petit bourgeois moyen »

comme vous dites. Je suis un être supérieur, déclara Poirot avec un rien d'arrogance.

— Qu'est-ce que vous *fabriquez* ?

— Je suis détective, dit Poirot de l'air modeste dont on déclare : « Je suis roi. »

— Bonté divine ! s'écria le jeune homme, sérieusement abasourdi. Vous voulez dire que cette fille se trimballe avec un flic ? Elle prend soin de sa précieuse petite personne à ce point-là ?

— Je n'ai aucun rapport avec Mr et Mrs Doyle, dit Poirot sèchement. Je suis en vacances.

— Alors on s'offre un petit congé !

— Et vous ? Vous n'y êtes pas, vous, en vacances ?

— En vacances ! (Mr Ferguson émit un nouveau grognement.) J'étudie la situation générale, ajouta-t-il, énigmatique.

— Très intéressant, murmura Poirot en se dirigeant vers la porte.

Miss Van Schuyler était installée au meilleur endroit du pont. Cornelia était à genoux devant elle, les bras tendus entourés d'un écheveau de laine grise. Miss Bowers, piquée sur une chaise et raide comme la justice, lisait le *Saturday Evening Post*.

Poirot se dirigeait en flânant vers tribord. En contournant la poupe, il faillit se heurter à une femme qui leva vers lui un visage surpris – un visage piquant, très latin. Vêtue d'une petite robe noire, elle venait de bavarder avec un solide gaillard en uniforme. un mécanicien du bord, à en juger par son aspect. Ils

144

avaient tous les deux la même expression coupable et inquiète. Poirot se demanda de quoi ils avaient bien pu parler.

Il continua sa promenade en revenant par bâbord. La porte d'une cabine s'ouvrit, lui précipitant presque Mrs Otterbourne dans les bras. Elle portait un déshabillé de satin écarlate.

— Je suis désolée, cher monsieur Poirot, absolument désolée ! Ça bouge... ça bouge tellement, vous comprenez ? Je n'ai jamais eu le pied marin. Si seulement ce bateau voulait bien se tenir tranquille... (Elle s'accrocha à son bras.) Je ne peux pas supporter ce roulis... Je n'ai jamais aimé les voyages en bateau. Et on me laisse seule, des heures et des heures. Ma fille... ma fille n'a pas de cœur... elle ne comprend pas sa pauvre vieille mère qui a tout fait pour elle... (Mrs Otterbourne se mit à pleurer.) J'ai travaillé pour elle comme une esclave. Je me suis usée jusqu'à l'os... jusqu'à l'os... Une grande amoureuse... voilà ce que j'aurais pu être... une grande amoureuse... mais j'ai tout sacrifié... tout ! Et tout le monde s'en fiche ! Mais je vais le leur dire à tous... je vais de ce pas leur dire... combien elle me néglige et m'a toujours négligée... à quel point elle est dure et sans cœur... comment elle m'a obligée à faire ce voyage... ennuyeux à mourir... Je vais aller de ce pas le leur dire...

Elle se lança en avant. Poirot la retint gentiment.

— Je vais vous envoyer votre fille, madame. Retournez dans votre cabine, c'est préférable.

— Non. Je veux dire à tout le monde, à tout le monde sur ce bateau...

— C'est trop dangereux, madame. Cette portion du Nil est très mauvaise. Vous pourriez passer par-dessus bord.

Mrs Otterbourne lui lança un regard dubitatif.

— Vous pensez ? Vous le pensez vraiment ?

— Je le pense vraiment.

Il finit par la convaincre. Mrs Otterbourne vacilla, chancela, et rentra dans sa cabine.

Poirot dilata ses narines à une ou deux reprises. Puis il hocha la tête et alla trouver Rosalie qui était assise entre Mrs Allerton et Tim.

— Votre mère vous demande, mademoiselle.

Rosalie était en train de rire, presque heureuse. Aussitôt assombrie, elle lança à Poirot un rapide coup d'œil soupçonneux et s'éloigna d'un pas vif.

— Je n'arrive pas à comprendre cette petite, dit Mrs Allerton. Elle est tellement changeante. Un jour elle est aimable, et le lendemain elle vous envoie promener.

— Mal élevée comme il n'est pas permis, grommela Tim. Et un caractère de cochon.

Mrs Allerton secoua la tête.

— Non, je ne crois pas. À mon avis, elle est malheureuse.

Tim haussa les épaules.

— Bof ! des problèmes, nous en avons tous ! décréta-t-il, très sec.

Un signal retentit.

— Le déjeuner ! s'écria Mrs Allerton, ravie. Je meurs de faim !

Ce soir-là, Poirot remarqua que Mrs Allerton bavardait avec miss Van Schuyler. Quand il passa devant elle, elle lui fit un clin d'œil. Elle était en train de dire :

— Au château de Calfries, bien entendu... ce cher duc...

Libérée de son service, Cornelia se trouvait sur le pont. Le monumental Dr Bessner lui faisait un cours d'égyptologie tiré de son Baedeker. Cornelia l'écoutait, fascinée.

Accoudé au bastingage, Tim Allerton pérorait :

— Quoi qu'il en soit, ce monde est pourri...

— Ce n'est pas juste, répondait Rosalie Otterbourne, il y a des gens qui ont tout...

Poirot soupira. Il était bien content de n'être plus jeune.

10

Le lundi matin, sur le pont du *Karnak*, chacun exprimait son ravissement à sa manière. Le bateau était à quai et, à quelques centaines de mètres de là, le soleil levant illuminait un temple immense taillé dans le roc. Quatre colosses de pierre, sculptés dans la falaise et face au soleil levant, contemplaient le Nil pour l'éternité.

— Oh, monsieur Poirot ! s'exclama Cornelia Robson, qui se lança dans un discours décousu. Est-ce que ce n'est pas merveilleux ? Je veux dire qu'ils sont si grands, si paisibles... et à les regarder on se sent si petit... presque comme un insecte... et on se dit que plus rien n'a vraiment d'importance, vous ne trouvez pas ?

— Très... euh... impressionnant, murmura Mr Fanthorp, qui se trouvait à côté d'elle.

— C'est grandiose, n'est-ce pas ? déclara Simon

Doyle qui allait et venait. Vous savez, monsieur Poirot, je ne cours pas après les temples, les points de vue et tout ça, mais un endroit comme ça, c'est saisissant, si vous voyez ce que je veux dire. Ces bons vieux pharaons devaient être des types formidables !

Les autres s'étaient éloignés. Simon Doyle baissa la voix :

— Je suis ravi d'avoir entrepris ce voyage. Les choses... se sont remises en place. Aussi étonnant que cela puisse paraître, c'est comme ça. Linnet a retrouvé son équilibre. Elle dit que c'est parce qu'elle fait enfin *face* à la situation.

— C'est très probable, en effet, répondit Poirot.

— Elle dit que lorsqu'elle a vu Jackie à bord, elle a été effondrée... et puis que, tout à coup, ça n'a plus eu aucune importance. Nous avons décidé de ne plus essayer de l'éviter. Nous la rencontrerons sur son propre terrain et nous lui montrerons que son comportement grotesque ne nous gêne pas le moins du monde. Cela ne se fait pas, c'est tout. Elle est persuadée de nous avoir désarçonnés, eh bien maintenant, désarçonnés, nous ne le sommes plus du tout. Il faut qu'elle le comprenne.

— Oui, dit Poirot, pensif.

— C'est formidable, non ?

— Oh oui, bien sûr.

Linnet apparut. Elle portait une robe légère, dans les tons abricot les plus doux. Elle souriait. Elle salua

149

Poirot sans enthousiasme, d'un petit signe de tête, et entraîna son mari à l'écart.

Amusé, Poirot comprit que son attitude critique ne lui avait pas gagné les faveurs de Linnet. Elle avait l'habitude qu'on l'admire sans condition, quoi qu'elle fasse. Hercule Poirot avait failli à ce principe.

Mrs Allerton le rejoignit et murmura :

— Quelle différence chez cette fille ! Elle avait l'air malheureux et soucieux à Assouan. Aujourd'hui elle paraît si heureuse qu'on la croirait presque envoûtée.

Avant que Poirot n'ait pu répondre, on les appela. Le guide officiel les rassembla et tout le monde débarqua pour la visite d'Abou Simbel.

Poirot se retrouva cheminer à côté d'Andrew Pennington.

— C'est votre premier séjour en Égypte, n'est-ce pas ? lui demanda-t-il.

— Non, j'y suis venu en 1923. C'est-à-dire que j'ai fait un séjour au Caire, à l'époque. Mais je n'avais jamais remonté le Nil.

— Vous êtes arrivé sur le *Carmanic*, je crois... Du moins c'est ce que Mrs Doyle m'a dit.

Pennington lui lança un regard perçant.

— Oui, c'est exact, reconnut-il.

— Je me demandais si vous aviez rencontré des amis à moi qui étaient également à bord... les Rushington Smith.

— Je ne me rappelle personne de ce nom. Mais le

bateau était bondé, et nous avons eu un temps épouvantable. De nombreux passagers ne sont jamais sortis de leur cabine et, de toute façon, le voyage est si court qu'on n'a pas le temps de savoir qui est à bord et qui n'y est pas.

— Oui, c'est juste. Quelle surprise ç'a dû être que de tomber sur Mrs Doyle et son époux ! Vous ne saviez pas qu'elle était mariée ?

— Non. Mrs Doyle m'avait écrit et sa lettre m'a suivi, mais je ne l'ai reçue que quelques jours après notre rencontre inopinée au Caire.

— Vous la connaissez depuis longtemps, si je ne me trompe ?

— C'est un fait, monsieur Poirot. Je l'ai connue haute comme ça, répondit-il avec un geste à l'appui. Son père et moi étions des amis de toujours. Un homme remarquable, Melhuish Ridgeway... et qui a magnifiquement réussi.

— Il a laissé une grosse fortune à sa fille, paraît-il... Oh, pardon, ce n'est peut-être pas très délicat de dire ça.

Andrew Pennington parut amusé.

— Bah ! tout le monde le sait. Oui, Linnet est une femme riche.

— Cependant, le récent krach de la bourse a dû affecter tous les portefeuilles, même les plus sains ?

Pennington prit son temps pour répondre.

— C'est vrai, jusqu'à un certain point, dit-il enfin. La situation est très incertaine en ce moment.

— Cependant, j'ai l'impression que Mrs Doyle a le génie des affaires.

— C'est sûr. Oui, c'est sûr, Linnet est dotée d'un fabuleux sens pratique.

Ils étaient arrivés. Le guide commença son exposé sur le temple construit par Ramsès le Grand. Les quatre colosses, deux de chaque côté de l'entrée, figurant Ramsès lui-même, toisaient de tout leur haut les petits groupes de touristes disséminés çà et là.

Dédaignant les enseignements du guide, le signor Richetti examinait, à la base des colosses, les reliefs représentant des captifs nègres et syriens. À pénétrer dans le temple obscur, les touristes éprouvèrent un sentiment de paix. On attira leur attention sur des fresques dont les couleurs avaient traversé les âges, mais ils commençaient à se séparer par petits groupes.

Lisant à haute voix son Baedeker allemand, le gros Dr Bessner ne s'arrêtait que de temps à autre pour traduire quelque chose à l'intention de Cornelia qui l'escortait docilement. Mais cela ne devait pas durer. Miss Van Schuyler, qui venait d'apparaître au bras de la flegmatique miss Bowers, commanda :

— Cornelia, viens ici !

Et la leçon prit fin.

Le Dr Bessner la suivit des yeux, à travers ses verres épais, en souriant aux anges.

— Une charmante demoiselle, déclara-t-il à Poirot. Et l'air sous-alimentée comme la plupart des jeunes filles elle n'a pas ! Non, des courbes elle a où il faut. Et puis avec une grande intelligence elle écoute ; un plaisir c'est de l'instruire.

Cornelia avait pour destin soit d'être malmenée, soit d'être éduquée, pensa Poirot. De toute façon, elle écoutait toujours, elle ne parlait jamais.

Cornelia ainsi rappelée à l'ordre, miss Bowers se trouvait libérée pour un moment. Debout au milieu du temple, elle promenait autour d'elle son regard froid, dépourvu de curiosité. Ses réactions aux merveilles du passé étaient des plus sommaires.

— Le guide dit que l'un de ces dieux s'appelle Mut. On aura tout vu !

Dans l'obscurité du sanctuaire trônaient pour l'éternité quatre divinités dont l'isolement augmentait étrangement la majesté.

Linnet était là, devant elles, le bras passé dans celui de son mari, le visage levé vers lui – un visage typique de la civilisation moderne, curieux, intelligent, indifférent au passé.

— Viens, sortons d'ici, dit soudain Simon Je n'aime pas ces quatre types-là... surtout celui qui a cet invraisemblable gibus.

— C'est Amon, je suppose. Et celui-là, c'est Ramsès. Pourquoi ne les aimes-tu pas ? Moi, je les trouve très impressionnants.

— Bigrement trop impressionnants. Ils ont quelque chose d'inquiétant. Allons dehors, au soleil !

Linnet céda en riant.

Ils sortirent du temple dans le soleil et le sable

chaud et doré. Linnet se remit à rire. À leurs pieds, horribles à voir, comme si elles avaient été tranchées, s'alignaient les têtes d'une demi-douzaine de petits Nubiens. Ils roulaient des yeux et balançaient la tête de droite à gauche en scandant une nouvelle litanie :

— Hip ! hip ! hip ! hourra ! Très bon, très joli. Merci beaucoup.

— Mais c'est incroyable ! Comment font-ils ça ? Ils se sont vraiment enterrés jusqu'au cou ?

Simon leur lança de la menue monnaie.

— Très bon, très joli, très cher, dit-il en les imitant.

Les deux gamins responsables du « spectacle » ramassèrent soigneusement les pièces.

Linnet et Simon continuèrent leur chemin. Ils n'avaient aucune envie de remonter à bord et ils en avaient assez des visites touristiques. Ils s'assirent, le dos à la falaise, et se laissèrent rôtir au soleil. « Comme c'est délicieux, le soleil, songea Linnet. C'est si chaud, si rassurant... Comme c'est délicieux d'être heureux... Comme c'est délicieux d'être moi – moi... moi... Linnet... »

Ses yeux se fermèrent. Elle dormait à moitié, flottant dans sa rêverie comme dans un nuage de sable.

Simon avait les yeux ouverts. Lui aussi était satisfait. « Quel idiot j'ai été de m'inquiéter le premier soir... Il n'y avait pas de raison... Tout va bien... Finalement, on peut se fier à Jackie... »

Il y eut un cri... des gens accouraient, agitant les bras, hurlant...

Simon les regarda d'abord bêtement. Puis il sauta sur ses pieds et tira Linnet après lui.

Il était temps. Un énorme rocher qui dégringolait la falaise vint s'écraser près d'eux. Si Linnet n'avait pas bougé, elle aurait été réduite en bouillie.

Livides, ils se cramponnèrent l'un à l'autre. Hercule Poirot et Tim Allerton arrivèrent en courant.

— Ma parole, madame, il était moins une !

Machinalement, ils levèrent tous quatre les yeux vers le sommet de la falaise. On ne voyait rien de particulier. Mais un sentier longeait la crête. Poirot se souvenait d'y avoir vu déambuler des indigènes quand ils avaient débarqué.

Il regarda les deux époux. Linnet était encore sous le choc. Simon, lui, écumait de rage.

— Que le diable l'emporte ! s'écria-t-il.

Après un rapide coup d'œil à Tim Allerton, il reprit le contrôle de lui-même.

— Mince, alors ! fit Tim, vous l'avez échappé belle ! C'est un cinglé qui vous a balancé ce truc, ou il s'est détaché tout seul ?

Linnet était très pâle.

— Je pense... ça doit être un fou qui a fait ça, articula-t-elle avec peine.

— Vous auriez pu être écrabouillée. Vous n'auriez pas quelqu'un qui vous voudrait du mal, par hasard ?

La gorge sèche, Linnet ne sut quoi répondre à cette aimable plaisanterie.

— Retournez au bateau, madame, intervint Poirot. Vous avez besoin d'un remontant.

Ils partirent à grands pas, Simon toujours bouillant de rage, Tim s'efforçant de plaisanter afin de distraire Linnet du danger auquel elle venait d'échapper, Poirot avec gravité.

Et soudain, au moment même où ils atteignaient la passerelle, Simon s'arrêta net. Le plus complet ahurissement se lisait sur son visage.

Jacqueline de Bellefort était juste en train de descendre du bateau. Habillée d'une robe en vichy bleu, elle avait l'air d'une adolescente, ce matin-là.

— Bon sang ! marmonna Simon. C'était donc bien un accident !

Toute colère disparut de son visage. L'indescriptible soulagement qu'il éprouvait était si visible que Jacqueline en fut frappée.

— Bonjour ! dit-elle. Je crois que je suis un peu en retard !

Elle leur fit un petit signe de tête et se dirigea vers le temple. Simon serra le bras de Poirot. Les deux autres avaient continué de l'avant.

— Mon Dieu, quel soulagement... Je pensais... J'avais cru...

Poirot hocha la tête.

— Oui, oui, je sais ce que vous pensiez, dit-il.

Mais il avait toujours l'air grave et préoccupé. Il se retourna et nota ce qu'il était advenu des autres membres de leur groupe. Miss Van Schuyler revenait

156

au bras de miss Bowers. Un peu plus loin, Mrs Allerton regardait en riant la rangée de têtes des petits Nubiens. Mrs Otterbourne lui tenait compagnie. Les autres n'étaient pas en vue.

Songeur, Poirot remonta à bord derrière Simon.

11

— Madame, qu'entendiez-vous lorsque vous disiez que Mrs Doyle était si heureuse qu'elle avait l'air envoûtée ?

Mrs Allerton parut un peu surprise. En compagnie de Poirot, elle gravissait péniblement la colline rocheuse qui surplombe la deuxième cataracte. Les autres grimpaient à dos de chameau, mais Poirot estimait que les mouvements du chameau rappelaient trop ceux d'un bateau. Quant à Mrs Allerton, elle tenait à conserver sa dignité.

Ils étaient arrivés à Ouadi Halfa la veille au soir. Et au matin, deux canots automobiles avaient déposé tout le groupe à la deuxième cataracte, à l'exception du signor Richetti qui avait tenu à aller de son côté à Semna, site isolé qui, d'après lui, était d'un intérêt capital. C'était la porte de la Nubie à l'époque d'Amenemhat III, et on pouvait y voir une stèle rappelant que les habitants du « pays des Noirs » avaient à s'acquitter de droits de douane pour entrer en Égypte.

On avait tout essayé pour décourager cet exemple d'individualisme, mais en vain. Inébranlable, le signor Richetti avait balayé toutes les objections, à savoir : (1) que cette excursion n'en valait pas la peine, (2) qu'elle était infaisable, vu l'impossibilité de trouver un véhicule là-bas, (3) qu'aucun chauffeur n'accepterait de faire le voyage, (4) que louer une voiture lui coûterait les yeux de la tête. S'étant moqué du (1), ayant exprimé son scepticisme à propos du (2), parié de trouver lui-même une voiture pour contrer le (3) et marchandé dans un arabe parfait le (4), le signor Richetti était enfin parti. Discrètement, de crainte qu'il ne vienne à l'idée d'autres touristes de s'écarter des chemins tracés à l'avance.

— Envoûtée ?

La tête de côté, Mrs Allerton réfléchissait à sa réponse.

— En réalité, je voulais dire qu'elle avait l'air d'éprouver cette espèce d'exaltation heureuse qui précède les désastres. Vous voyez... quelque chose comme « C'est trop beau pour être vrai ».

Elle développa son idée. Poirot l'écoutait attentivement.

— Merci, madame. Je comprends, maintenant. C'est étrange que vous ayez dit cela hier, juste avant que Mrs Doyle n'échappe de justesse à la mort.

Mrs Allerton frissonna.

— Elle l'a échappé belle, oui. Vous croyez qu'un de ces petits miséreux ait pu lui envoyer ce rocher pour s'amuser ? C'est le genre de chose que tous les gosses du monde sont capables de faire – sans même penser à mal.

Poirot haussa les épaules.

— C'est possible, madame.

Il changea de sujet, parla de Majorque et posa différentes questions pratiques à propos d'un éventuel séjour.

Mrs Allerton s'était prise d'affection pour Poirot, en partie, peut-être, par esprit de contradiction. Elle sentait bien que Tim s'efforçait de refroidir son amitié pour celui qu'il considérait comme un « prétentiard de première ». Mais elle ne considérait pas Poirot comme un prétentiard. C'était sans doute la manière un peu exotique qu'il avait de s'habiller qui éveillait des préjugés chez son fils. Elle, au contraire, trouvait en lui un compagnon intelligent et stimulant. Compatissant, aussi. Elle s'était prise à lui confier l'aversion qu'elle éprouvait pour Joanna Southwood. Ça l'avait soulagée d'en parler. Après tout, qu'y avait-il de mal à ça ? Il ne connaissait pas Joanna et ne la rencontrerait sans doute jamais. Pourquoi ne pas se délivrer du poids constant de cette jalousie ?

Au même moment, Tim et Rosalie Otterbourne étaient en train de parler d'elle. Plaisantant à moitié, Tim s'était plaint de son sort : il avait une mauvaise santé – pas assez mauvaise pour le rendre intéressant mais pas assez bonne pour lui permettre de mener l'existence qu'il aurait voulu –, peu d'argent, pas de métier fascinant.

— ... Une vie tiède et monotone, avait-il conclu, mécontent.

— Vous possédez quelque chose qu'un tas de gens vous envieraient, avait répondu Rosalie.

— Et quoi donc ?

— Votre mère.

Tim fut à la fois surpris et ravi.

— Ma mère ? Oh oui, bien sûr, elle est exception-nelle. C'est gentil à vous de l'avoir remarqué.

— Je la trouve merveilleuse. Elle est adorable – si calme, si équilibrée, comme si rien ne pouvait la trou-bler, et de plus... De plus, elle est toujours prête à voir le bon côté des choses...

Rosalie en bégayait. Tim éprouva soudain pour elle un sentiment chaleureux.

Il aurait voulu lui retourner le compliment mais – hélas ! – Mrs Otterbourne représentait pour lui la plus grande catastrophe qu'on puisse rêver sur terre. Il se sentit gêné de ne rien trouver d'aimable à lui répondre.

Miss Van Schuyler était restée dans le canot. Elle ne pouvait prendre le risque de faire cette ascension ni à dos de chameau ni sur ses jambes. D'un ton cassant, elle avait dit :

— Je suis au regret d'avoir à vous demander de

rester avec moi, miss Bowers. Je comptais sur Cornelia, mais les jeunes filles sont tellement égoïstes ! Elle s'est sauvée sans un mot. Et qui plus est, je l'ai vue qui parlait à ce Ferguson, ce jeune homme déplaisant et mal élevé. Cornelia me déçoit énormément. Elle n'a pas le moindre sens des convenances.

— Cela ne fait rien, miss Van Schuyler, répondit miss Bowers avec son prosaïsme habituel. Il fait trop chaud pour grimper là-haut, et ces selles de chameau ne me disent rien qui vaille. Il y a toutes les chances pour qu'elles soient pleines de puces.

Elle ajusta ses lunettes, plissa les paupières pour mieux voir le groupe qui descendait la colline, et remarqua :

— Miss Robson n'est plus avec le jeune homme. Elle est avec le Dr Bessner.

Miss Van Schuyler émit un grognement. Depuis qu'elle avait découvert que le Dr Bessner dirigeait une grande clinique en Tchécoslovaquie et qu'il avait une réputation de médecin à la mode bien établie en Europe, elle était disposée à se montrer aimable avec lui. D'autant plus qu'elle pouvait avoir besoin de ses services d'ici la fin de la croisière.

Quand les excursionnistes remontèrent à bord du *Karnak*, Linnet poussa un cri de surprise :

— Un télégramme pour moi ! (Elle l'ôta du tableau d'affichage et l'ouvrit.) Hein ?... Je ne comprends pas... *pommes de terre, betteraves*... Simon, qu'est-ce que cela signifie ?

162

Simon regardait par-dessus son épaule quand il entendit une voix furibonde :

— Je vous demande bien pardon, mais ce télégramme m'est destiné !

Le signor Richetti l'arracha des mains de Linnet et s'éloigna après l'avoir gratifiée d'un regard meurtrier.

Linnet resta une seconde interdite, puis elle examina l'enveloppe.

— Oh, Simon ! Je suis stupide ! C'est Richetti, pas Ridgeway... de toute façon, je ne m'appelle plus Ridgeway. Il faut que je lui fasse des excuses.

Elle alla rejoindre l'archéologue à l'arrière du bateau.

— Je suis désolée, signor Richetti. Vous comprenez, je m'appelais Ridgeway avant de me marier, et comme je ne suis pas mariée depuis longtemps...

Elle se tut et lui sourit, l'invitant à sourire lui aussi de ce faux pas de jeune épousée. Mais Richetti ne trouvait visiblement pas cela drôle du tout. La Reine Victoria elle-même, à ses pires moments de mécontentement, n'aurait pas pu avoir l'air plus revêche.

— Il faut lire les noms avec attention. La légèreté est impardonnable dans ce domaine.

Linnet se mordit la lèvre et s'empourpra. Elle n'avait pas l'habitude de voir ses excuses accueillies de cette façon. Elle fit demi-tour et, ayant rejoint Simon, déclara avec irritation :

— Ces Italiens sont insupportables !

— Oublions tout ça, ma chérie. Allons voir ce cro-codile en ivoire qui t'a tant plu.

Ils descendirent tous deux à terre. Poirot les regardait s'éloigner le long du quai quand il entendit à côté de lui une respiration sifflante. C'était Jacqueline de Bellefort, les mains crispées sur la rambarde. Son expression le stupéfia. Il n'y avait plus rien en elle de gai ni de malicieux. Elle paraissait dévorée par un feu intérieur.

— Ils s'en fichent pas mal, maintenant, dit-elle d'une voix sourde et précipitée. Ils sont hors de por-tée. Je ne parviens plus à les atteindre... Ils se fichent bien que je sois là ou non... Je n'y parviens plus... Je ne parviens plus à les faire souffrir...

Ses mains tremblaient.

— Mademoiselle...

Elle l'interrompit.

— Oh ! c'est trop tard maintenant. Trop tard pour les conseils ! Vous aviez raison. Je n'aurais pas dû venir. Je n'aurais pas dû faire ce voyage. Comment avez-vous dit ? Un voyage de l'âme ? Mais je ne peux plus retourner en arrière. Je suis obligée de continuer. Et je continuerai. Ils ne doivent pas être heureux ensemble. Non, ils ne le seront pas. Je le tuerai plutôt.

Elle s'éloigna brusquement. Poirot la suivait des yeux lorsqu'une main se posa sur son épaule.

— Votre petite amie paraît bien énervée, monsieur Poirot !

Poirot se retourna et se trouva nez à nez avec une vieille connaissance.

— Colonel Race !

L'homme, grand et bronzé, sourit.

— Quelle surprise, hein ?

Hercule Poirot et le colonel Race s'étaient rencontrés à Londres, l'année précédente, au cours d'un dîner très étrange – dîner qui s'était achevé par la mort de leur hôte, homme non moins étrange.

Poirot savait que Race était quelqu'un qui allait et venait, sans prévenir. On le rencontrait d'ordinaire dans les avant-postes de l'Empire, là où sévissaient des troubles.

— Alors vous êtes à Ouadi Halfa ? remarqua-t-il, songeur.

— Je suis ici, sur ce bateau.

— Ce qui veut dire ?

— Que je fais le voyage de retour jusqu'à Shellal avec vous.

Hercule Poirot haussa les sourcils.

— C'est très intéressant. Si nous allions boire quelque chose ?

Ils gagnèrent le salon vitré, presque vide à cette heure-là. Poirot commanda un whisky pour le colonel et une double orangeade archi-sucrée pour lui.

— Ainsi, vous faites le voyage de retour avec nous, dit Poirot. Vous n'iriez pas plus vite sur le bateau régulier qui circule de jour comme de nuit ?

Le colonel Race sourit, approbateur.

— Vous avez tapé dans le mille, comme d'habitude, monsieur Poirot.

— Alors, il s'agit des passagers ?

— De l'un des passagers.

— Allons bon ! Lequel ? Je me le demande..., fit Poirot en interrogeant le plafond.

— Malheureusement, je n'en sais rien moi-même, répondit Race à regret.

Poirot parut intéressé.

— Je n'ai pas de raison de faire des mystères avec vous. De nombreux troubles ont éclaté çà et là. Nous ne cherchons pas les hommes qui sont ouvertement à la tête des émeutiers. Nous cherchons ceux qui mettent la main à la pâte. Il y en avait trois. L'un est mort. L'autre est sous les verrous. Je veux le troisième – un homme qui a cinq ou six meurtres commis de sang-froid à son actif. C'est le mercenaire le plus intelligent qui ait jamais existé. Il est sur le bateau. Je le sais grâce au passage d'une lettre qui nous est tombée dans les mains. Décodé, il signifiait : « X sera à bord du *Karnak* du 7 au 13. » On ne disait pas sous quel nom X voyagerait.

— Avez-vous un signalement de cet individu ?

— Non. Il est d'ascendance américaine, irlandaise et française. Un melting-pot à lui tout seul ou je ne m'y connais pas. Nous n'en sommes pas plus avancés pour autant. Et vous, vous n'auriez pas une idée ?

— Une idée... c'est bien beau, dit Poirot, songeur.

Ils se comprenaient si bien que Race n'insista pas.

Il savait que Poirot n'avançait jamais rien dont il ne soit certain.

Poirot se frotta le nez.

— Il se passe sur ce bateau des choses qui m'inquiètent beaucoup, dit-il d'un air malheureux.

Race l'interrogea du regard.

— Imaginez, continua Poirot, une personne A qui a porté un préjudice grave à une personne B. B veut se venger. B la menace.

— A et B sont à bord ?

Poirot hocha la tête.

— Précisément.

— Et je suppose que B est une femme ?

— Exactement.

Race alluma une cigarette.

— À votre place, je ne m'inquiéterais pas. Les gens qui clament à tous les vents ce qu'ils vont faire ne le font en général pas.

— Surtout les femmes, direz-vous. Oui, c'est vrai.

Mais Poirot n'en avait pas l'air plus heureux pour autant.

— Il y a autre chose ? demanda Race.

— Oui, il y a autre chose. Hier, la personne A a échappé de justesse à la mort, le genre de mort qui peut facilement passer pour un *accident*.

— Manigancé par B ?

— Non, c'est bien là le problème. B ne peut rien avoir à faire avec ça.

— Dans ce cas, c'était sans doute bel et bien un accident.

— Possible... mais je n'aime pas ce genre d'accident.

— Vous êtes sûr et certain que B ne peut pas y avoir mis la main ?

— Sûr et certain.

— Bah ! Les coïncidences, ça existe. Qui est cet A, à propos ? Un individu particulièrement exécrable ?

— Au contraire, c'est une jeune femme charmante, riche et belle.

Race sourit.

— On jurerait un roman de gare !

— Peut-être. Mais je ne suis pas tranquille, mon bon ami. Si j'ai raison, et après tout, vous savez que j'ai l'habitude d'avoir raison (Race sourit dans sa moustache), il y a de quoi être gravement inquiet. Et maintenant, voilà que vous venez m'ajouter une nouvelle complication. Vous m'annoncez qu'il y a un tueur à bord du *Karnak*.

— Sa cible habituelle n'est pas les charmantes jeunes femmes.

Mécontent, Poirot secoua la tête.

— J'ai peur, mon ami. J'ai peur... Aujourd'hui, j'ai conseillé à cette femme, Mme Doyle, de ne pas rentrer à bord de ce bateau et d'aller plutôt à Khartoum avec son mari. Je prie le ciel que nous arrivions à Shellal sans catastrophe !

— Ne prenez-vous pas cette affaire un peu trop au tragique ?

— J'ai peur..., répéta-t-il simplement. Oui, moi, Hercule Poirot, j'ai peur...

12

C'était le lendemain soir – et il faisait encore très chaud. Le *Karnak* était revenu jeter l'ancre à Abou Simbel afin de permettre une seconde visite du temple, à la lumière artificielle, cette fois. La différence était considérable et Cornelia Robson faisait part de son émerveillement à Mr Ferguson, qui l'accompagnait.

— C'est fou ce qu'on voit mieux ! s'exclamait-elle. Regardez... tous ces ennemis qui ont eu la tête tranchée par le roi, ils ont l'air de se détacher carrément des fresques ! Et là, il y a une espèce de petit palais mignon comme tout que je n'avais même pas remarqué avant ! Si seulement le Dr Bessner était là, il m'expliquerait de quoi il s'agit !...

— Que vous puissiez supporter ce vieil imbécile, ça me dépasse, grommela Ferguson, la mine sombre.

— Voyons ! c'est l'homme le plus gentil que j'aie jamais rencontré !

— Ce vieux raseur pontifiant !

— Vous ne devriez pas parler comme ça.

Il l'attrapa soudain par le bras au moment où ils se retrouvaient dehors, au clair de lune.

— Pourquoi supportez-vous de vous laisser importuner par des bonshommes vieux et gras... et persécuter par une méchante vieille sorcière ?

— Voyons ! Mr Ferguson !

— N'avez-vous donc aucun courage ? Ne savez-vous pas que vous valez autant que cette toupie ?

— Mais bien sûr que non ! s'écria Cornelia avec une sincère conviction.

— Vous n'êtes pas aussi riche – c'est tout ce que vous voulez dire.

— Non, ce n'est pas ça. Cousine Marie est très cultivée et...

— Cultivée ! (Le jeune homme lui lâcha le bras aussi brusquement qu'il s'en était emparé.) Ce mot me donne la nausée !

Cornelia le dévisagea non sans inquiétude.

— Cela ne lui plaît pas que vous me parliez, n'est-ce pas ? demanda-t-il.

Cornelia rougit, embarrassée.

— Pourquoi ? Parce qu'elle pense que je lui suis socialement inférieur ! Peuh ! Cela ne vous fait pas voir rouge ?

— Si seulement vous preniez les choses moins à cœur, bredouilla Cornelia.

— Vous ne comprenez pas – et pourtant vous êtes américaine – que tous les hommes naissent libres et égaux ?

— Certainement pas, répliqua Cornelia avec une assurance tranquille.

— Ma pauvre petite, cela fait partie de votre Constitution !

— Cousine Marie dit que les gens qui font de la politique ne sont pas des gentlemen. Bien sûr que les hommes ne sont pas égaux ! Cela n'a aucun sens. Moi, par exemple, je sais que je suis très quelconque, et j'en souffle parfois, mais je le surmonte. J'aurais aimé naître élégante et belle comme Mrs Doyle, mais ce n'est pas le cas, alors ça ne vaut pas la peine de se ronger pour ça.

— Mrs Doyle ! s'écria Ferguson avec un profond mépris. C'est exactement le genre de femme qu'il faudrait fusiller pour l'exemple !

Cornelia le considéra avec un certain effroi.

— Ça doit venir de votre digestion, dit-elle gentiment. J'ai une très bonne marque de pepsine que cousine Marie a utilisé une fois. Vous voulez l'essayer ?

— Vous êtes impossible ! s'exclama Ferguson.

Il s'éloigna à grands pas et Cornelia se dirigea vers le bateau. Comme elle s'engageait sur la passerelle, il la rattrapa encore une fois.

— Vous êtes la plus gentille personne qui soit ici, déclara-t-il. Tâchez de ne pas l'oublier.

Rose de plaisir, Cornelia gagna le salon vitré où miss Van Schuyler conversait avec le Dr Bessner – conversation fascinante qui portait sur certains de ses patients de sang royal.

— J'espère que je n'ai pas été absente trop longtemps, cousine Marie, dit Cornelia d'un air coupable.

— On ne peut pas dire que tu te sois dépêchée, répondit sèchement celle-ci après un coup d'œil à sa montre. Et qu'est-ce que tu as fait de mon châle mauve ?

Cornelia regarda autour d'elle.

— Voulez-vous que j'aille voir s'il est dans votre cabine, cousine Marie ?

— Il ne peut pas y être ! Il était ici après le dîner et je n'ai pas bougé depuis. Je l'avais posé sur cette chaise.

Cornelia chercha autour d'elle, sans aucune méthode.

— Je ne le vois nulle part, cousine Marie.

— C'est absurde ! Regarde partout !

Elle lui avait parlé comme à un chien, et Cornelia lui obéit comme un chien. Le discret Mr Fanthorp, assis à une table voisine, se leva pour l'aider. Mais le châle resta introuvable.

Il avait fait une chaleur si suffocante toute la journée que la plupart des passagers s'étaient retirés dans leur cabine aussitôt après la visite du temple. Les

Doyle jouaient au bridge avec Pennington et Race dans un coin. La seule autre personne encore présente était Hercule Poirot, qui bâillait à s'en décrocher la mâchoire à une petite table, près de la porte.

Miss Van Schuyler, faisant royalement route vers son lit, escortée par Cornelia et miss Bowers, s'arrêta près de lui. Poirot se leva poliment, étouffant un bâillement colossal.

— Je viens de comprendre à l'instant qui vous êtes, monsieur Poirot, dit miss Van Schuyler. J'ai entendu parler de vous par mon vieil ami Rufus Van Aldin. Il faudra un de ces jours que vous me racontiez quelques-unes de vos affaires. C'est entendu, n'est-ce pas ?

Les yeux papillotant de sommeil, Poirot s'inclina de façon exagérée. Avec un signe de tête courtois mais condescendant, miss Van Schuyler poursuivit son chemin.

Poirot bâilla encore une fois. Il se sentait engourdi, abruti de sommeil et pouvait à peine tenir les yeux ouverts. Il jeta un regard aux bridgeurs, absorbés dans leur jeu, puis au jeune Fanthorp, plongé dans sa lecture. À part eux, il n'y avait plus personne dans le salon.

Poirot sortit sur le pont. Il faillit se heurter à Jacqueline de Bellefort, qui arrivait précipitamment.

— Pardon, mademoiselle !

— Vous avez l'air d'avoir sommeil, monsieur Poirot !

— Oui, reconnut-il franchement. Je meurs de sommeil. Il a fait tellement lourd et étouffant, aujourd'hui !

— C'est vrai, dit-elle, songeuse. C'est par des journées comme ça que tout d'un coup... bing ! il faut que ça craque. Quand on n'en peut plus...

Elle parlait d'une voix basse et ardente, les yeux fixés non sur Poirot, mais au loin, sur la berge. Elle avait les doigts blancs à force d'être crispés.

Elle se détendit soudain :

— Bonne nuit, monsieur Poirot.

— Bonne nuit, mademoiselle.

Elle croisa un instant son regard. En y repensant le lendemain, il en arriva à la conclusion qu'il y avait eu un appel, dans ce regard-là. Il devait se le rappeler, plus tard.

Il se dirigea vers sa cabine tandis qu'elle prenait le chemin du salon.

Après avoir satisfait à tous les besoins et caprices de miss Van Schuyler, Cornelia prit sa broderie et retourna au salon. Elle n'avait pas du tout sommeil. Bien au contraire, elle se sentait parfaitement éveillée, quelque peu survoltée, même.

Les bridgeurs jouaient toujours. Mr Fanthorp lisait tranquillement dans son fauteuil. Cornelia s'assit et sortit son ouvrage.

La porte s'ouvrit soudain et Jacqueline de Bellefort entra. Elle s'arrêta sur le seuil, le menton relevé. Puis elle pressa sur un bouton d'appel et, d'un pas non-chalant, vint s'asseoir à côté de Cornelia.

— Vous êtes redescendue à terre ? lui demanda-t-elle.

— Oui. Je trouve l'endroit fascinant, au clair de lune !

Jacqueline hocha la tête.

— C'est vrai, la nuit est belle... Une nuit rêvée pour une lune de miel.

Elle tourna son regard vers la table de bridge et posa un instant les yeux sur Linnet Doyle.

En réponse à son coup de sonnette, le garçon arriva. Jacqueline commanda un double gin. En l'entendant faire, Simon jeta un coup d'œil de son côté. Une ride soucieuse vint lui barrer le front.

— Eh bien, Simon, nous attendons ton annonce ! dit sa femme.

Jacqueline se mit à fredonner un air de jazz. Elle leva le verre qu'on lui avait avait apporté. « Au crime ! » proclama-t-elle avant de le vider d'un trait. Sur quoi elle en commanda un autre.

Simon la regarda de nouveau. Il jouait de plus en plus distraitement. Son partenaire, Pennington, le rappela à l'ordre.

Jacqueline se remit à fredonner, doucement d'abord, puis d'une voix de rogomme :

— *C'était son mec et il l'a plaquée...*

— Excusez-moi, dit Simon à Pennington. J'ai eu tort de ne pas suivre. Ça leur donne la partie.

Linnet se leva.

— Je suis fatiguée, dit-elle. Je vais me coucher.

— Il se fait tard, en effet, déclara le colonel Race.

— Bon, eh bien je vous suis, fit Pennington.

— Tu viens, Simon ?

— Pas tout de suite, répondit-il lentement. Je vais prendre un dernier verre.

Linnet hocha la tête et sortit. Race la suivit. Pennington finit son verre et sortit aussi.

Cornelia commença à ranger son ouvrage.

— Oh, je vous en prie, ne partez pas, miss Robson, dit Jacqueline. J'ai envie de profiter de cette nuit. Ne m'abandonnez pas.

Cornelia se rassit.

— Il faut que les femmes se soutiennent entre elles, dit Jacqueline.

Elle rejeta la tête en arrière et se mit à rire d'un rire sans joie. On lui apporta sa seconde consommation.

— Prenez quelque chose, offrit-elle à Cornelia.

— Non, merci beaucoup ! répondit celle-ci.

Jacqueline se balançait sur sa chaise. Elle chantonnait, de plus en plus poissarde : « *C'était son mec et il l'a plaquée...* »

Mr Fanthorp tourna une page de *L'Europe vue de l'intérieur*. Simon s'empara d'un magazine.

— Je crois vraiment que je vais aller me coucher, dit Cornelia. Il est très tard...

— Vous ne pouvez pas aller vous coucher main-

177

tenant ! décréta Jacqueline. Je vous l'in-ter-dis ! Parlez-moi plutôt de vous.

— Mon Dieu... Je ne sais pas... Il n'y a pas grand-chose à raconter, balbutia Cornelia. J'ai vécu à la maison et je n'ai jamais beaucoup bougé. C'est mon premier grand voyage. Je profite au maximum de chaque instant.

— Vous avez une heureuse nature ? s'esclaffa Jacqueline. Dieu, que j'aimerais être à votre place !

— Vraiment ? Mais je crois... je suis sûre...

Cornelia était troublée. Sans aucun doute, Mlle de Bellefort avait trop bu. Ce n'était pas une nouveauté pour elle. Elle avait vu assez d'ivrognes pendant la prohibition, Mais il n'y avait pas que ça. Jacqueline de Bellefort lui parlait, la regardait, et pourtant il lui semblait qu'elle s'adressait à quelqu'un d'autre.

Il n'y avait que deux personnes encore présentes : Mr Fanthorp et Mr Doyle. Mr Fanthorp paraissait absorbé dans sa lecture. Mr Doyle avait l'air bizarre... il avait un regard attentif... un drôle de regard.

— Parlez-moi de vous, répéta Jacqueline.

Docile comme toujours, Cornelia s'efforça de faire de son mieux. Elle parla avec peine, ânonnant un peu, s'évertuant à fournir une foule de petits détails inutiles sur sa vie quotidienne. Elle n'avait pas l'habitude d'être celle qui raconte. Toute sa vie, elle n'avait fait qu'écouter. Et pourtant, Mlle de Bellefort avait vraiment l'air de vouloir tout savoir. Quand Cornelia s'arrêta, elle se dépêcha de l'encourager :

— Continuez, racontez-moi encore quelque chose.

Cornelia continua donc (« Ma mère est très fragile... Certains jours, elle ne mange que des céréales... »), douloureusement consciente que ce qu'elle disait n'avait pas l'ombre d'un intérêt, et cependant flattée par celui que la jeune fille paraissait lui porter. Mais l'intéressait-elle vraiment ? N'était-elle pas en train d'écouter autre chose ou peut-être, de *guetter* autre chose ? Elle regardait Cornelia, oui, mais n'y avait-il pas encore *quelqu'un d'autre* dans cette pièce ?

— ... Et, bien sûr, nous avons d'excellents cours de dessin. L'hiver dernier, j'ai suivi des cours de...

(Quelle heure était-il ? Très tard, certainement. Elle n'en finissait pas de discourir. Si seulement il pouvait se passer quelque chose...)

Aussitôt, comme en réponse à son vœu, quelque chose se passa. Sauf que, sur l'instant, cela parut très normal.

Jacqueline tourna la tête vers Simon Doyle.

— Sonne, Simon. Je voudrais encore un verre.

Simon Doyle leva les yeux de son magazine.

— Les stewards sont allés se coucher, répondit-il sur le ton le plus naturel du monde. Il est plus de minuit.

— Je te dis que je veux un autre verre.

— Tu as assez bu, Jackie, dit Simon.

— Ça te regarde ?

Simon haussa les épaules.

— Ma foi, non.

Elle l'observa un instant et demanda :

— Que se passe-t-il, Simon ? Tu as peur ?

Simon ne répondit pas. Il reprit ostensiblement son magazine.

— Mon Dieu... il est si tard que ça ? murmura Cornelia. Il faut que je...

Elle se mit à fouiller dans ses affaires, fit tomber son dé à coudre...

— Ne partez pas ! J'ai besoin d'une femme ici pour me soutenir, dit Jacqueline en recommençant à rire. Vous savez de quoi il a peur, Simon ? Il a peur que je me mette à raconter moi aussi l'histoire de *ma* vie !

— Oh, vraiment ?

Cornelia était la proie d'émotions contradictoires. Elle se sentait profondément gênée mais en même temps très agréablement émoustillée. Simon avait l'air hors de lui.

— Oui, c'est une histoire très triste, poursuivit Jackie d'une voix douce et ironique. Il m'a salement plaquée, n'est-ce pas, Simon ?

— Va te coucher, Jackie. Tu es ivre ! répliqua brutalement Simon.

— Si ce que je dis te gêne, mon cher Simon, tu peux déguerpir !

Simon la dévisagea. Le magazine tremblait un peu dans sa main, mais sa voix ne faiblit pas.

— Je reste, dit il.

— Je dois vraiment... il est si tard..., balbutia Cornelia pour la troisième fois.

— Vous ne partirez pas, dit Jacqueline en la maintenant sur son fauteuil. Vous resterez là et vous écouterez ce que j'ai à dire !

— Jackie ! intervint vivement Simon, tu te rends ridicule. Pour l'amour du ciel, va te coucher !

Jacqueline se redressa soudain sur son siège. Les mots lui jaillirent des lèvres en un long flot chuinté :

— Tu ne veux pas de scène, n'est-ce pas ? Ça te fiche la frousse. Tu es bien un Anglais, tiens ! De la tenue avant toute chose. Tu voudrais que je me conduise avec décence, n'est-ce pas ? Mais décente ou pas, ça m'est bien égal. Tu ferais mieux de filer d'ici en vitesse parce que je sens que je vais vider mon sac !

James Fanthorp ferma soigneusement son livre, bâilla, jeta un coup d'œil à sa montre, se leva et sortit d'un pas léger. Démonstration de flegme typiquement britannique mais pas le moins du monde convaincante.

Jacqueline se tourna vers Simon et lui lança un regard noir.

— Pauvre cloche, dit-elle d'une voix pâteuse, tu croyais pouvoir me traiter comme ça et t'en tirer à bon compte ?

Simon Doyle ouvrit la bouche et la referma. Il resta assis sans bouger comme s'il espérait qu'elle finirait par se fatiguer s'il s'abstenait de la provoquer.

Jackie avait la voix pâteuse. Cornelia, qui n'avait jamais vu personne laver son linge sale en public, l'écoutait, fascinée.

— Je t'avais prévenu que je te tuerais plutôt que de te laisser à une autre femme. Tu ne m'as pas crue ? *Eh bien tu as eu tort !* Je ne faisais... qu'attendre ! Tu es mon mec. Tu entends ? Tu m'appartiens !

Simon se taisait. Jacqueline fouilla un instant dans son sac. Elle se pencha...

— Je t'avais dit que je te tuerais, et c'est bien ce que je vais faire ! cria-t-elle en brandissant un objet brillant. Je vais t'abattre comme un chien ! Comme le chien répugnant que tu es !

En fin de compte, Simon se décida à bouger. Il bondit, mais à ce moment précis, elle pressa sur la détente.

Simon se recroquevilla, s'effondra en travers d'un fauteuil... Cornelia poussa un hurlement et se rua vers la porte. James Fanthorp était accoudé à la rambarde. Elle l'appela :

— Mr Fanthorp... Mr Fanthorp...

Il accourut. Elle s'accrocha à lui et balbutia, hagarde :

— Elle l'a tué... Oh ! elle l'a tué...

Simon gisait toujours en travers du fauteuil où il était affalé. Jacqueline était comme tétanisée. Son corps était agité de soubresauts spasmodiques et ses yeux dilatés d'effroi fixaient la tache écarlate qui

182

s'élargissait sur le pantalon de Simon, juste sous le genou, là où il appuyait son mouchoir.

— Je ne voulais pas…, bégaya-t-elle, oh, mon Dieu, je ne voulais pas vraiment…

Ses doigts crispés se relâchèrent et le revolver tomba sur le sol avec fracas. Du pied, elle l'envoya promener. Il disparut sous une banquette.

— Fanthorp, pour l'amour du ciel, murmura Simon d'une voix mourante, on vient… Dites que tout va bien… que c'est un accident… n'importe quoi… Il ne faut pas qu'il y ait de scandale.

Fanthorp fit signe qu'il avait compris et alla à la porte où était apparu le visage effrayé d'un garçon de cabine nubien.

— Tout va bien, tout va bien, dit Fanthorp. Ce n'était qu'une plaisanterie.

D'abord sceptique, intrigué, le Nubien parut enfin rassuré. Un large sourire lui découvrit les dents. Il hocha la tête et s'en alla.

— Voilà, dit Fanthorp en revenant. Je ne crois pas que quelqu'un d'autre ait entendu, cela n'a pas fait plus de bruit qu'un bouchon qui saute. Maintenant il faudrait…

Il s'arrêta, surpris. Jacqueline venait soudain d'éclater en sanglots hystériques.

— Seigneur ! je voudrais être morte… Je vais me tuer… Mais qu'est-ce que j'ai fait… qu'est-ce que j'ai fait ?

Cornelia se précipita vers elle.

— Chut, calmez-vous je vous en prie, chut...

Le front en sueur, le visage crispé de douleur, Simon les adjura :

— Emmenez-la. Je vous en conjure, emmenez-la d'ici ! Ramenez-la dans sa cabine, Fanthorp. Écoutez, miss Robson, allez chercher votre infirmière. (Son regard suppliant allait de l'un à l'autre.) Ne la laissez pas seule. Assurez-vous qu'elle est en sécurité, que l'infirmière veille sur elle. Ensuite, amenez-moi le vieux Bessner. Mais, pour l'amour du ciel, que ma femme n'en sache rien !

Jaunes Fanthorp hocha la tête. Ce jeune homme tranquille se révélait efficace et plein de sang-froid dans les moments critiques.

Aidé de Cornelia, il entraîna la jeune femme, en pleurs et qui se débattait, jusqu'à sa cabine. Là, ce fut pire encore. Jacqueline luttait de toutes ses forces pour se libérer ; ses sanglots redoublèrent.

— Je vais me jeter à l'eau... je vais me noyer dans le fleuve... je ne suis pas faite pour vivre... oh, Simon, Simon !

— Courez chercher miss Bowers, dit Fanthorp à Cornelia. Je reste ici en attendant.

Sitôt Cornelia partie, Jacqueline s'accrocha à Fanthorp.

— Sa jambe... elle saigne... elle est brisée... il va saigner à mort. Il faut que j'aille près de lui. Oh, Simon, Simon... comment ai-je pu ?

Sa voix grimpait.

— Allons, allons, calmez-vous, l'exhorta Fanthorp. Tout ira bien.

Elle recommença à se débattre.

— Laissez-moi partir ! Laissez-moi me jeter par-dessus bord.... Laissez-moi en finir !

Fanthorp l'attrapa par les épaules et la ramena sur son lit.

— Vous allez rester ici. Ne faites donc pas tant d'histoires. Reprenez-vous. Tout va bien, je vous dis.

À son grand soulagement, la jeune fille reprit un peu le contrôle d'elle-même. Il n'en fut pas moins très heureux de voir apparaître, avec Cornelia, la professionnelle miss Bowers, affublée d'un hideux kimono.

— Voyons ! voyons ! dit miss Bowers d'un ton brusque. Qu'est-ce qui se passe ici ?

Sans avoir l'air ni surprise ni troublée, elle prit la situation en mains.

Trop heureux, Fanthorp abandonna la jeune fille entre ses mains expertes et courut jusqu'à la cabine qu'occupait le Dr Bessner. Il frappa à la porte et entra sans attendre.

— Dr Bessner ?

Un ronflement sonore s'arrêta net et une voix saisie demanda :

— Hein ? Qu'est-ce que c'est ?

Fanthorp réussit à trouver la lumière. Le médecin le regarda en clignant des yeux comme avec des mines de gros hibou.

— C'est Doyle. On lui a tiré dessus. C'est Mlle de Bellefort qui a fait le coup. Il est dans le salon. Vous pouvez venir ?

Malgré sa corpulence, le médecin réagit promptement. Tout en enfilant ses pantoufles et sa robe de chambre, il posa quelques questions précises, s'empara de sa trousse d'urgence et emboîta le pas à Fanthorp.

Simon s'était débrouillé pour ouvrir une fenêtre. La tête appuyée au chambranle, il respirait l'air frais de la nuit. Il était mortellement pâle.

Le Dr Bessner s'approcha de lui.

— Ach ! so... Voyons ça...

Un mouchoir trempé de sang traînait par terre et, sur le tapis, on remarquait une grande tache sombre.

Le médecin ponctua son auscultation de grognements et d'exclamations teutonnes.

— Ach ! ce n'est pas beau... L'os est fracturé... Et grosse perte de sang. Herr Fanthorp, Mr Doyle marcher ne peut pas, aidez-moi à transporter lui dans ma cabine. Ach ! Oui... comme ça...

Au moment où ils le soulevaient, Cornelia parut sur le pas de la porte. Le médecin émit un grognement de satisfaction.

— Ach, c'est vous ? Parfait. Avec nous venez. D'assistance j'ai besoin et plus utile que votre ami vous me serez. Déjà tout blanc il est.

Fanthorp fit un pâle sourire.

— Voulez-vous que j'aille chercher miss Bowers ? demanda-t-il.

— Très bien vous vous en sortirez, jeune demoiselle, dit Bessner à Cornelia. Vous évanouir ou faire l'idiote vous n'allez pas, hein ?

— Je ferai tout ce que vous me direz de faire, répondit Cornelia avec empressement.

Bessner hocha la tête d'un air satisfait.

Le cortège s'ébranla sur le pont.

Les dix minutes suivantes furent consacrées à la chirurgie, ce qui ne fut pas du goût de Mr Fanthorp. Il se sentait secrètement humilié par l'attitude courageuse de Cornelia.

— Bon, c'est de mieux ce que je peux faire, déclara enfin le Dr Bessner. Héroïque vous avez été, mon ami ! ajouta-t-il en tapotant l'épaule de Simon avec approbation. (Il lui releva sa manche et sortit une seringue.) Ach, et maintenant, je vais administrer vous quelque chose pour dormir. Et votre femme ? qu'est-ce qu'on fait votre femme ?

— Inutile qu'elle l'apprenne avant demain matin, répondit Simon d'une voix faible. Je... Vous ne devez pas blâmer Jackie... Tout est ma faute... Je l'ai traitée de façon ignoble... pauvre gosse... elle ne savait pas ce qu'elle faisait...

Le Dr Bessner hocha la tête.

— Ach ! Oui, oui... Je comprends...

— C'est ma faute, répéta Simon. Il faudrait que

quelqu'un reste près d'elle, dit-il en regardant Cornelia. Elle pourrait... se faire du mal.

Le Dr Bessner fit son injection.

— Ne vous en faites pas, Mr Doyle, dit Cornelia, avec un calme tout professionnel. Miss Bowers va passer la nuit près d'elle.

Avec une expression de reconnaissance, Simon se détendit et ferma les yeux. Il les rouvrit soudain.

— Fanthorp ?

— Oui, Doyle.

— Le revolver... il ne faut pas le laisser traîner... les boys vont le trouver demain matin...

— Vous avez raison. Je vais le chercher tout de suite.

Il s'éclipsa. Et il arpentait le pont quand miss Bowers apparut à la porte de la cabine de Jacqueline.

— Tout ira bien maintenant, dit-elle. Je lui ai fait une injection de morphine.

— Mais vous allez quand même rester près d'elle ?

— Oh, bien sûr ! D'autant plus que la morphine a un effet excitant sur certaines personnes. Je vais y passer la nuit.

Fanthorp se rendit au salon.

Moins de trois minutes plus tard, on frappait chez le Dr Bessner.

— Dr Bessner ?

Celui-ci apparut à la porte.

— Oui ?

Fanthorp l'attira sur le pont.

— Je suis embêté... Je ne trouve pas ce revolver...

— Quoi ?

— Le revolver. Il était tombé des mains de la fille et elle l'avait poussé du pied sous une banquette. Eh bien, il n'y est plus, sous cette banquette.

Ils échangèrent un regard.

— Ach so ! Mais l'avoir pris qui peut ?

Fanthorp haussa les épaules.

— Ach, bizarre ça, dit Bessner. Mais ce qu'on peut faire, je ne vois pas.

Perplexes et vaguement inquiets, les deux hommes se séparèrent.

13

Hercule Poirot venait de se raser et s'essuyait le visage quand un coup rapide fut frappé à sa porte – sur quoi le colonel Race entra sans plus de cérémonie et referma derrière lui.

— Votre instinct ne vous avait pas trompé, dit-il. C'est arrivé.

Poirot se redressa.

— Qu'est-ce qui est arrivé ? demanda-t-il vivement.

— Linnet Doyle. Elle est morte... tuée d'une balle dans la tête pendant la nuit.

Poirot resta silencieux un moment. Deux souvenirs lui remontaient à la mémoire, particulièrement vivaces : une fille dans un jardin à Assouan qui lui disait d'une voix rauque et un peu haletante : « J'aimerais poser mon joli petit revolver sur sa tempe et puis presser sur la détente... » et, encore plus récemment, cette même voix lui disait : « C'est par des journées comme ça que tout d'un coup... bing ! il faut que ça craque ! Quand on n'en peut plus... » – et cet étrange appel qu'il avait lu dans ses yeux. Qu'est-ce qui lui avait pris de ne pas y répondre ? L'envie de dormir l'avait rendu aveugle, sourd, stupide...

— Comme j'ai une vague fonction officielle, reprit Race, on m'a donné carte blanche. Le bateau devait lever l'ancre dans une demi-heure, mais le départ sera retardé jusqu'à ce que j'en donne l'ordre. Bien entendu, il est possible que l'assassin soit venu de l'extérieur.

Poirot secoua la tête.

— Je suis d'accord avec vous, acquiesça Race. On peut sans risque écarter cette hypothèse. Eh bien, mon vieux, à vous l'honneur ! Vous êtes la vedette, oui ou non ?

Avec des gestes rapides et précis, Poirot avait fini sa toilette.

— Je suis à votre disposition, dit-il.

Ils sortirent tous deux sur le pont.

— Bessner ne va pas tarder, dit Race. J'ai envoyé un steward le chercher.

Il y avait à bord quatre cabines de luxe avec salle de bains. Deux à bâbord : celles du Dr Bessner et d'Andrew Pennington ; deux à tribord, occupées, la première par miss Van Schuyler et la seconde, sa voisine, par Linnet Doyle. Le cabinet de toilette de son mari était contigu.

Un steward, le visage blême, se tenait devant la porte de Linnet Doyle. Il l'ouvrit pour laisser entrer Race et Poirot. Le Dr Bessner était penché sur le lit. Il leva les yeux et poussa un grognement en les voyant.

— Quels renseignements pouvez-vous déjà nous fournir, docteur ?

Bessner frotta son menton râpeux d'un air songeur.

— Ach ! Une balle elle a reçu... à bout portant. Regardez, là juste au-dessus de l'oreille... C'est par là qu'elle est entrée. Un tout petit calibre... je dirais un 22. Le revolver tout près de la tête il a été tenu, vous voyez, il y a marque noire ici, la peau a été brûlée.

De nouveau, Poirot pensa avec un sentiment de malaise à ce qu'il avait entendu à Assouan.

— Elle dormait. Lutte, il n'y a pas eu, poursuivit Bessner. L'assassin dans l'obscurité s'est faufilé et alors qu'elle était couchée... il l'a tuée.

— Ah, ça non, alors ! s'écria Poirot, son sens de la psychologie profondément choqué. Jacqueline de Bellefort se faufilant dans l'obscurité, revolver au poing... non, elle ne « colle » pas, cette image.

Bessner le regarda à travers ses verres épais.

— Ce qui s'est passé, c'est pourtant bien, affirma-t-il.

— Oui, oui. Vous m'avez mal compris. Je ne voulais pas vous contredire.

Bessner poussa un grognement de satisfaction.

Poirot s'approcha de lui. Linnet Doyle était allongée sur le côté. Son attitude était naturelle, paisible. Mais au-dessus de l'oreille, on voyait un tout petit trou, auréolé de sang seché.

Poirot secoua tristement la tête.

Puis son regard tomba sur le mur blanc qui lui faisait face et il s'arrêta une seconde de respirer. Un grand J majuscule un peu tremblé tracé au brun-rouge, en maculait la surface.

Poirot se pencha sur le cadavre de la jeune femme et, avec précaution, lui souleva la main droite. Elle avait un doigt également taché de brun-rouge.

— Nom de nom de nom de nom ! s'exclama-t-il.

— Hein ? Qu'est-ce qu'il y a ? demanda Bessner en levant les yeux. Ach ! *Ça...*

— Le diable m'emporte, dit Race. Qu'est-ce que vous en déduisez, Poirot ?

Poirot se balança un instant sur la pointe des pieds.

— Vous voulez savoir ce que j'en déduis ? Eh bien, c'est enfantin, non ? Mrs Doyle est en train de mourir ; elle veut dénoncer son assassin, alors elle trempe son doigt dans son propre sang et elle écrit l'initiale du nom de son meurtrier. Oh, oui ! C'est d'une simplicité... hallucinante.

— Ach, mais...

Race fit taire le Dr Bessner d'un geste péremptoire.

— Alors c'est ça qui vous frappe ? demanda-t-il.

— Oui, oui. Comme je le disais, c'est d'une simplicité hallucinante. On connaît ça, non ? Ç'a été fait si souvent dans les romans policiers ! C'est même considéré maintenant comme un peu vieux jeu.

— Ce qui laisserait supposer que notre assassin est un brin... vieux jeu lui aussi.

— C'est de l'enfantillage pur et simple, conclut Poirot.

— Mais ça a été fait dans un but précis, insista Race.

— Évidemment, répondit Poirot, l'air grave.

— Et J, cela signifie qui au juste ?

— Jacqueline de Bellefort, répondit Poirot sans hésiter. Une jeune personne qui m'a déclaré la semaine dernière qu'elle n'aimerait rien mieux que de... (Il s'arrêta, puis reprit en la citant :) « poser mon joli petit revolver sur sa tempe et puis presser sur la détente. »

— *Gott im Himmel !* s'écria Bessner.

Il y eut un moment de silence. Puis Race soupira :

— Ce qui est exactement ce qui s'est passé ici ?

Bessner hocha la tête.

— Ach oui. Revolver de très petit calibre c'était. Comme j'ai dit probablement un 22. Mais, bien entendu, extraire la balle il faudra pour être certain.

Race hocha la tête.

— Et l'heure du décès ? demanda-t-il.

Bessner se frotta de nouveau le menton. Ce qui produisit un crissement de papier de verre.

— Avec précision je ne peux dire. 8 heures il est

194

maintenant... Étant donné température cette nuit, je dirais qu'elle est certainement morte depuis six heures, mais sans doute pas depuis plus de huit.

— Ce qui nous situe entre minuit et 2 heures du matin.

— Ach ! C'est ça.

Il y eut un silence. Race regarda autour de lui.

— Et son mari ? Je suppose qu'il dort dans la cabine voisine ?

— Pour le moment, dans la mienne il dort, répondit Bessner.

Devant l'air surpris des deux autres, Bessner hocha plusieurs fois la tête.

— Ach, je vois que vous ne savez rien. On a tiré sur Mr Doyle hier soir, dans le salon.

— Tiré ? Mais qui a tiré ?

— Cette jeune femme, Jacqueline de Bellefort.

— Il est gravement blessé ? demanda vivement Race.

— Oui, l'os est fracturé. Soigné comme j'ai pu je l'ai, mais nécessaire il serait de radiographier sa fracture dès que possible et de lui donner un traitement approprié – ce qui n'est pas possible sur ce bateau.

— Jacqueline de Bellefort..., murmura Poirot.

Son regard se porta de nouveau sur le J tracé sur le mur.

— Si nous ne pouvons rien faire de plus ici, gronda Race, descendons au fumoir. La direction l'a mis à notre disposition. Il me semble urgent de faire le point sur tout ce qui s'est passé cette nuit.

Ils quittèrent la cabine. Race verrouilla la porte et empocha la clef.

— Nous pourrons revenir plus tard, dit-il. Mais la première chose à faire, c'est d'essayer d'y voir clair dans la suite des événements.

Ils descendirent sur le pont inférieur où le commissaire de bord les attendait sur le seuil du fumoir. Bouleversé par cette histoire, le malheureux était terriblement inquiet et ne demandait qu'à confier l'affaire au colonel Race.

— Étant donné vos fonctions officielles, monsieur, je ne peux pas mieux faire que de m'en remettre à vous. J'ai ordre de rester à votre disposition pour... euh... l'autre affaire. Si vous acceptez de vous en charger, je veillerai à ce que tout soit fait selon vos désirs.

— Bravo ! Pour commencer, je voudrais que cette pièce nous soit réservée, à M. Poirot et à moi-même, pendant toute la durée de l'enquête.

— Très bien, monsieur.

— Ce sera tout pour l'instant. Retournez à vos occupations. Je sais où vous trouver en cas de besoin.

Le commissaire de bord s'éclipsa, l'air quelque peu soulagé.

— Asseyez-vous, Bessner, dit Race, et racontez-nous tout ce qui s'est passé hier soir.

Poirot et lui écoutèrent en silence le médecin leur en faire le récit de sa voix de basse profonde.

— C'est clair, déclara Race lorsqu'il eut terminé. La fille a piqué une crise, aggravée par un verre ou deux, et a finalement tiré à l'aveuglette sur le bonhomme avec un 22. Puis elle est allée chez Linnet Doyle et lui a également tiré dessus.

Bessner secoua la tête.

— Non, non, je ne pense pas. Pas possible. D'abord, son initiale sur le mur elle n'aurait jamais inscrit ; stupide ç'aurait été, *nicht war* ?

— Si elle était aussi folle de jalousie qu'elle le paraît, elle en aurait été bien capable, fit remarquer Race. Elle aurait pu vouloir... ma foi, signer son crime, pour ainsi dire.

— Non, non, fit Poirot. Je ne crois pas qu'elle se serait conduite si... grossièrement.

— Dans ce cas, il n'y a qu'une explication à ce J. Il a été mis là par quelqu'un d'autre pour faire tomber les soupçons sur elle.

— Oui, dit Bessner. Mais l'assassin pas de chance n'a parce que, voyez-vous, non seulement peu probable il est que la jeune Fraulein ait commis ce meurtre, mais, à mon avis, *impossible* c'est également.

— Comment cela ?

Bessner leur fit part de l'état hystérique dans lequel s'était trouvée Jackie et des circonstances qui avaient amené miss Bowers à la prendre en charge.

— Et je pense... ach ! je suis sûr que avec elle toute la nuit miss Bowers est restée.

— S'il en est ainsi, cela va nous simplifier grandement les choses, dit Race...

— Qui a découvert le crime ? demanda Poirot.

— La femme de chambre de Mrs Doyle, Louise Bourget. Elle est entrée pour réveiller sa maîtresse, comme d'habitude, l'a trouvée morte, est ressortie en coup de vent et s'est évanouie dans les bras du steward. Celui-ci s'est rué chez le commissaire de bord, lequel s'est précipité chez moi à son tour. Et moi, j'ai fait chercher Bessner et je suis venu vous voir ensuite.

Poirot acquiesça.

— Il serait grand temps de prévenir Doyle, déclara Race. Vous dites qu'il dort encore ?

— Oui, dans ma cabine. J'ai administré lui puissant somnifère hier soir.

— Bon, dit Race en s'adressant à Poirot, je crois que nous n'avons plus besoin du docteur, hein ? Merci, docteur...

Bessner se leva.

— Ach ! mon petit déjeuner. Ensuite j'irai voir dans ma cabine si Mr Doyle prêt à se réveiller.

Bessner sortit. Poirot et Race se regardèrent.

— Et maintenant, Poirot ? À vous de jouer. J'attends vos ordres. Dites-moi ce qu'il convient de faire.

Poirot se fendit d'une courbette.

— Eh bien, mon tout bon, nous allons porter l'affaire devant notre chambre d'accusation personnelle. En premier lieu, je pense que nous devons vérifier les événements de la nuit. Autrement dit, nous devons interroger Fanthorp et miss Robson, qui ont été les témoins directs. La disparition du revolver est un élément de toute première importance.

Race sonna et chargea le steward d'un message.

Poirot poussa un soupir.

— C'est mauvais tout ça, murmura-t-il. Très mauvais.

— Vous avez une idée ? demanda Race avec curiosité.

— Mes idées se contredisent. Elles sont dans le désordre – elles ne sont pas classées. Il y a, voyez-vous, ce fait essentiel que la fille haïssait Linnet Doyle et voulait la tuer.

— Vous l'en croyez capable ?

— Oui... Je pense, répondit Poirot d'un ton qui n'en demeurait pas moins incertain.

— Mais pas de cette façon-là ? C'est ce qui vous préoccupe, n'est-ce pas ? Pas en se faufilant dans le noir et en la tuant dans son sommeil. C'est ce sang-froid qui ne vous paraît pas sonner juste.

— En un sens, oui.

— Vous pensez que cette Jacqueline de Bellefort n'est pas capable d'un meurtre prémédité et commis de sang-froid ?

— Je n'en suis pas sûr, voyez-vous, répondit Poirot en réfléchissant. Elle a l'intelligence nécessaire, oui. Mais je doute que, dans la réalité, elle puisse passer à l'*acte*...

— Oui, je vois..., dit Race. D'autant plus que dans la réalité, selon Bessner, il lui aurait été impossible de le faire.

— Si c'est vrai, cela nous déblayera singulièrement le terrain. Espérons-le. (Poirot s'arrêta et ajouta simplement :) J'en serais heureux ; j'ai beaucoup de sympathie pour cette petite.

La porte s'ouvrit. Fanthorp et Cornelia apparurent, suivis du Dr Bessner.

— C'est épouvantable ! balbutia Cornelia. Cette pauvre Mrs Doyle ! Dire qu'elle était si charmante !... Il faut être un monstre pour avoir voulu lui faire du mal. Et ce pauvre Mr Doyle ! Il va devenir fou quand il le saura. Hier soir, il était déjà si inquiet à l'idée qu'elle pourrait être mise au courant de son accident.

— C'est précisément ce que nous voudrions que vous nous racontiez, miss Robson, dit Race. Nous voulons savoir très précisément ce qui s'est passé la nuit dernière.

Cornelia commença son récit de manière un peu confuse, mais Poirot arrangea les choses en lui posant quelques questions.

— Ah, oui ! Je comprends... Après le bridge, Mrs Doyle a regagné sa cabine. Mais a-t-elle vraiment regagné sa cabine ? Je me le demande.

— Si, confirma Race. Je l'ai vue moi-même. Et je lui ai souhaité bonne nuit devant sa porte.

— À quelle heure ? demanda Poirot.

— Miséricorde ! Je n'en sais plus rien, répondit Cornelia.

— Il était 11 h 20, dit Race.

— Bien. Donc, à 11 h 20, Mme Doyle était vivante et en bonne santé. Et à ce moment-là, qui y avait-il encore dans le salon ?

— Il y avait Doyle, répondit Fanthorp, Mlle de Bellefort, miss Robson et moi.

— C'est ça, acquiesça Cornelia. Mr Pennington avait fini son verre et était allé se coucher.

— Combien de temps après ?

— Oh, deux ou trois minutes.

— Avant 11 heures et demie, alors ?

— Oh, oui !

— Restait donc dans le salon, vous, miss Robson, Mlle de Bellefort, Mr Doyle et Mr Fanthorp. Que faisiez-vous les uns et les autres ?

— Mr Fanthorp lisait un livre, moi je faisais de la broderie et Mlle de Bellefort était... elle était...

Fanthorp vola à son secours :

— Elle buvait comme un trou.

— C'est vrai, dit Cornelia. Elle me posait un tas de questions sur ma vie, elle n'arrêtait pas de me parler, mais j'avais l'impression que ses propos s'adressaient plutôt à Mr Doyle. Il avait l'air exaspéré, mais il ne disait rien. Il pensait sans doute que s'il restait tranquille dans son coin, elle finirait par se calmer.

— Mais elle ne s'est pas calmée ?

Cornelia secoua la tête.

— J'ai essayé une ou deux fois de partir, mais elle m'a obligée à rester et je me sentais de plus en plus mal à l'aise. Et alors Mr Fanthorp s'est levé et il est sorti...

— Ça devenait plutôt gênant, expliqua Fanthorp. J'ai voulu m'éclipser discrètement. Mlle de Bellefort cherchait visiblement à provoquer un esclandre.

— Et alors elle a sorti son revolver, reprit Cornelia, et Mr Doyle a bondi pour essayer de le lui arracher, mais le coup est parti et lui a traversé la jambe ; et alors elle s'est mise à hurler et à sangloter... j'étais morte de peur et j'ai couru après Mr Fanthorp, et il est revenu avec moi, et Mr Doyle a dit qu'il ne fallait pas faire d'histoire, et un des boys nubiens a entendu le coup de feu et il est venu, mais Mr Fanthorp lui a dit que tout allait bien ; et alors nous avons ramené Jacqueline dans sa cabine et Mr Fanthorp est resté avec elle pendant que j'allais chercher miss Bowers.

Cornelia s'arrêta, hors d'haleine.

— Quelle heure était-il ? demanda Race.

— Miséricorde ! Je n'en sais rien, dit encore une fois Cornelia.

Mais Fanthorp fournit la précision souhaitée.

— Il devait être à peu près minuit 20. En tout cas, il était minuit et demi quand j'ai enfin pu regagner ma cabine.

— Bon, maintenant je voudrais m'assurer d'un

point ou deux, dit Poirot. Après que Mrs Doyle a quitté le salon, l'un de vous quatre est-il sorti ?

— Non.

— Vous êtes sûr et certain que Mlle de Bellefort ne s'est absentée à aucun moment ?

— Absolument, répondit Fanthorp. Ni Doyle, ni Mlle de Bellefort, ni miss Robson, ni moi-même ne sommes sortis du salon.

— Bon ! Donc le fait est établi que Mlle de Bellefort n'a matériellement pas pu tuer Mrs Doyle avant, disons... minuit 20. Maintenant, miss Robson, vous êtes allée chercher miss Bowers. Mlle de Bellefort est-elle restée seule dans sa cabine pendant ce temps-là ?

— Non, Mr Fanthorp était près d'elle.

— Bon. Jusqu'ici, Mlle de Bellefort a un alibi parfait. Avant d'interroger miss Bowers, je voudrais avoir encore votre opinion sur autre chose. Vous dites que M. Doyle tenait beaucoup à ce qu'on ne laisse pas seule Mlle de Bellefort. Pensez-vous qu'il avait peur qu'elle ne commette encore un acte irréfléchi ?

— C'est mon avis, dit Fanthorp.

— Il avait vraiment peur qu'elle s'en prenne à Mrs Doyle ?

— Non, répondit Fanthorp. Je ne crois pas que c'est à ça qu'il pensait. Il avait plutôt peur que... qu'elle n'essaie de... se faire du mal.

— Qu'elle se suicide ?

— Oui. Vous savez, elle paraissait complètement

dégrisée, et effondrée de ce qu'elle avait fait. Elle n'arrêtait pas de se faire des reproches et de dire qu'elle voulait mourir.

— Je crois, intervint timidement Cornelia, qu'il était très inquiet à son sujet. Il a été très... gentil. Il a dit que tout était sa faute, qu'il s'était mal conduit avec elle. Il... il était vraiment très gentil.

Hercule Poirot hocha la tête, pensif.

— Ce satané revolver, maintenant, poursuivit-il. Qu'est-il devenu ?

— Elle l'a laissé tomber par terre, dit Cornelia.

— Et ensuite ?

Fanthorp expliqua qu'il était revenu le chercher mais ne l'avait pas trouvé.

— Ah, ah ! dit Poirot. Nous y voilà. Soyons très précis, je vous en prie. Racontez-moi par le menu ce qui s'est passé.

— Mlle de Bellefort l'a laissé tomber. Puis elle l'a écarté du pied.

— Comme si elle le détestait, ajouta Cornelia. Je comprends très bien ce qu'elle ressentait.

— Et vous dites qu'il a glissé sous une banquette. Bien. Maintenant, faites très attention. Mlle de Bellefort n'a-t-elle pas ramassé son revolver avant de quitter le salon ?...

Fanthorp et Cornelia étaient catégoriques sur ce point.

— À la bonne heure. Je cherche à ce que tout soit bien précis, vous comprenez. Donc, lorsque Mlle de

Bellefort quitte le salon, le revolver est sous la banquette, et puisque Mlle de Bellefort n'est jamais restée seule – Mr Fanthorp, miss Robson et miss Bowers s'étant relayés auprès d'elle, elle n'a pas eu l'occasion de venir le récupérer ensuite. Quelle heure était-il, Mr Fanthorp, quand vous êtes revenu le chercher ?

— Un peu moins de minuit et demi, je pense.

— Et combien de temps s'est-il écoulé entre le moment où le Dr Bessner et vous avez transporté Mr Doyle et celui où vous êtes revenu chercher le revolver ?

— Peut-être cinq minutes, peut-être un peu plus.

— Ce qui revient à dire que, pendant ces cinq minutes, quelqu'un est allé ramasser ce revolver... qui était hors de vue sous la banquette. Et ce quelqu'un n'est *pas* Mlle de Bellefort. Qui est-ce ? Il y a de fortes chances pour que cette personne soit l'assassin de Mrs Doyle. De même, nous sommes en droit de supposer que cette personne a vu ou entendu une bonne part des événements qui venaient de se dérouler.

— Je ne comprends pas comment vous en arrivez à cette conclusion, maugréa Fanthorp.

— Parce que vous nous avez dit que le revolver était hors de vue sous la banquette. Il est donc peu probable qu'il ait été découvert *par hasard*. Il a été pris par quelqu'un qui savait le trouver là. Donc, ce quelqu'un avait dû assister à la scène.

— Mais, objecta Fanthorp, je n'ai vu personne sur le pont quand je suis sorti juste avant le coup de feu.

— Vous êtes sorti par la porte de tribord ?

— Oui, du côté où se trouve ma cabine.

— De sorte que si quelqu'un, à bâbord, regardait par la fenêtre, vous ne l'auriez pas vu ?

— Non, reconnut Fanthorp.

— À part le boy nubien, quelqu'un d'autre a-t-il entendu le coup de feu ?

— Pas que je sache. Toutes les fenêtres étaient fermées, poursuivit-il. Les portes aussi. Miss Van Schuyler avait senti un courant d'air dans la soirée. À l'extérieur, cela n'a pas dû faire plus de bruit qu'un bouchon qui saute.

— À ma connaissance, intervint Race, personne n'a entendu le second coup de feu, celui qui a tué Mrs Doyle.

— Nous en parlerons après, dit Poirot. Pour l'instant, occupons-nous encore de Mlle de Bellefort. Il faut que nous interrogions miss Bowers. Mais d'abord, avant que vous ne partiez (il arrêta du geste Fanthorp et Cornelia), j'ai quelques petits renseignements à vous demander sur vous-mêmes. Ainsi, je n'aurai plus besoin de vous rappeler ensuite. Commençons par vous, monsieur. Votre nom ?

— James Lechdale Fanthorp.

— Votre adresse ?

— Glasmore flouse, Market Donnington, Northamptonshire.

— Votre profession ?

— Notaire.

— Et pour quelle raison vous trouvez-vous ici ?

Il y eut un silence. Pour la première fois, l'impassible Mr Fanthorp parut décontenancé.

— Voyage d'agrément, marmonna-t-il enfin.

— Ah dit Poirot. Alors vous êtes en vacances ?

— Euh... oui.

— Très bien. Pouvez-vous, Mr Fanthorp, me faire un bref compte rendu de vos faits et gestes après les événements dont nous venons de parler.

— Je suis allé droit au pieu.

— Et il était... ?

— Juste passé minuit et demi.

— Vous occupez bien la cabine n° 22 à tribord, celle qui est la plus proche du salon ?

— Oui.

— Je vais vous poser encore une question. Avez-vous entendu quelque chose, quoi que ce soit, après avoir regagné votre cabine ?

Fanthorp réfléchit.

— Je me suis couché tout de suite. Il me semble avoir entendu une sorte de plouf ! juste au moment où je m'endormais. Mais c'est tout.

— Vous avez entendu une sorte de plouf ? Tout près ?

Fanthorp secoua la tête.

— Franchement, je ne sais pas. Je dormais à moitié.

— Quelle heure pouvait-il être ?

— Environ 1 heure, mais je ne peux rien affirmer.

— Merci, Mr Fanthorp. Ce sera tout.

Poirot se tourna vers Cornelia.

— Et maintenant, à vous, mademoiselle. Votre nom ?

— Cornelia Ruth Robson. Et mon adresse : The Red House, Bellefield, Connecticut.

— Qu'est-ce qui vous amène en Égypte ?

— Cousine Marie – miss Van Schuyler – m'a offert de l'accompagner.

— Aviez-vous déjà rencontré Mrs Doyle avant ce voyage ?

— Non, jamais.

— Qu'avez-vous fait la nuit dernière ?

— Je suis allée me coucher tout de suite après avoir aidé le Dr Bessner à soigner la jambe de Mr Doyle.

— Votre cabine... ?

— C'est le n° 43, à bâbord, juste à côté de celle de Mlle de Bellefort.

— Et avez-vous entendu quelque chose ?

Cornelia secoua la tête.

— Absolument rien.

— Pas de plouf ?

— Non, c'était exclu. De mon côté, le bateau touche le quai.

Poirot hocha la tête.

— Merci, miss Robson. Maintenant, peut-être serez-vous assez aimable pour demander à miss Bowers de venir ?

Fanthorp et Cornelia quittèrent la pièce.

— C'est clair et net, décréta Race. À moins que nos trois témoins ne mentent, Jacqueline de Bellefort n'a pas pu récupérer son revolver. Mais quelqu'un s'est arrangé pour le faire. Quelqu'un qui a vu ou entendu la scène, quelqu'un qui a poussé la crétinerie jusqu'à tracer un J sur le mur.

On frappa à la porte et miss Bowers entra. Elle s'assit, calme et l'allure efficace, comme à l'accoutumée. Elle déclina ses nom, adresse, et qualité et ajouta : « Ça va faire plus de deux ans que je soigne miss Van Schuyler. »

— Miss Van Schuyler est en très mauvaise santé ?

— Oh non, je n'irai pas jusque-là, répondit miss Bowers. Seulement, elle n'est plus très jeune et elle s'inquiète pour un oui pour un non, alors ça la rassure d'avoir une infirmière sous la main. Elle aime qu'on s'occupe d'elle et elle est disposée à payer pour ça.

Poirot hocha la tête avec sympathie.

— Si j'ai bien compris, demanda-t-il, miss Robson est venue vous chercher cette nuit ?

— Ma foi, oui, c'est ça.

— Voudriez-vous m'expliquer ce qui s'est passé au juste ?

— Ma foi, miss Robson m'a donné un bref aperçu de la situation et je l'ai suivie. J'ai trouvé Mlle de Bellefort très agitée, dans un état quasi hystérique.

— A-t-elle proféré des menaces contre Mrs Doyle ?

209

— Non, absolument pas. Elle était en pleine crise d'auto-accusation morbide. Elle avait beaucoup bu, je dois dire, et c'était la réaction. J'ai cru bon de ne pas la laisser seule. Je lui ai fait une injection de morphine et je suis restée à son chevet.

— Maintenant, miss Bowers, je voudrais que vous répondiez à ceci : Mlle de Bellefort a-t-elle quitté sa cabine à un moment quelconque ?

— Non.

— Et vous-même ?

— Je n'ai pas bougé jusqu'au matin.

— Vous en êtes sûre ?

— Sûre et certaine.

— Merci, miss Bowers.

L'infirmière sortit. Les deux hommes se regardèrent.

Jacqueline de Bellefort était définitivement hors de cause. Alors qui, dans ces conditions, avait assassiné Linnet Doyle ?

14

— Résumons-nous, dit Race. Quelqu'un est parti avec le revolver. Ce n'est pas Jacqueline de Bellefort. Quelqu'un en savait assez pour penser que c'est à elle que le crime serait attribué. Mais ce quelqu'un n'avait pas prévu qu'une infirmière allait lui administrer de la morphine et passer la nuit près d'elle. Et encore autre chose : quelqu'un avait déjà essayé de tuer Linnet Doyle en faisant basculer un rocher du haut d'une falaise ; ce quelqu'un n'était *pas* Jacqueline de Bellefort. Qui était-ce ?

— Il serait plus simple de dire qui cela n'est pas, répondit Poirot. Mr Doyle, Mrs Allerton, Mr Allerton, miss Van Schuyler et miss Bowers sont à exclure. Ils étaient sous mes yeux à ce moment-là.

— Hum... Cela nous laisse encore pas mal de choix. Et quel peut être le mobile ?

— Je compte beaucoup sur Mr Doyle pour nous l'apprendre. Plusieurs incidents se sont produit...

La porte s'ouvrit et Jacqueline de Bellefort entra. Elle était très pâle et vacillait un peu sur ses jambes.

— Ce n'est pas moi ! dit-elle d'une voix d'enfant effrayée. Ce n'est pas moi ! Oh ! je vous en prie, croyez-moi. Tout le monde va m'accuser, mais je ne l'ai pas tuée ! Je ne l'ai pas tuée ! C'est... épouvantable. Je donnerais n'importe quoi pour que ça ne soit pas arrivé. J'aurais pu tuer Simon, hier soir, je crois que j'étais devenue folle. Mais ce n'est pas moi qui ai...

Elle s'assit et fondit en larmes.

— Allons, allons, dit Poirot en lui tapotant l'épaule. Nous savons que vous n'avez pas tué Mrs Doyle. Nous en avons la preuve, oui, la preuve, mon petit. Ce n'est pas vous.

Jacie se redressa subitement, la main serrée sur son mouchoir trempé de larmes.

— Mais qui l'a fait ?

— C'est la question que nous nous posons, dit Poirot. Vous pouvez peut-être nous aider à y répondre, ma chère petite ?

Jacqueline secoua la tête.

— Je ne sais pas... Je n'arrive pas à... Non je n'en ai pas la moindre idée, dit-elle en réfléchissant désespérément. Non, je ne vois personne qui pouvait souhaiter sa mort... À part moi, balbutia-t-elle.

— Excusez-moi une minute, je viens de penser à quelque chose, dit Race en sortant précitamment.

Assise, tête baissée, Jacqueline de Bellefort se tordait nerveusement les doigts.

— La mort, c'est horrible... horrible ! s'écria-t-elle soudain. Rien que d'y penser, ça me fait horreur !

— Oui, acquiesça Poirot. Ce n'est pas agréable de se dire, n'est-ce pas, que maintenant, en ce moment même, quelqu'un se réjouit d'avoir mené son plan à bien.

— Arrêtez ! Arrêtez ! s'écria Jackie. C'est épouvantable, la manière dont vous dites ça !

Poirot haussa les épaules.

— C'est la vérité.

— Je... J'ai souhaité sa mort, dit Jackie à voix basse, *et elle est morte...* Et le pire... c'est qu'elle est morte... exactement comme je l'avais dit.

— Oui, mademoiselle. Elle a été tuée d'une balle dans la tête.

— Alors, j'avais raison, l'autre soir, à l'hôtel *Cataract*. Quelqu'un nous écoutait bien !

— Ah ! fit Poirot en hochant la tête. Je me demandais si vous vous en souviendriez. Ce serait quand même une coïncidence trop extraordinaire que Mrs Doyle ait eu exactement la mort que vous aviez décrite.

Jackie frissonna.

— Cet homme, ce soir-là, qui cela pouvait-il être ?

Poirot resta silencieux un instant.

— Vous êtes sûre qu'il s'agissait d'un homme ? demanda-t-il, d'un tout autre ton.

Jackie le regarda, surprise.

— Oui, évidemment ! Du moins...

— Du moins ?

Le front plissé, les yeux mi-clos, elle s'efforçait de se souvenir.

— En tout cas, sur le moment, j'ai cru que c'était un homme.

— Et maintenant, vous n'en êtes plus sûre ?

— Non, répondit-elle lentement. Je tenais pour acquis que c'était un homme, mais en vérité, je n'ai vu qu'une silhouette... une ombre...

Elle se tut, et puis, comme Poirot ne disait rien, elle ajouta :

— Vous croyez que c'était une femme ? Mais aucune de celles qui sont sur ce bateau n'aurait pu vouloir tuer Linnet !

Poirot se contenta de dodeliner de la tête.

Sur ce, la porte s'ouvrit et Bessner apparut.

— Monsieur Poirot, venir pouvez-vous ? Vous parler Mr Doyle voudrait.

Jackie bondit. Elle attrapa Bessner par le bras.

— Comment est-il ? Est-ce qu'il... va bien ?

— Pas bien du tout ! gronda Bessner d'un ton de reproche. Il a une fracture, vous comprenez ?

— Mais il ne va pas mourir ? s'écria Jackie.

— Ach ! qui parle de mourir ? À la civilisation

214

nous allons le ramener et là nous aurons radiographie et traitement adéquat.

— Oh ! fit la jeune fille en s'effondrant sur une chaise, les mains crispées.

Poirot sortait du fumoir avec le médecin quand Race les rejoignit. Ils montèrent ensemble sur le pont-promenade pour se rendre chez Bessner.

Calé par des coussins et des oreillers, Simon Doyle était allongé, la jambe protégée par un arceau de fortune. Le choc s'était ajouté à la souffrance, il était mortellement pâle. Mais par-dessus tout, il avait l'air ahuri – l'air ahuri d'un enfant malade.

— Entrez, je vous en prie, marmonna-t-il. Le docteur m'a dit... au sujet de Linnet... Je n'arrive pas encore à le croire. Je ne peux pas croire que ce soit vrai.

— Je comprends, dit Race. C'est un rude coup.

— Vous savez, balbutia Simon, ce n'est pas Jackie. Je suis certain que Jackie n'a pas fait ça ! Tout joue contre elle, je sais, mais elle n'y est *pour rien*. Elle... elle était un peu saoule hier soir, et très surexcitée, c'est pourquoi elle s'en est prise à moi. Mais elle n'aurait pas... elle n'aurait pas commis un *meurtre* ! Pas un meurtre de sang-froid...

— Cessez de vous tourmenter, Mr Doyle, dit Poirot gentiment. Qui que ce soit qui ait tué votre femme, ce n'est pas Mlle de Bellefort.

Simon le regarda, sceptique.

— Vous jouez franc-jeu, au moins ?

— Mais puisque ce n'est pas Mlle de Bellefort, poursuivit Poirot, avez-vous une idée de qui cela peut être ?

Simon secoua la tête, l'air de plus en plus ahuri.

— C'est loufoque... c'est impossible ! À part Jackie, personne ne pouvait vouloir la faire disparaître.

— Réfléchissez, Mr Doyle. Elle n'avait pas d'ennemis ? Personne n'avait de grief contre elle ?

Simon fit le même geste d'incompréhension désespérée.

— Ça paraît complètement dément. Il y a bien Windlesham, évidemment. Linnet l'a plus ou moins laissé tomber pour m'épouser. Mais je ne vois pas un type qui a avalé un parapluie comme Windlesham en train de commettre un meurtre — et puis, de toute façon, il est au bout du monde. Je peux en dire autant de sir George Wode. Il en veut à Linnet à cause de la maison — il n'aime pas la façon dont elle l'a arrangée. Mais il est à Londres, à des milliers de kilomètres d'ici, et commettre un meurtre pour un motif pareil, ça ne tient pas debout.

— Écoutez, Mr Doyle, dit Poirot d'un ton grave. Le jour où nous sommes montés à bord du *Karnak*, j'ai été impressionné par une petite conversation que j'ai eue avec madame votre épouse. Elle était très inquiète, très agitée. Elle m'a dit, notez bien cela, que *tout le monde* la haïssait. Elle m'a dit qu'elle avait peur, qu'elle se sentait en danger, comme si *tous ceux* qui l'entouraient n'étaient que des ennemis.

— La présence de Jackie à bord l'avait inquiétée. Tout comme moi, dit Simon.

— C'est vrai, mais cela ne suffit pas à expliquer le sens de ses paroles. Elle exagérait sans doute en se disant entourée d'ennemis, mais quoi qu'il en soit, elle ne pensait pas à une seule personne.

— Vous avez peut-être raison, reconnut Simon, mais je crois que je peux l'expliquer. Elle était inquiète à cause d'un nom qu'elle avait vu sur la liste des passagers.

— Un nom sur la liste des passagers ? Quel nom ?

— Elle ne me l'a pas vraiment dit. Pour être franc, je ne l'écoutais pas très attentivement. Je ruminais l'attitude de Jacqueline. Autant que je m'en souvienne, Linnet a fait allusion à la pratique qui consiste à ruiner des gens dans les affaires et à la gêne qu'elle éprouvait en rencontrant quelqu'un qui nourrissait des griefs contre sa famille. Je ne connais pas très bien l'histoire de cette famille, je crois que sa mère était fille de milliardaire. Son père ne jouissait que d'une honnête aisance, mais après son mariage, il s'est mis à jouer en bourse. À la suite de quoi, évidemment, quelques personnes en ont pris pour leur grade. Vous savez, abondance de biens un jour, au ruisseau le lendemain. Bref, j'en ai conclu qu'il y avait à bord quelqu'un qui avait eu affaire au père de Linnet et avait dû encaisser un sale coup. Je me souviens qu'elle m'a dit : « C'est affreux d'être haïe par des gens qui ne vous connaissent même pas. »

— Oui, dit Poirot, songeur. Cela pourrait expliquer ses propos. Pour la première fois de sa vie, son héritage lui était un fardeau. Etes-vous certain, Mr Doyle, qu'elle n'a pas mentionné le nom de cet homme ?

Simon secoua tristement la tête.

— Je n'ai pas fait très attention. Elle m'a simplement dit : « Oh ! plus personne aujourd'hui ne se soucie de ce qui est arrivé à mon père. La vie passe trop vite pour qu'on s'y attarde. » Quelque chose d'approchant.

— Ach ! j'ai une idée, intervint Bessner, Il y a un jeune homme à bord qui sérieux grief semble avoir...

— Vous pensez à Ferguson ? demanda Poirot.

— Oui, une fois ou deux il a critiqué Mrs Doyle. Je moi-même l'ai entendu.

— Comment savoir ? demanda Simon.

— Le colonel Race et moi devons interroger tous les passagers, répliqua Poirot. Tant que nous n'aurons pas leurs témoignages, nous serons mal avisés de faire des théories. Il y a la femme de chambre, par exemple. Nous devrions commencer par elle. Nous ferions peut-être aussi bien de l'interroger ici. La présence de Mr Doyle pourrait nous être utile.

— Oui, c'est une bonne idée, dit Simon.

— Était-elle au service de Mrs Doyle depuis longtemps ?

— Depuis quelques mois seulement.

— Quelques mois seulement ! s'exclama Poirot.

— Pourquoi ? Vous ne pensez pas... ?

— Votre femme avait-elle emporté des bijoux de valeur ?

— Son collier de perles, répondit Simon. Elle m'a dit un jour qu'il valait quarante ou cinquante mille livres. Mon Dieu ! fit-il en frissonnant, vous croyez que ces fichues perles... ?

— Le vol est un motif plausible, dit Poirot. Quand même, cela paraît peu probable... Bon, nous verrons. Appelons d'abord la femme de chambre.

Louise Bourget était la petite brune piquante, de type latin, que Poirot avait remarquée quelques jours auparavant.

Elle avait à présent perdu toute sa vivacité. Elle avait pleuré et semblait avoir peur. Cependant, elle avait une expression rusée qui ne disposa pas les deux hommes en sa faveur.

— Vous êtes Louise Bourget ?

— Oui, monsieur.

— Quand avez-vous vu Mrs Doyle pour la dernière fois ?

— Hier soir, monsieur, dans sa cabine. Je l'ai aidée à se déshabiller.

— Quelle heure était-il ?

— Un peu plus de 11 heures, monsieur, mais je ne sais pas au juste. J'ai déshabillé Madame, je l'ai mise au lit et je suis partie.

— Combien de temps cela vous a-t-il pris ?

— Dix minutes, monsieur. Madame était fatiguée. Elle m'a demandé d'éteindre la lumière en partant.

— Après l'avoir quittée, qu'avez-vous fait ?

— Je suis rentrée dans ma cabine, monsieur, sur le pont inférieur.

— Avez-vous vu ou entendu quoi que ce soit qui puisse nous aider ?

— Comment aurais-je pu, monsieur ?

— Ce n'est pas à nous, c'est à vous de nous le dire, mademoiselle, répliqua Hercule Poirot.

Elle lui jeta un regard en coin.

— Mais, monsieur, j'étais loin... qu'aurais-je pu voir ou entendre ? Ma cabine est sur le pont inférieur. Et de l'autre côté du bateau, en plus. Il était rigoureusement impossible que j'entende quoi que ce soit. Évidemment, si je n'avais pas réussi à m'endormir, si j'étais remontée, alors là, peut-être, j'aurais pu voir l'assassin, ce monstre, entrer dans la cabine de Madame ou en sortir, mais comme ça...

Elle tendit des mains implorantes vers Simon.

— Monsieur, je vous en supplie... vous voyez ce qui m'arrive ? Qu'est-ce que je peux dire, moi ?

— Ne vous frappez pas, mon petit, répondit Simon. Personne ne vous soupçonne d'avoir vu ou entendu quoi que ce soit. Tout ira bien. Je ne vous laisserai pas tomber. On ne vous accuse de rien.

— Monsieur est très bon, murmura Louise en baissant modestement les yeux.

— Nous retiendrons donc que vous n'avez rien vu et rien entendu ? dit Race, agacé.

— Oui, comme je viens de vous le dire, monsieur.

— Et vous ne connaissez personne qui aurait eu des griefs contre votre maîtresse ?

À la surprise générale, Louise hocha vigoureusement la tête.

— Oh si ! Ça, je le sais. À cette question, je peux répondre oui, et catégoriquement !

— Vous pensez à Mlle de Bellefort ? dit Poirot.

— Oui, elle, ça va de soi. Mais ce n'est pas d'elle que je parlais. Il y a quelqu'un d'autre sur ce bateau qui détestait Madame, qui était furieux de la façon dont Madame l'avait offensé.

— Seigneur ! s'exclama Simon. Qu'est-ce que c'est que cette histoire ?

Louise poursuivit, hochant toujours la tête avec la même vigueur :

— Oui, oui, oui, c'est comme je vous le dis : cela concerne l'ancienne femme de chambre de Madame, celle que j'ai remplacée. Il y avait un homme sur le bateau, un mécanicien, qui voulait l'épouser. Et Mary – c'était son nom – était d'accord. Mais Mrs Doyle a fait faire une enquête et a découvert que Fleetwood avait déjà une femme, une femme de couleur, vous comprenez, une femme de ce pays. Elle était retournée dans sa famille, mais ils étaient toujours mariés, vous comprenez. Alors Madame a raconté tout ça à Mary, et Mary a été très malheureuse, elle n'a plus voulu revoir Fleetwood. Et ce Fleetwood a été furieux. Et quand il a appris que Mrs Doyle s'appelait auparavant miss Linnet Ridgeway, il m'a dit qu'il avait envie de lui tordre le cou. Avec son intervention, elle lui avait gâché sa vie.

Louise s'arrêta, triomphante.

— Ç'est intéressant, commenta Race.

— Etiez-vous au courant de ça ? demanda Poirot à Simon.

— Non, pas du tout ! répondit celui-ci avec sincérité. Et je ne pense pas que Linnet ait su que cet homme était à bord. Elle avait probablement tout oublié de l'incident.

Il se tourna vivement vers la femme de chambre.

— En aviez-vous parlé à Mrs Doyle ?

— Non, monsieur, bien sûr que non.

— Savez-vous quelque chose à propos du collier de perles de votre maîtresse ? demanda Poirot.

— Son collier de perles ? répéta Louise en écarquillant les yeux. Elle le portait hier soir.

— Vous l'avez vu quand elle s'est couchée ?

— Oui, monsieur.

— Où l'a-t-elle posé ?

— Sur la table de chevet, comme d'habitude.

— C'est là que vous l'avez vu pour la dernière fois ?

— Oui, monsieur.

— L'avez-vous vu ce matin ?

La jeune femme sursauta.

— Mon Dieu ! Je n'ai même pas regardé. Je me suis approchée du lit, et j'ai vu... j'ai vu Madame. Alors j'ai crié, je suis sortie en courant et je me suis évanouie.

Hercule Poirot hocha la tête.

— Vous n'avez pas regardé. Mais moi j'ai des yeux pour voir, et j'ai vu que, ce matin, il n'y avait pas de collier de perles sur la table à côté de son lit.

15

Hercule Poirot ne s'était pas trompé. Il n'y avait pas de collier de perles sur la table de nuit de Linnet Doyle.

Louise Bourget avait été chargée de fouiller ses affaires. Selon elle, tout était en ordre. Seul le collier de perles avait disparu.

Le steward qui les attendait devant la porte de la cabine les informa que leur petit déjeuner était servi dans le fumoir. Race s'arrêta un instant sur le pont et regarda par-dessus le bastingage.

— Tiens ! Tiens ! Je vois que vous avez une idée, mon bon ami.

— Oui. Elle m'a frappé quand Fanthorp a parlé de ce plouf ! qu'il avait entendu. Il est bien possible qu'après le meurtre, le meurtrier ait jeté le revolver par-dessus bord.

Emma Mackey (dans le rôle de Jacqueline de Bellefort) et Armie Hammer (dans le rôle de Simon Doyle)
dans le film MORT SUR LE NIL, de 20ᵗʰ Century Studios, un policier-thriller réalisé par Kenneth Branagh.
Scénario de Michael Green, d'après le roman d'Agatha Christie, 1937. Photo de Rob Youngson.

Gal Gadot (dans le rôle de Linnet Ridgeway), Emma Mackey (dans le rôle de Jacqueline de Bellefort)
et Armie Hammer (dans le rôle de Simon Doyle). Photo de Rob Youngson.

Le film événement
MORT
SUR LE
NIL

Gal Gadot (dans le rôle de Linnet Ridgeway) et Emma Mackey (dans le rôle de Jacqueline de Bellefort). Avec l'aimable autorisation de 20ᵉ Century Studios.

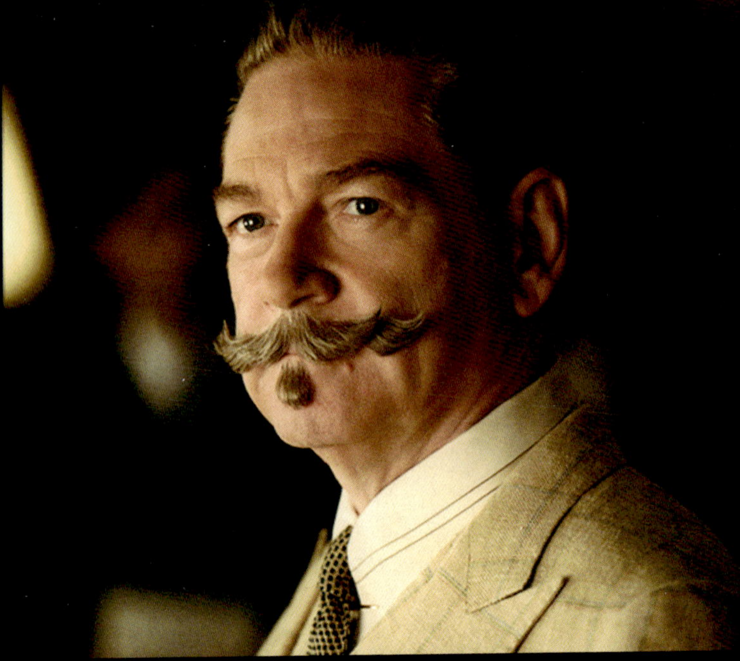

Kenneth Branagh (dans le rôle de Hercule Poirot).
Photo de Rob Youngson.

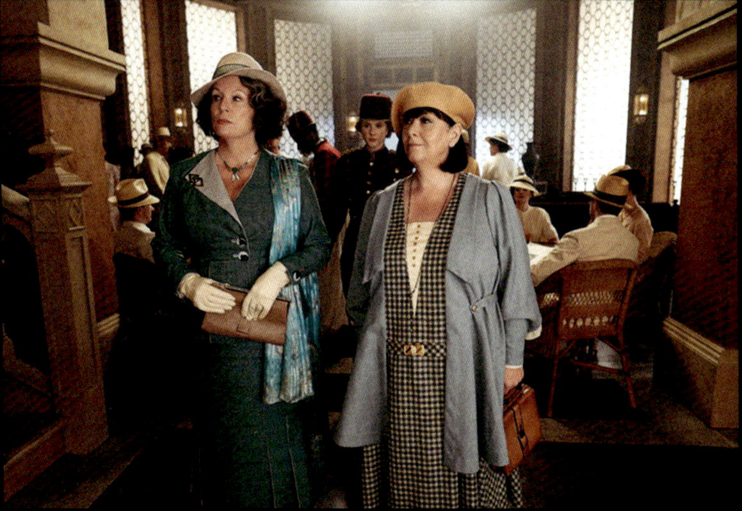

Jennifer Saunders (dans le rôle de Marie Van Schuyler) et Dawn French (dans le rôle de Mrs Bowers).
Photo de Rob Youngson.

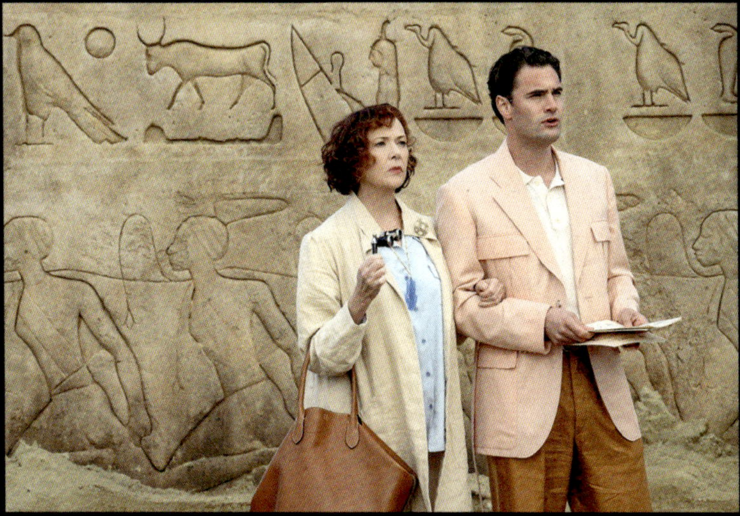

Annette Bening (dans le rôle de Euphemia) et Tom Bateman (dans le rôle de Bouc).
Photo de Rob Youngson.

Le film événeme

MORT SUR LE NIL

Simon Doyle (Armie Hammer) et Linnet Ridgeway (Gal Gadot) forment un couple parfait lors d'un voyage de noces sur le Nil qui sera tragiquement écourté. Dans un conte audacieux sur le chaos émotionnel et les conséquences mortelles d'un amour obsessionnel, les invités, à bord du bateau, comptent parmi eux, le détective belge Hercule Poirot (Kenneth Branagh) et tout un casting de suspects.

Scène du film MORT SUR LE NIL, de 20ᵗʰ Century Studios. Avec l'aimable autorisation de 20ᵗʰ Century Studios.

Scène de MORT SUR LE NIL, 20ᵗʰ Century Studios.
Avec l'aimable autorisation de 20ᵗʰ Century Studios.

Le film événement

MORT
SUR LE
NIL

© 2020 20ᵗʰ Century Studios

— Vous croyez vraiment cela possible, mon bon ami ? demanda Poirot en réfléchissant.

Race haussa les épaules.

— C'est une hypothèse. Après tout, ce revolver n'est pas dans la cabine. C'est la première chose que j'ai cherchée.

— N'empêche, répliqua Poirot, qu'il est invraisemblable qu'on l'ait jeté à l'eau.

— Alors, où est-il ? demanda Race.

— S'il n'est pas dans la cabine de Mrs Doyle, répondit Poirot, en toute logique, il n'y a qu'un autre endroit où il puisse se trouver.

— Où ça ?

— Dans la cabine de Mlle de Bellefort.

— Oui... je vois, dit Race, songeur. (Il s'interrompit brusquement.) Elle n'est pas dans sa cabine pour l'instant. Voulez-vous qu'on aille y jeter un œil ?

Poirot secoua la tête.

— Non, mon bon ami, pas de précipitation. Il n'y est peut-être pas encore.

— Et si on fouillait immédiatement tout le bateau ?

— Ce serait dévoiler notre jeu. Nous devons agir avec une grande prudence. Notre position est très délicate pour l'instant. Allons discuter de cela en mangeant.

Ils se rendirent au fumoir.

— Bon, dit Race en se servant une tasse de café, nous avons deux pistes : celle de la disparition du

225

collier et celle de ce Fleetwood. En ce qui concerne le collier, cela a tout l'air d'un vol, mais... je me demande si vous serez d'accord avec moi...

— Selon vous, le voleur aurait choisi un drôle de moment ? suggéra Poirot.

— Exactement ! Voler les perles dans de pareilles circonstances, c'était aller au-devant d'une fouille générale. Comment le voleur pouvait-il espérer s'échapper avec son butin ?

— Il aurait pu descendre à terre et le fourguer à bas prix.

— La compagnie a toujours un homme de garde sur la berge.

— Alors ce n'est pas faisable. Aurait-on commis le meurtre pour détourner l'attention du vol ? Non, cela ne tient pas debout. Bon, supposons que Mrs Doyle se soit réveillée et qu'elle ait surpris le voleur en pleine action ?

— Et alors il la tue ? Mais on a tiré sur elle pendant son sommeil.

— Bon, ça n'a pas de sens non plus. Vous savez, j'ai ma petite idée à propos de ce collier et... pourtant non... c'est impossible. Parce que si j'avais raison, le collier n'aurait pas disparu. Mais dites-moi, Race, que pensez-vous de la femme de chambre ?

— Je me demande si elle n'en sait pas plus long qu'elle ne veut bien le dire, répondit Race, pensif.

— Ah vous aussi, vous avez eu cette impression ?

— Cette fille ne me plaît pas outre mesure.

Poirot acquiesça bien volontiers.

— Moi non plus. Je ne lui ferais pas confiance.

— Vous pensez qu'elle a quelque chose à voir avec le meurtre ?

— Non, je n'irais pas jusque-là.

— Avec le vol du collier, alors ?

— Cela paraît plus probable. Elle n'était au service de Mrs Doyle que depuis peu de temps. Elle pourrait appartenir à une bande spécialisée dans le vol de bijoux. Dans ces cas-là, on a souvent affaire à des femmes de chambre aux excellentes références. Hélas ! nous ne sommes pas en mesure de nous renseigner là-dessus. Et de toute façon, cette explication ne me satisfait pas... Ces perles... Ah, bigre ! ma petite idée *devrait* être la bonne. Et cependant, personne ne serait assez stupide pour...

Il s'interrompit.

— Et ce type, ce Fleetwood ? fit Race.

— Il faut que nous l'interrogions. Qui sait ? C'est peut-être là que se trouve la solution. Si Louise Bourget a dit vrai, il avait une bonne raison de vouloir se venger. Il a pu entendre la scène entre Jacqueline et Mr Doyle, foncer ensuite dans le salon et s'emparer du revolver. Oui, c'est tout à fait possible. Et même cette lettre J tracée avec du sang, ça aussi ça cadrerait avec un naturel assez grossier.

— En somme, il correspond trait pour trait à l'individu que nous recherchons ?

— Oui, seulement voilà..., marmonna Poirot en se

frottant le nez, je reconnais que j'ai une faiblesse. On dit de moi que j'aime compliquer les choses. Eh bien, cette solution me paraît en effet trop simple, trop facile... Je n'ai pas l'impression que cela se soit passé ainsi. Mais peut-être n'est-ce là que pur préjugé de ma part.

— Pour en avoir le cœur net, faisons venir ce type.

Race sonna et donna un ordre au steward. Puis il demanda à Poirot :

— Envisagez-vous d'autres... possibilités ?

— Une quantité, mon bon ami. Par exemple, l'homme d'affaires américain.

— Pennington ?

— Oui, Pennington. J'ai assisté à une petite scène curieuse, l'autre jour... (Il raconta à Race ce qui s'était passé.) C'est révélateur : Mrs Doyle déclare qu'elle veut tout lire avant de signer, alors Pennington préfère remettre la séance à plus tard. Là-dessus, le mari fait une remarque d'importance.

— Laquelle ?

— Il déclare, de l'air de ne pas y toucher : « Je ne lis jamais rien. Je signe là où on me dit de signer. » Vous comprenez ce que cela signifie ? Pennington l'a compris, lui. Je l'ai lu dans ses yeux. Il a regardé Doyle comme si une idée absolument nouvelle venait de lui traverser l'esprit. Imaginez, mon bon ami, qu'on vous ait confié la gestion des biens d'une fille de milliardaire. Vous vous servez peut-être de son argent pour spéculer. Je sais, vous me direz que c'est

228

ce qu'on lit classiquement dans les romans policiers... mais on lit ça aussi dans les journaux. Cela arrive parfois, mon bon ami, oui, cela *arrive* parfois pour de bon.

— Je ne le conteste pas, grommela Race.

— Votre cliente n'est pas encore majeure. Vous pensez avoir le temps de vous faire pas mal d'argent grâce à de folles spéculations. Et brusquement... elle se marie ! Du jour au lendemain, le pouvoir passe de vos mains dans les siennes. C'est le désastre ! Mais il vous reste une chance. Elle est en voyage de noces. Elle n'aura sans doute pas la tête aux affaires. Vous pourrez glisser parmi les autres un banal papier qu'elle signera sans le lire... Mais Linnet Doyle n'est pas de celles-là. Lune de miel ou pas, c'est une femme d'affaires. Et puis son mari fait une remarque, et une idée nouvelle germe dans le cerveau de cet homme aux abois qui cherche à éviter la ruine. Si Linnet Doyle disparaissait, sa fortune reviendrait à son mari – avec lequel il serait facile de s'entendre ; ce ne serait qu'une marionnette entre les mains d'un homme aussi astucieux qu'Andrew Pennington.... Mon cher colonel, je vous garantis que j'ai *vu* cette pensée passer par la tête de Pennington : « Si seulement c'était à Doyle que je pouvais avoir affaire... » C'était ça qu'il avait dans la tête à ce moment-là, et pas autre chose.

— Ça n'a rien d'impossible, décréta Race, mais vous n'avez pas de preuves.

— Hélas, non !

— Il y a aussi ce jeune Ferguson. Il tient des propos plutôt acerbes. Je ne les prends pas pour argent comptant, mais il pourrait bien être celui dont le père a été ruiné par le vieux Ridgeway ! C'est un peu tiré par les cheveux mais ce n'est pas impossible. Les gens remâchent parfois longtemps de vieux griefs... Et puis, il y a mon bonhomme !

— Oui, il y a « votre bonhomme », comme vous dites.

— C'est un tueur, nous le savons. Mais d'un autre côté, je ne vois pas comment il aurait pu se heurter à Linnet Doyle. Ils n'évoluaient pas dans les mêmes sphères.

— À moins que, par le plus grand des hasards, elle n'ait découvert sa véritable identité, remarqua lentement Poirot.

— Possible, mais peu probable.

On frappa à la porte.

— Ah ! Voici notre candidat à la bigamie !

Fleetwood était un solide gaillard à la mine farouche. Il entra en leur jetant des regards soupçonneux. Poirot reconnut en lui l'homme qu'il avait surpris avec Louise Bourget.

— Vous vouliez me voir ? demanda-t-il, méfiant.

— C'est exact, répondit Race. Vous savez sans doute qu'un meurtre a été commis sur ce bateau la nuit dernière ?

Fleetwood hocha la tête.

230

— Est-il vrai que vous aviez des raisons d'en vouloir à la femme qui a été tuée ?

Un éclair d'inquiétude passa dans le regard de Fleetwood.

— Qui vous a raconté ça ?

— Vous estimiez que Mrs Doyle s'était interposée entre une jeune femme et vous.

— Je sais qui vous a dit ça – c'est cette garce de Française ! Elle ment comme elle respire, celle-là.

— Mais il se trouve pourtant que cette histoire-là est vraie.

— Il n'y a rien de vrai là-dedans.

— Vous dites ça alors que vous ne savez même pas de quelle histoire il s'agit.

Le coup porta. L'homme rougit et avala sa salive.

— Est-il exact, oui ou non, que vous deviez épouser une certaine Mary et qu'elle a rompu en apprenant que vous étiez déjà marié ?

— Ça ne la regardait pas !

— Vous voulez dire que cela ne regardait pas Mrs Doyle ? Eh bien, vous savez, la bigamie c'est toujours la bigamie.

— Ça n'a rien à voir avec ça. Je me suis marié ici un beau jour avec une fille du pays. Ça n'a pas collé. Elle est retournée dans sa famille. Ça fait plus de six ans que je ne l'ai pas vue.

— N'empêche que vous l'aviez épousée.

L'homme ne répondit pas. Race continua :

231

— Mrs Doyle, ou plutôt miss Ridgeway, à l'époque, avait découvert tout ça ?

— Oui, et qu'elle l'emporte pas au paradis ! Qui est-ce qui lui avait demandé de fourrer son nez là-dedans ? Mary, je l'aurais rendue heureuse, j'aurais tout fait pour elle. Et sans sa touche-à-tout de patronne, elle n'aurait jamais rien su de l'autre. Oui, je le reconnais, j'*avais* un grief contre cette bonne femme, et j'ai été écœuré quand je l'ai vue sur ce bateau, toute emperlousée et couverte de diamants, et traitant tout le monde de haut, sans penser un instant qu'elle avait brisé la vie d'un homme ! J'étais écœuré, ça oui, mais si vous me prenez pour un vulgaire assassin, si vous croyez que je suis allé lui tirer dessus, eh bien vous vous fichez le doigt dans l'œil ! Je ne l'ai jamais touchée. Et ça je vous le jure sur tout ce que vous voudrez.

Il se tut. La sueur inondait son visage.

— Où étiez-vous la nuit dernière entre minuit et 2 heures du matin ?

— Je dormais sur ma couchette. Mon compagnon de cabine pourra vous le dire.

— Nous verrons cela, dit Race. Ce sera tout, ajouta-t-il en le libérant d'un petit signe de tête.

— Eh bien ? demanda Poirot, quand la porte se fut refermée sur Fleetwood.

Race haussa les épaules.

— Son histoire tient debout. Il est inquiet, bien sûr, mais il y a de quoi. Nous vérifierons son alibi, bien que je me doute que ce ne sera pas concluant. Son compagnon devait dormir et notre homme a pu entrer et sortir de la cabine comme il le voulait. Notre seule chance serait que quelqu'un d'autre l'ait éventuellement vu.

— Oui, il faudra chercher de ce côté-là.

— Le plus urgent, je crois, c'est de découvrir si quelqu'un n'aurait pas entendu quelque chose qui nous renseignerait sur l'heure du crime, dit Race. Bessner la situe entre minuit et 2 heures. Espérons qu'un des passagers aura entendu le coup de feu – même s'il n'a pas compris de quoi il s'agissait. Pour ma part, je n'ai rien entendu de ce genre. Et vous ?

Poirot secoua la tête.

— Moi, je dormais comme une souche ! Je n'ai rien entendu, rien de rien. Je dormais si fort que je croirais presque avoir été drogué.

— Dommage, remarqua étourdiment Race. Espérons que nous aurons plus de chance avec les passagers dont les cabines sont à tribord. Fanthorp, c'est déjà fait... Viennent ensuite les Allerton. J'envoie un steward les chercher.

Mrs Allerton entra d'un pas vif. Vêtue d'une robe de soie à rayures grises, elle avait l'air bouleversée.

— C'est trop affreux, dit-elle en prenant la chaise que lui avançait Poirot. Je peux à peine le croire. Morte... cette créature adorable, qui possédait tout ce dont on peut rêver dans la vie... Je n'arrive vraiment pas à le croire.

— Je comprends ce que vous ressentez, dit Poirot avec sympathie.

— Je suis heureuse que *vous* soyez là, déclara Mrs Allerton avec simplicité. Vous allez trouver qui a fait le coup. Je suis tellement contente que ce ne soit pas cette pauvre fille à l'air si pathétique.

— Vous pensez à Mlle de Bellefort ? Qui vous a dit que ce n'était pas elle ?

— Cornelia Robson, répondit Mrs Allerton avec un petit sourire. Avec cette histoire, elle ne se tient plus. C'est probablement la seule chose intéressante qui lui soit jamais arrivée. Mais elle est si gentille qu'elle a honte d'en tirer du plaisir. Elle trouve que c'est monstrueux de sa part.

Mrs Allerton regarda Poirot et ajouta :

— Mais je ne devrais pas me laisser aller à bavarder comme ça. Vous voulez m'interroger, sans doute.

— S'il vous plaît. À quelle heure vous êtes-vous couchée, madame ?

— Un peu après 10 heures et demie.

— Vous vous êtes endormie tout de suite ?

— Oui. Je tombais de sommeil.

— Avez-vous entendu quelque chose – n'importe quoi – pendant la nuit ?

Mrs Allerton fronça les sourcils.

— Oui, je crois que j'ai entendu un plouf ! et puis quelqu'un courir... – à moins que ce ne soit dans l'ordre inverse. C'est plutôt flou. Il m'est vaguement venu à l'idée que quelqu'un avait dû tomber par-dessus bord – une espèce de rêve, quoi. Je me suis réveillée et j'ai tendu l'oreille, mais tout était calme.

— Savez-vous quelle heure il était ?

— Non, je suis navrée. Mais il me semble que c'était peu après m'être endormie. Vers 1 heure, par là.

— Hélas ! madame, ce n'est pas très précis.

— Oui, je sais. Mais j'aurais beau me torturer l'esprit, je n'en arriverais pas pour autant à avoir les idées claires sur la question.

— Et c'est tout ce que vous pouvez nous dire, madame ?

— Croyez bien que je le regrette.

— Connaissiez-vous Mrs Doyle avant ce voyage ?

— Non, mais Tim l'avait rencontrée. Et j'avais beaucoup entendu parler d'elle par Joanna Southwood, une de mes cousines. Cependant, je n'avais jamais eu l'occasion de lui parler avant Assouan.

— Encore une question, madame, si vous voulez bien me pardonner de vous la poser.

— J'adore les questions indiscrètes, répondit Mrs Allerton avec un petit sourire.

— Voilà. Est-ce que vous, ou votre famille, avez eu à subir des dommages financiers à cause des spéculations du père de Mrs Doyle, Melhuish Ridgeway ?

Mrs Allerton eut l'air franchement stupéfaite.

— Oh non ! Les finances familiales n'ont jamais souffert que de la baisse progressive des valeurs...

vous le savez très bien : la plupart des revenus sont beaucoup moins élevés qu'avant. Mais notre situation n'a jamais rien eu de tragique. Mon mari n'a laissé que très peu d'argent, mais je n'y ai pas touché, je l'ai encore. Il rapporte moins qu'autrefois, c'est tout.

— Merci, madame. Peut-être pourriez-vous nous envoyer votre fils, à présent ?

— L'épreuve est finie ? demanda Tim quand sa mère l'eut rejoint. À mon tour, maintenant. Quelle sorte de questions t'ont-ils posées ?

— Ils voulaient seulement savoir si j'avais entendu du bruit la nuit dernière. Malheureusement, je n'ai rien entendu du tout. Je ne comprends d'ailleurs pas pourquoi. Après tout, il n'y a qu'une cabine entre celle de Linnet et la mienne. J'aurais dû entendre le coup de feu. Vas-y, Tim. Ils t'attendent...

Poirot posa les mêmes questions à Tim Allerton.

— Je suis allé me coucher de bonne heure, répondit-il, vers 10 heures et demie, par là. J'ai lu un peu, et j'ai éteint juste après 11 heures.

— Avez-vous entendu quelque chose après cela ?

— Oui, j'ai entendu une voix d'homme dire « bonne nuit », pas très loin de chez moi.

— C'était moi qui souhaitais une bonne nuit à Mrs Doyle, précisa Race.

— Ensuite, je me suis endormi. Puis, plus tard, j'ai entendu une espèce de remue-ménage et quelqu'un appeler Fanthorp, si je me souviens bien.

— C'était miss Robson qui sortait du salon.

— Oui, sans doute. Et puis j'ai entendu toutes sortes de voix. Et puis quelqu'un s'est mis à courir sur le pont. Et puis il y a eu un plouf ! Et ensuite j'ai entendu le vieux Bessner qui grondait de sa voix de basse profonde : « Attention » et « Pas trop vite ! »

— Vous avez entendu un plouf ?

— Oui, quelque chose comme ça.

— Vous êtes sûr qu'il ne s'agissait pas d'un *coup de feu* ?

— Bah ! cela se pourrait... J'ai entendu également un bruit de bouchon qui saute. C'était peut-être ça le coup de feu. J'ai dû imaginer le plouf ! en associant l'idée du bouchon avec un liquide qu'on verse dans un verre... Je sais que j'avais vaguement dans l'idée qu'on faisait la fête quelque part et je n'avais qu'une envie : qu'ils aillent tous au lit et arrêtent de brailler.

— Rien d'autre après ?

Tim haussa les épaules.

— Après ça... le trou noir.

— Vous n'avez rien entendu de plus ?

— Strictement rien.

— Merci, Mr Allerton.

Tim se leva et quitta la cabine.

16

Penché sur le plan du pont-promenade du *Karnak*, Race réfléchissait à voix haute :

— Fanthorp, le jeune Allerton, Mrs Allerton. Puis une cabine vide... celle de Simon Doyle. Voyons, qui est de l'autre côté de la cabine de Mrs Doyle ? La vieille fille américaine. Si quelqu'un a pu entendre quelque chose, c'est bien elle. Et si elle est levée, nous devrions la faire venir.

Miss Van Schuyler entra. Elle avait l'air encore plus vieille et plus jaune que d'habitude. Ses petits yeux noirs avaient une expression venimeuse.

Race se leva et la salua.

— Nous sommes navrés de vous déranger, miss Van Schuyler. C'est très aimable à vous... Je vous en prie, asseyez-vous.

— Je m'indigne que l'on me mêle à cette histoire. Cela me déplaît souverainement, déclara-t-elle d'un ton tranchant. J'entends n'être associée en rien à cette... euh... très désagréable affaire.

— Bien sûr... bien sûr ! Je disais justement à l'instant à M. Poirot que plus vite nous prendrions votre déposition, plus vite vous seriez débarrassée de nous.

Miss Van Schuyler regarda Poirot avec quelque chose qui ressemblait à de l'approbation.

— Je suis heureuse que vous compreniez mon point de vue. Je n'ai pas pour habitude de participer à des faits divers.

— Voilà pourquoi, mademoiselle, nous souhaitons vous libérer le plus rapidement possible de ce désagrément, déclara Poirot avec douceur. Vous êtes allée vous coucher à quelle heure, hier soir ?

— 10 heures est mon horaire habituel. Mais hier soir il était plus tard car, sans aucune considération pour moi, Cornelia Robson m'a fait attendre.

— Parfait, mademoiselle. Voyons, qu'avez-vous entendu après vous être retirée ?

— J'ai le sommeil très léger, déclara miss Van Schuyler.

— De mieux en mieux ! C'est une grande chance pour nous.

— J'ai été réveillée par cette jeune femme si vulgaire, la femme de chambre de Mrs Doyle, qui disait : « *Bonne nuit, madame* » d'une voix que je ne pourrais qualifier que d'inutilement retentissante.

— Et ensuite ?

— Je me suis rendormie. Puis je me suis de nouveau réveillée avec l'impression que quelqu'un se trouvait dans ma cabine, mais en réalité c'était dans la cabine à côté.

— Celle de Mrs Doyle ?

— Oui. Ensuite, j'ai entendu quelqu'un sur le pont et puis un plouf !

— Vous ne savez pas l'heure qu'il était ?

— Je peux vous le dire à la minute près. Il était 1 h 10.

— Vous êtes sûre de ça ?

— Oui. J'ai regardé ma pendulette de chevet.

— Vous n'avez pas entendu un coup de feu ?

— Non, rien qui y fasse penser de près ou de loin.

— Mais il est possible que ce soit ce coup de feu qui vous ait réveillée ?

Miss Van Schuyler réfléchit, sa tête de crapaud penchée sur le côté.

— C'est possible, admit-elle à contrecœur.

— Vous n'avez aucune idée de ce qui a pu causer le plouf ! que vous avez entendu ?

— Mais si. Je le sais très bien.

Le colonel Race se redressa, aux aguets.

— Vous le savez ?

— Évidemment. J'étais irritée par tout ce remue-ménage. Je me suis levée et j'ai ouvert ma porte. Miss Otterbourne était penchée sur la rambarde. Elle venait de jeter quelque chose à l'eau.

— Miss Otterbourne ?

Race ne cachait pas sa stupeur.

— Oui.

— Vous êtes sûre et certaine que c'était miss Otterbourne ?

— J'ai vu son visage, distinctement.

— Et elle, elle ne vous a pas vue ?

— Je ne pense pas.

Poirot se pencha vers elle.

— Et quelle expression avait-elle, mademoiselle ?

— Elle avait l'air bouleversée.

Race et Poirot échangèrent un coup d'œil.

— Et ensuite ? la pressa Race.

— Miss Otterbourne est partie vers l'arrière du bateau et je suis retournée me coucher.

On frappa à la porte et le commissaire de bord entra, un paquet dégoulinant à la main.

— Nous l'avons trouvé, colonel !

Race prit le paquet et défit soigneusement, couche après couche, le velours trempé. Il en tomba un mouchoir vaguement taché de rose, qui enveloppait un petit revolver à crosse de nacre.

Race jeta en coin à Poirot un coup d'œil triomphant.

— J'avais raison, vous voyez. On l'avait jeté par-dessus bord !

Il lui montra le revolver, sur sa paume ouverte :

— Alors, monsieur Poirot ? Est-ce bien celui que vous avez vu cette nuit-là à l'hôtel *Cataract* ?

Poirot l'examina avec soin.

— Oui, acquiesça-t-il avec le plus grand calme,

241

c'est bien celui-ci. Avec ses ciselures et les initiales J.B. C'est un bijou de luxe, très féminin, mais qui n'en est pas moins une arme meurtrière.

— Calibre 22, murmura Race. (Il sortit le chargeur.) Il manque deux balles. Il n'y a plus guère de doute.

Miss Van Schuyler toussota avec insistance.

— Et mon châle ?

— Votre châle, mademoiselle ?

— Oui, c'est mon châle de velours que vous avez là.

Race ramassa le tissu trempé.

— C'est à vous, miss Van Schuyler ?

— Évidemment que c'est à moi ! s'écria la vieille fille d'un ton cassant. Je l'ai égaré hier soir. J'ai demandé à tout le monde si on ne l'avait pas aperçu quelque part.

Du regard, Poirot interrogea Race qui lui fit un signe d'assentiment.

— Quel est le dernier endroit où vous l'avez vu, miss Van Schuyler ?

— Je l'avais au salon, hier soir. Au moment d'aller me coucher, je ne l'ai plus trouvé nulle part.

— Vous comprenez à quoi il a servi ? demanda Race.

Race l'étala en montrant du doigt des traces de brûlure et plusieurs petits trous :

— L'assassin l'a enroulé autour du revolver afin d'étouffer le bruit du coup de feu.

— Quelle audace ! s'écria miss Van Schuyler dont les joues fripées avaient rosi.

— Miss Van Schuyler, reprit Race, j'aimerais que vous nous parliez de vos relations antérieures avec Mrs Doyle.

— Il n'y a pas eu de relations antérieures.

— Mais vous en aviez entendu parler ?

— Je savais qui c'était, évidemment.

— Vos familles n'étaient pas non plus en relation ?

— Ma famille, colonel Race, s'est toujours enorgueillie d'être un cercle fermé. Ma chère mère n'aurait jamais eu l'idée de recevoir un membre de la famille Hartz qui, à part sa fortune, ne comptait pour rien.

— C'est tout ce que vous pouvez nous dire, miss Van Schuyler ?

— Je n'ai rien à ajouter. Linnet Ridgeway a été élevée en Angleterre et je ne l'avais jamais vue avant de mettre les pieds sur ce bateau.

Elle se leva. Poirot lui ouvrit la porte, et elle sortit, majestueuse.

Les deux hommes échangèrent un regard.

— C'est sa version, dit Race. Et elle n'en démordra pas. Son histoire est peut-être vraie, je ne sais pas. Mais... Rosalie Otterbourne ! Si je m'attendais à ça !

Perplexe, Poirot secoua la tête. Soudain, il frappa du poing sur la table.

— Mais ça ne tient pas debout ! s'écria-t-il. Nom de nom de nom de nom ! Ça ne tient pas debout !

Race le dévisagea.

— Que voulez-vous dire au juste ?

— Je veux dire que, jusqu'à un certain point, tout est clair. Quelqu'un voulait tuer Linnet Doyle. Ce quelqu'un est témoin, hier soir, de la scène du salon. Ce quelqu'un s'y faufile et récupère le revolver, le revolver de Jacqueline de Bellefort, ne l'oubliez pas. Ce quelqu'un tue Linnet Doyle avec le revolver et trace un J sur le mur... C'est clair, non ? Tout désigne Jacqueline de Bellefort comme meurtrière. Et là, que fait l'assassin ? Abandonne-t-il sur place le revolver – le revolver compromettant –, le revolver de Jacqueline de Bellefort, afin que chacun puisse le trouver ? Non. Il ou elle jette ce revolver, cette précieuse preuve accablante, par-dessus bord. Pourquoi, mon bon ami. Pourquoi ?

Race secoua la tête.

— C'est bizarre.

— C'est plus que bizarre... c'est impossible !

— Ce n'est pas impossible, puisque c'est arrivé !

— Vous m'avez mal compris. Ce que je voulais dire, c'est que l'enchaînement des événements est impossible. Il y a quelque chose qui cloche.

17

Le colonel Race regarda son compagnon d'un air intrigué. Il avait de bonnes raisons de respecter l'intelligence d'Hercule Poirot. Mais là, les méandres de son raisonnement lui faisaient perdre pied. Toutefois, il ne lui posa pas de questions. Il posait rarement des questions. Il se borna à poursuivre :

— Qu'allons-nous faire maintenant ? Interroger la petite Otterbourne ?

— Oui, cela nous avancera toujours un peu.

Rosalie Otterbourne entra de mauvaise grâce. Elle ne paraissait ni nerveuse ni effrayée – plutôt maussade et mal disposée.

— Bon, eh bien qu'est-ce qu'il y a ?

Race se fit leur porte-parole :

— Nous enquêtons sur la mort de Mrs Doyle. Pourriez-vous nous dire ce que vous avez fait hier soir ?

Rosalie réfléchit un instant.

— Ma mère et moi sommes allées nous coucher de bonne heure, avant 11 heures. Nous n'avons rien entendu de particulier sauf un peu d'agitation du côté de la cabine du Dr Bessner. Le tout sur fond de grondement de voix de ce vieil Allemand. Jusqu'à ce matin, je n'ai eu évidemment aucune idée de ce qui avait bien pu se passer.

— Vous n'avez pas entendu de coup de feu ?

— Non.

— Avez-vous quitté votre cabine à un moment quelconque la nuit dernière ?

— Non.

— Vous en êtes bien sûre ?

Rosalie le foudroya du regard.

— Que voulez-vous dire ? Naturellement, j'en suis sûre !

— Vous ne seriez pas, par exemple, sortie sur le pont tribord pour jeter quelque chose à l'eau ?

Le rouge lui monta au visage.

— Y a-t-il un règlement qui interdise de jeter des objets par-dessus bord ?

— Non, bien sûr que non ! Alors, c'est ce que vous avez fait ?

— Non, je ne l'ai pas fait. Je n'ai pas quitté ma cabine, je vous l'ai déjà dit.

— Alors, si quelqu'un prétend vous avoir vue...

Elle l'interrompit.

— Qui prétend m'avoir vue ?

— Miss Van Schuyler.

— Miss Van Schuyler ?

Elle paraissait sincèrement stupéfaite.

— Oui. Miss Van Schuyler affirme qu'elle a ouvert la porte de sa cabine et vous a vue jeter quelque chose dans l'eau.

— Ça, comme mensonge, on ne fait pas mieux ! décréta Rosalie. (Puis soudain, comme frappée par une idée, elle demanda :) Quelle heure était-il ?

Ce fut Poirot qui répondit :

— 1 h 10, mademoiselle.

Pensive, elle hocha la tête.

— Est-ce qu'elle a vu autre chose ?

Poirot la regarda avec curiosité. Il se tapotait le menton.

— Vu, non, répondit-il, mais entendu, oui.

— Elle a entendu quoi ?

— Quelqu'un remuer dans la cabine de Mrs Doyle.

— Je vois, marmonna Rosalie.

Elle était pâle, maintenant. Mortellement pâle.

— Vous persistez à dire, mademoiselle, que vous n'avez rien jeté par-dessus bord dans le courant de la nuit ?

— Pourquoi diable m'amuserais-je à jeter des choses par-dessus bord en plein milieu de la nuit ?

— Il pourrait y avoir une raison à ça... une raison innocente.

— Innocente ? gronda la jeune fille.

— C'est ce que j'ai dit. Voyez-vous, mademoiselle, quelque chose a bien été jeté à l'eau cette nuit – quelque chose qui n'a rien d'innocent.

Race lui présenta sans mot dire le paquet de velours taché et l'ouvrit pour lui en montrer le contenu.

Rosalie eut un mouvement de recul.

— Est-ce que c'est... avec ça... qu'elle a été tuée ?

— Oui, mademoiselle.

— Et vous pensez... que c'est moi qui ai fait ça ? Mais c'est absurde ! Pourquoi diable aurais-je voulu tuer Linnet Doyle ? Je ne la connaissais même pas !

Elle éclata de rire et se leva d'un air de dédain.

— Tout ça ne tient pas debout ! C'est grotesque !

— N'oubliez pas, miss Otterbourne, que miss Van Schuyler est prête à jurer qu'elle vous a parfaitement reconnue au clair de lune.

Rosalie recommença à rire.

— Cette vieille chipie ? Elle est probablement à moitié aveugle ! Ce n'est pas moi qu'elle a vue !... Je peux m'en aller, maintenant ?

Race hocha la tête et Rosalie sortit. Les deux hommes se regardèrent. Race alluma une cigarette.

— Eh bien voilà. Contradiction absolue.

— Qui doit-on croire ?

— J'ai dans l'idée qu'aucune des deux n'a été tout à fait franche.

— C'est ce qu'il y a de plus pénible dans notre métier, dit Race, découragé. Tellement de gens dissimulent la vérité pour des raisons dérisoires ! Alors, et maintenant ? Nous continuons l'interrogatoire des passagers ?

— À mon avis, oui. Il faut toujours procéder avec ordre et méthode.

Race acquiesça.

Mrs Otterbourne, enveloppée dans des voiles de batik, succéda à sa fille. Elle confirma qu'elles s'étaient couchées toutes deux avant 11 heures. Elle n'avait rien entendu de particulier pendant la nuit. Elle ne pouvait pas dire si Rosalie avait ou non, quitté la cabine. Quant au crime, elle ne demandait qu'à en disserter.

— Le crime passionnel ! s'exclama-t-elle. Le meurtre... un instinct primitif. Si intimement lié à l'instinct sexuel ! Cette fille, cette Jacqueline, avec ses origines à moitié latines, son tempérament passionné, obéissant aux pulsions les plus profondes de son être, se faufilant dans l'ombre, un revolver à la main...

— Mais Jacqueline de Bellefort n'a pas tué Mrs Doyle. Nous en sommes certains. Nous en avons la preuve, dit Poirot.

— Alors, c'est son mari ! déclara Mrs Otterbourne après avoir encaissé le coup. Le goût du sang et l'instinct sexuel... c'est un crime sexuel ! Il y a mille et un exemples fameux.

— Mr Doyle avait une jambe fracturée et était dans l'incapacité de bouger, lui expliqua le colonel Race. Il a passé la nuit chez le Dr Bessner.

Encore plus déçue, Mrs Otterbourne se creusa désespérément la tête.

— Bien sûr ! s'écria-t-elle. Suis-je bête ! Miss Bowers !

— Miss Bowers ?

— Oui. Cela va de soi ! Psychologiquement, c'est évident. La vierge frustrée qui enrage à la vue de ces deux jeunes êtres passionnément épris l'un de l'autre. Bien sûr, c'est elle ! C'est exactement le genre : sans attrait sexuel, foncièrement respectable. Dans mon livre, *La Vigne stérile*...

Race intervint avec tact :

— Vos suggestions nous ont été très utiles, Mrs Otterbourne. Mais nous devons nous remettre au travail. Merci infiniment.

Galant, il la raccompagna jusqu'à la porte et revint en s'épongeant le front.

— Quel poison ! Seigneur Dieu ! Pourquoi personne n'a-t-il songé à la tuer, *elle* ?

— Cela peut encore arriver, dit Poirot pour le consoler.

— Au moins, cela aurait un sens ! Bon, qui nous reste-t-il ? Pennington... gardons-le plutôt pour la fin. Richetti, Ferguson...

Le signor Richetti se montra aussi volubile qu'agité.

— Quelle horreur ! Quelle infamie ! Une femme si jeune et si belle... c'est un crime vraiment inhumain, s'écria-t-il en agitant les mains de façon expressive.

Il répondit aux questions sans hésiter : il s'était

250

couché tôt, très tôt. Immédiatement après le dîner, en fait. Il avait lu un moment un opuscule passionnant publié depuis peu : *Prähistorische Forschung in Kleinasien*, qui jetait un éclairage entièrement nouveau sur les poteries des contreforts de l'Anatolie.

Il avait éteint peu avant 11 heures. Non, il n'avait pas entendu de coup de feu. Ni de bruit de bouchon qui saute. La seule chose qu'il avait entendue, mais plus tard, au milieu de la nuit, c'était un plouf ! un grand plouf ! tout près de son hublot.

— Votre cabine se trouve à tribord sur le pont inférieur, n'est-ce pas ?

— Oui, oui, c'est exact. Et j'ai entendu ce grand plouf ! répéta-t-il en montrant du geste l'ampleur du plouf ! en question.

— Pourriez-vous m'indiquer l'heure approximative ?

Le signor Richetti réfléchit :

— Ça a dû se passer une, deux, trois ou quatre heures après que je me suis endormi. Deux heures, peut-être.

— 1 h 10, par exemple ?

— Cela se pourrait, oui. Ah ! mais quel horrible crime... tellement inhumain... une femme si séduisante...

Exit le signor Richetti, gesticulant toujours.

Race regarda Poirot. Lequel Poirot plissa le front de façon expressive, puis haussa les épaules.

Ils s'attaquèrent à Mr Ferguson.

Ferguson se montra très mal disposé. Il se vautra avec insolence dans son fauteuil.

— Vous en faites, des histoires ! ricana-t-il. Ça n'en vaut vraiment pas la peine. Le monde est rempli de femmes inutiles.

— Pourriez-vous nous donner le compte rendu de votre emploi du temps hier soir, Mr Ferguson ? demanda froidement Race.

— Je ne vois pas pourquoi, mais ça m'est égal. J'ai traînaillé à droite à gauche. J'ai accompagné miss Robson à terre. Quand elle est remontée à bord, j'ai continué à traînailler tout seul un moment. Je suis rentré vers minuit.

— Votre cabine se trouve bien sur le pont inférieur, à tribord ?

— Oui ! Avec les rupins.

— Avez-vous entendu un coup de feu ? Il aurait pu sonner comme un bouchon qui saute.

Ferguson réfléchit.

— Oui, je crois avoir entendu quelque chose comme un bouchon... Je ne me rappelle pas quand... avant de m'endormir. Mais il y avait encore un tas de monde à ce moment-là ; ça faisait du tapage, ça courait au-dessus, sur le pont.

— C'était probablement le coup de feu tiré par miss de Bellefort. Vous n'en avez pas entendu un autre ?

Ferguson secoua la tête.

— Ni un plouf ?

— Un plouf ! Oui, il me semble que j'ai entendu un plouf ! mais il y avait un tel vacarme que je n'en suis pas certain.

— Avez-vous quitté votre cabine pendant la nuit ?

— Non, dit Ferguson en souriant. Pas de chance, je n'ai pas participé à la bonne action.

— Allons, allons, Mr Ferguson, ne soyez pas puéril !

— Pourquoi est-ce que je ne dirais pas ce que je pense ? répondit le jeune homme, furieux. Je crois en la violence.

— Mais vous ne passez pas aux actes ? murmura Poirot. Je me le demande.

Il se pencha vers lui.

— C'est ce type, ce Fleetwood, n'est-ce pas, qui vous a appris que Linnet Doyle était une des femmes les plus riches d'Angleterre ?

— Qu'est-ce que Fleetwood vient faire là-dedans ?

— Fleetwood, mon ami, avait un excellent motif pour tuer Linnet Doyle. Un grief personnel contre elle.

Ferguson bondit comme un diable de sa boîte.

— Alors, c'est ça votre sale boulot, hein ? Vous voulez mettre le meurtre sur le dos d'un pauvre type comme Fleetwood qui n'a même pas de quoi payer un avocat pour le défendre. Mais je vous préviens, si vous essayez de lui faire porter le chapeau, vous aurez affaire à moi.

— Et qui êtes-vous au juste ? lui demanda Poirot, suave.

Le sang monta au visage de Ferguson.

— De toute façon, je ne suis pas du genre à laisser choir mes amis, répondit-il d'un ton bourru.

— Bien, Mr Ferguson, ce sera tout pour l'instant, dit Race.

La porte refermée sur Ferguson, il s'autorisa une remarque inattendue :

— Plutôt sympathique, ce gosse.

— Vous ne pensez pas qu'il s'agit de l'homme que *vous*, vous recherchez ?

— J'ai du mal à le croire. Et pourtant, mon zèbre est bel et bien à bord. Le renseignement était très précis. Oh, et puis, un problème à la fois. Tentons notre chance avec Pennington.

18

Andrew Pennington fit étalage de tout le chagrin et de toute la stupeur convenables. Vêtu comme toujours avec recherche, il avait opté pour la cravate noire. Son long visage glabre exprimait le plus profond désarroi.

— Messieurs, déclara-t-il avec accablement, c'est pour moi un coup terrible. Notre petite Linnet... je me rappelle l'adorable bout de chou que c'était... et comme Melhuish Ridgeway en était fier ! Enfin !... à quoi bon remuer les souvenirs. Dites-moi ce que je peux faire, c'est tout ce que je demande.

— Pour commencer, Mr Pennington, avez-vous entendu quelque chose la nuit dernière ?

— C'est beaucoup dire. J'ai la cabine voisine de la 40 du Dr Bessner – la 41, et j'ai eu l'oreille attirée par une certaine agitation aux environs de minuit.

Naturellement, je ne savais pas à ce moment-là de quoi il s'agissait.

— Vous n'avez rien entendu d'autre ? Pas de coup de feu ?

Andrew Pennington secoua la tête.

— Non, rien dans ce genre-là.

— Et vous êtes allé vous coucher à quelle heure ?

— Un peu après 11 heures, il me semble.

Il se pencha vers eux.

— Je ne vous apprendrai sans doute rien en vous parlant des rumeurs qui courent sur le bateau. Cette fille à moitié française, Jacqueline de Bellefort... elle a quelque chose de louche. Linnet ne m'a rien dit, mais je ne suis ni sourd ni aveugle. Il y a eu Dieu sait quand une histoire entre Simon et elle, j'en mettrais ma tête à couper. « Cherchez la femme », voilà un excellent précepte, et je ne pense pas que vous ayez à chercher bien loin.

— À votre avis, c'est donc Jacqueline de Bellefort qui aurait tué Mrs Doyle ? demanda Poirot.

— Ça m'en a tout l'air. Mais la seule chose que je puisse jurer, c'est que je ne *sais* absolument rien.

— Hélas ! *nous*, nous savons quelque chose.

— Hein ? sursauta Pennington.

— Nous savons qu'il est rigoureusement impossible que Mlle de Bellefort ait tué Mrs Doyle.

Poirot exposa les faits avec précision. Pennington demeura sceptique.

— Je reconnais que ça a l'air de se tenir... Mais

cette infirmière, je suis prêt à parier qu'elle n'est pas restée éveillée toute la nuit. Elle a dû piquer un somme et la fille en aura profité pour s'éclipser et revenir en douce.

— C'est peu vraisemblable, Mr Pennington. On lui avait administré un sédatif puissant, ne l'oubliez pas. De toute façon, les infirmières ont le sommeil léger et se réveillent généralement dès que leur patient bouge.

— Tout cela me paraît quand même louche, insista Pennington.

— Vous devez me croire sur parole, Mr Pennington, répliqua Race avec une fermeté courtoise. Nous avons envisagé toutes les possibilités. La conclusion ne laisse pas place au doute : Jacqueline de Bellefort n'a pas tué Mrs Doyle. Nous sommes obligés de chercher ailleurs, et c'est là que vous pouvez nous aider.

— Moi ? sursauta de nouveau Pennington.

— Oui. Vous étiez un intime de Mrs Doyle. Vous connaissez sans aucun doute sa vie mieux que son mari. Vous devez savoir, par exemple, si quelqu'un nourrissait des griefs à son égard. Si quelqu'un avait des raisons de désirer sa mort.

Pennington passa sa langue sur ses lèvres sèches.

— Je n'en ai aucune idée, je vous assure. Linnet a été élevée en Angleterre. Et je ne connais guère son entourage.

— Et pourtant, dit Poirot d'un air songeur, quelqu'un sur ce bateau avait intérêt à la faire disparaître. Elle avait déjà frôlé la mort, vous vous en souvenez, lorsque ce rocher s'est écrasé à côté d'elle ?... Ah ! mais vous n'étiez pas là, peut-être bien ?

— Non. J'étais à l'intérieur du temple à ce moment-là. Je ne l'ai appris qu'en sortant. Elle l'avait échappé belle ! Mais c'était sans doute un accident, non ?

Poirot haussa les épaules.

— C'est ce qu'on a cru sur le moment. Maintenant... on se pose des questions.

— Oui, oui... évidemment.

Pennington s'épongea le visage avec un fin mouchoir de soie.

— Mr Doyle a fait allusion à la présence à bord de quelqu'un qui aurait eu des griefs, non pas à son égard, mais à l'égard de sa famille, intervint le colonel Race. Savez-vous de qui il pourrait s'agir ?

Pennington eut l'air sincèrement étonné.

— Je n'en ai pas la moindre idée.

— Elle ne vous en a jamais parlé ?

— Non.

— Vous étiez un intime de son père. Vous souvenez-vous d'opérations quelconques qui auraient pu acculer un de ses adversaires à la ruine ?

Pennington fit un geste d'impuissance.

— Je ne vois rien de spécial. De telles opérations étaient fréquentes, mais je n'ai pas souvenir que quelqu'un l'ait jamais menacé.

— Bref, Mr Pennington, vous ne pouvez pas nous aider ?

— J'en ai bien l'impression. Croyez que je le regrette, messieurs.

Race échangea un regard avec Poirot.

— Et moi donc ! dit-il. Nous comptions un peu sur vous.

Il se leva pour lui signifier que l'entretien était terminé.

— Dès que Mr Doyle ira mieux, reprit Pennington, il voudra sans doute que je m'occupe de ses affaires. Excusez-moi, colonel, mais quelles dispositions avez-vous prises ?

— Nous allons faire route jusqu'à Shellal, où nous arriverons demain dans la matinée.

— Et le corps ?

— On le déposera dans une des chambres froides.

Pennington les salua et sortit.

Race et Poirot échangèrent de nouveau un regard.

— Mr Pennington, dit Race en allumant une cigarette, n'était pas du tout à son aise.

Poirot hocha la tête.

— Il était troublé au point de faire un mensonge stupide : il *n'était pas* dans le temple d'Abou Simbel quand le rocher est tombé. Moi qui vous parle, je peux le jurer. J'en venais justement.

— Mensonge très stupide, en effet, commenta Race. Et très révélateur.

— Tout à fait. Mais, jusqu'à plus ample informé,

dit-il en souriant, nous le manœuvrerons avec des gants de velours, c'est ça ?

— C'est exactement ça, approuva Race.

— Mon bon ami, nous nous comprenons à merveille.

Il y eut un léger grincement, des vibrations sous leurs pieds. Le *Karnak* levait l'ancre, il retournait à Shellal.

— Le collier de perles, dit Race. C'est ce que nous devons tirer au clair à présent.

— Vous avez un plan ?

— Oui, répondit-il en consultant sa montre. Le déjeuner va être servi dans une demi-heure. Je propose d'annoncer à la fin du repas que les perles ont été volées, que je demande à chacun de rester dans la salle à manger pendant qu'on fouille le bateau.

— Bonne idée, approuva Poirot. Celui qui les a volées les a encore en sa possession. Ainsi, sans avertissement, nous ne risquons pas qu'il les jette par-dessus bord dans un instant de panique.

Race posa devant lui quelques feuilles de papier. D'un ton d'excuse, il murmura :

— J'aimerais d'abord pondre un bref résumé des faits. Cela évite à l'esprit de divaguer.

— Vous avez raison. De l'ordre et de la méthode, il n'y a que ça de vrai, répondit Poirot.

Race passa quelques minutes à écrire, de son écriture petite et nette. Finalement, il poussa le résultat de son travail vers Poirot :

— Des objections ?

Poirot se mit à lire :

MEURTRE DE MRS LINNET DOYLE

Mrs Doyle a été vue pour la dernière fois en vie par sa femme de chambre, Louise Bourget. Heure : 23 h 30 (env.)

De 23 h 30 à minuit 20, ont un alibi : Cornelia Robson, James Fanthorp, Simon Doyle, Jacqueline de Bellefort – *personne d'autre* –, mais le crime a presque sûrement été commis *après*, car il est pratiquement certain que le revolver utilisé était celui de Jacqueline de Bellefort et qu'il se trouvait alors dans son sac à main. Que ce soit son revolver qui ait été utilisé ne sera *rigoureusement* certain qu'après l'examen post mortem et les rapports d'expertises concernant la balle – mais peut déjà être considéré comme hautement probable.

Enchaînement vraisemblable des faits : X (l'assassin) est témoin de la scène entre Jacqueline et Simon Doyle dans le salon vitré et remarque que le revolver a glissé sous la banquette. Une fois le salon vide, X ramasse le revolver, avec l'idée que Jacqueline sera ainsi accusée du meurtre qu'il projette. Si cette théorie est juste, certaines personnes sont automatiquement lavées de tout soupçon :

Cornelia Robson, puisqu'elle n'a pas eu l'occasion de prendre le revolver avant que James Fanthorp ne retourne le chercher.

Miss Bowers : idem.

Dr Bessner : idem.

N.B. : Fanthorp n'est pas définitivement hors de cause. Il a pu empocher le revolver et déclarer qu'il ne l'avait pas trouvé.

N'importe qui d'autre a pu prendre le revolver au cours de ces dix minutes.

Mobiles possibles du meurtre :

Andrew Pennington : ceci au cas où il se serait rendu coupable de pratiques frauduleuses. Certains indices permettent de le penser, mais ce n'est pas suffisant pour l'accuser. Si c'est lui qui a fait basculer le rocher, c'est un homme qui sait risquer le tout pour le tout. De toute évidence, ce meurtre n'était pas prémédité, sauf dans son *principe*. La scène d'hier soir, avec le coup de feu, créait l'occasion rêvée.

Objections à la culpabilité de Pennington : *pourquoi aurait-il jeté le revolver par-dessus bord alors qu'il constituait une preuve accablante contre Jacqueline de Bellefort ?*

Fleetwood. Mobile : la vengeance. Fleetwood considère que Linnet Doyle lui a porté préjudice. Il a pu surprendre la scène et remarquer l'emplacement du revolver. Il a pu l'utiliser parce que c'est une arme commode, sans penser à compromettre Jacqueline. Cela expliquerait qu'il l'ait jeté par-dessus bord. *Mais dans ce cas, pourquoi tracer un J sur le mur ?*

N.B. Le mouchoir bon marché qui enveloppait le

revolver a plus de chances d'appartenir à Fleetwood qu'à un des passagers fortunés.

Rosalie Otterbourne : doit-on ajouter foi au témoignage de miss Van Schuyler ou aux dénégations de Rosalie ? On a bien jeté quelque chose à l'eau vers cette heure-là, et ce quelque chose était, selon toute vraisemblance, le revolver empaqueté dans l'écharpe de velours.

Remarques : Rosalie a-t-elle un mobile ? Elle pouvait trouver Linnet Doyle antipathique, et même la jalouser, mais cela paraît un motif de meurtre bien léger. Une accusation contre elle ne serait convaincante que si nous lui découvrions un mobile valable. Jusqu'ici nous n'avons connaissance d'aucun lien entre Linnet Doyle et elle.

Miss Van Schuyler : le châle de velours qui enveloppait le revolver appartient à miss Van Schuyler. D'après son témoignage, c'est au salon qu'elle l'a égaré. Elle a remarqué sa disparition dans la soirée mais les recherches sont restées vaines.

Comment X est-il entré en possession du châle ? L'a-t-il subtilisé plus tôt dans la soirée ? Et si oui, pourquoi ? Personne ne pouvait savoir à l'avance qu'il éclaterait une scène entre Jacqueline et Simon. X a-t-il trouvé le châle quand il est venu ramasser le revolver sous la banquette ? Mais dans ce cas, pourquoi ne l'aurait-on pas trouvé quand on l'a cherché ? Miss Van Schuyler ne l'aurait-elle jamais perdu ? Autrement dit, miss Van Schuyler a-t-elle assassiné

Linnet Doyle ? Mentait-elle délibérément en accusant Rosalie Otterbourne ? Si elle l'a tuée, quel était son mobile ?

Autres possibilités :

Le vol comme mobile : possible puisque les perles ont disparu et que Linnet Doyle les portait hier soir.

Quelqu'un ayant un grief à l'encontre de la famille Ridgeway : possible, mais de nouveau pas de preuves.

Nous savons qu'il y a à bord un homme redoutable, un tueur. Ici, nous avons un tueur et un mort. Pourrait-il y avoir un lien entre les deux ? Il faudrait démontrer que Linnet Doyle en savait trop long sur le compte de cet individu.

Conclusion : nous pouvons partager les personnes qui sont à bord en deux groupes ; celles qui ont un mobile ou à l'encontre desquelles nous possédons des témoignages, et celles qui, jusqu'ici, sont au-dessus de tout soupçon.

Groupe I	*Groupe II*
Andrew Pennington	Mrs Allerton
Fleetwood	Tim Allerton
Rosalie Otterbourne	Cornelia Robson
Miss Van Schuyler	Miss Bowers
Louise Bourget (Vol ?)	Dr Bessner
Ferguson (Politique ?)	Signor Richetti
	Mrs Otterbourne
	James Fanthorp

Poirot rendit les papiers à Race.

— Tout ça est parfaitement juste, parfaitement exact.

— Vous êtes d'accord avec moi ?

— Oui.

— Et qu'avez-vous à ajouter ?

Poirot se redressa d'un air important :

— Moi, je me pose une question et une seule : *Pourquoi* a-t-on jeté le revolver par-dessus bord ?

— C'est tout ?

— Pour l'instant, oui. Tant que je n'aurai pas une réponse satisfaisante à cette question, rien n'aura de sens. C'est... ce *doit être* notre point de départ. Vous remarquerez, mon bon ami, que, dans votre résumé, vous n'essayez pas d'éclaircir ce point.

Race haussa les épaules.

— L'assassin a été pris de panique.

Poirot secoua la tête, perplexe. Il ramassa l'écharpe trempée et l'étala devant lui sur la table. Du doigt, il suivit le contour des brûlures et des trous.

— Dites-moi, mon bon ami, demanda-t-il soudain, vous êtes beaucoup plus versé que moi dans les armes à feu. Est-ce que ce... chiffon, enroulé autour d'un revolver, en étoufferait sensiblement le bruit ?

— Non. Pas comme un silencieux, par exemple.

Poirot hocha la tête.

— Alors, poursuivit-il, un homme – en tout cas un homme qui a l'habitude de manipuler des armes à feu – doit le savoir. Mais une femme... une femme ne le saurait pas.

Race le regarda avec curiosité.

— Sans doute pas, non.

— C'est une idée qu'elle aurait pu trouver dans un roman policier. Les détails n'y sont pas toujours très exacts.

— De toute façon, dit Race en donnant une chiquenaude à la crosse de nacre du revolver, ce joujou ne doit pas faire beaucoup de bruit. Pan ! et c'est tout. Avec du vacarme autour, dix contre un qu'il passerait inaperçu.

— Oui, c'est bien ce que je pensais.

Poirot prit le mouchoir et l'examina.

— Un mouchoir d'homme, mais pas celui d'un gentleman. Il vient sans doute de chez ce *cher* Woolworth... Un mouchoir de quatre sous.

— Du genre qui pourrait appartenir à Fleetwood.

— Oui. Andrew Pennington, en revanche, utilise de très jolis mouchoirs de soie.

— Ferguson ? suggéra Race.

— Peut-être bien. Par provocation. Mais dans ce cas, ce serait plutôt un bandana...

— On s'en est servi comme d'un gant, je suppose, pour ne pas laisser d'empreintes. « La piste du Mouchoir Rougissant », ajouta Race, facétieux.

— Hé, oui. Une couleur très jeune fille, non ?

Poirot reposa le mouchoir et examina à nouveau les traces de poudre sur l'écharpe.

— Quand même, c'est bizarre..., murmura-t-il.

— Quoi donc ?

— Cette malheureuse Mrs Doyle, dit doucement Poirot. Étendue là, si paisible... avec ce petit trou dans la tête. Vous vous rappelez de quoi elle avait l'air ?

Race le regarda, intrigué.

— Bon sang, dit-il, j'ai le sentiment que vous essayez de me faire comprendre quelque chose. Mais je n'ai pas la moindre idée de ce que ça peut bien être.

19

On entendit frapper à la porte.

— Entrez ! cria Race.

Un steward apparut.

— Je vous demande pardon, monsieur, dit-il à Poirot. Mr Doyle voudrait vous voir.

— J'arrive, déclara Poirot en se levant.

Il monta l'escalier qui menait au pont-promenade et gagna la cabine du Dr Bessner.

Appuyé sur des coussins, le visage rouge de fièvre, Simon avait l'air gêné.

— Ah, monsieur Poirot ! Je vous remercie d'être venu. Écoutez, je voudrais vous demander quelque chose...

Simon devint plus rouge encore.

— Il s'agit... il s'agit de Jackie. Je voudrais la voir. Pensez-vous... verriez-vous une objection... Verrait-elle une objection, à votre avis, si vous lui demandiez de venir ici ? J'ai beaucoup réfléchi... Cette pauvre gosse... ce n'est qu'une gosse, après tout... je me suis horriblement mal conduit avec elle et...

Il se tut. Poirot le regarda avec intérêt.

— Vous désirez voir Mlle Jacqueline ? Je vais vous la chercher.

— Merci ! C'est extrêmement gentil de votre part.

Poirot trouva Jacqueline de Bellefort pelotonnée dans un coin du salon vitré. Elle avait un livre ouvert sur les genoux mais elle ne lisait pas.

— Voulez-vous venir avec moi, mademoiselle ? dit Poirot. Mr Doyle voudrait vous voir.

Elle sursauta, rougit, puis pâlit. Elle paraissait ahurie.

— Simon ? Il veut me voir... *moi* ?

Sa surprise était émouvante.

— Acceptez-vous de venir, mademoiselle ?

— Je... Oui, bien sûr...

Elle le suivit, docile, comme une enfant – une enfant stupéfaite – jusqu'à la cabine du Dr Bessner.

— C'est ici, mademoiselle.

Tremblante, elle entra derrière lui, s'arrêta... et resta là, muette, abasourdie, les yeux fixés sur Simon.

— Bonjour, Jackie ! dit-il, embarrassé lui aussi. C'est gentil d'être venue. Je voulais te dire... enfin... ce que je veux dire, c'est que...

Elle l'interrompit. Et elle déversa un flot de paroles, d'une traite, avec un accent de désespoir :

— Simon, je n'ai pas tué Linnet. Tu sais que je

n'ai pas fait ça ! Je... j'étais comme folle hier soir. Oh ! Pourras-tu jamais me pardonner ?

— Bien sûr, répondit Simon avec plus d'aisance, maintenant. Tout va bien. Tout va très bien. C'est ça, ce que je voulais te dire. J'ai pensé que tu étais peut-être un peu inquiète.

— *Inquiète ? Un peu ?* Oh, Simon !

— C'est pour ça que j'ai voulu te faire venir. Tout va bien, tu vois, ma vieille ? Tu étais un peu énervée hier soir... un rien pompette. C'est bien naturel.

— Oh, Simon, j'aurais pu te tuer !

— Pas toi. Et pas avec un pauvre petit joujou comme ça.

— Et ta jambe ? Tu ne marcheras peut-être jamais plus ?

— Écoute, Jackie, cesse de pleurnicher. Dès que nous aurons débarqué à Assouan, on me fera une radiographie, on extraira cette petite balle de rien du tout, et tout ira comme sur des roulettes.

Jackie avala convulsivement sa salive à deux reprises, puis se jeta en avant et tomba à genoux au chevet de Simon où elle se mit à sangloter, le visage enfoui dans les mains. Gêné, Simon lui tapota la tête. Il rencontra le regard de Poirot, et celui-ci, avec un soupir, sortit à contrecœur.

En partant, il entendit des murmures entrecoupés :

— Comment ai-je pu être aussi ignoble ? Oh ! Simon... je regrette tellement, tellement...

Dehors, Cornelia Robson était accoudée au bastingage. Elle tourna la tête :

— Ah, c'est vous monsieur Poirot ! Dans un sens, cela paraît affreux qu'il fasse si beau aujourd'hui !

Poirot regarda le ciel.

— Lorsque le soleil brille, on ne voit plus la lune, répondit-il. Mais quand le soleil disparaît... ah ! quand le soleil disparaît...

Cornelia en resta bouche bée.

— Je vous demande pardon ?

— Je disais, mademoiselle, que lorsque le soleil aura disparu, nous verrons la lune. C'est l'évidence même, non ?

— Je... euh... oui... oui, bien sûr.

Elle le regardait, plutôt dubitative. Poirot se mit à rire.

— Je dis des bêtises. N'y faites pas attention.

Il prit à petits pas la direction de la poupe. En passant devant la cabine suivante, il s'arrêta. Des éclats de voix lui parvinrent.

— Tu es d'une ingratitude... Après tout ce que j'ai fait pour toi... Tu n'as aucune considération pour ta pauvre mère... Tu ne te rends pas compte de tout ce que j'ai souffert et dont je souffre encore...

Les lèvres serrées, Poirot leva la main et frappa.

— Miss Rosalie est là ?

Rosalie apparut. Poirot eut un choc en la voyant. Elle avait les yeux cernés et des rides aux coins des lèvres.

— Qu'est-ce qu'il y a ? maugréa-t-elle. Qu'est-ce que vous voulez ?

— Avoir le plaisir de bavarder quelques instants avec vous, mademoiselle. Venez-vous ?

Elle prit une expression encore plus maussade et lui lança un coup d'œil méfiant.

— En quel honneur ?

— Faites-moi cette faveur, mademoiselle.

— Oh ! et puis après tout...

Elle sortit sur le pont et referma la porte derrière elle.

— Eh bien ?

Poirot la prit gentiment par le bras et l'entraîna sur le pont, toujours vers la poupe. Ils passèrent devant les salles de bains et tournèrent le coin. Ils avaient le pont arrière pour eux tout seuls. Le Nil, paisible, coulait derrière eux.

Poirot s'accouda à la rambarde. Rosalie resta plantée à côté de lui, raide comme un piquet.

— Eh bien ? répéta-t-elle du même ton désagréable.

— Je pourrais vous poser certaines questions, mademoiselle, répondit Poirot en choisissant ses mots, mais je ne pense pas un instant que vous consentiriez à y répondre.

— Alors à quoi bon perdre votre temps à me traîner jusqu'ici ?

Poirot passa lentement le doigt sur la rambarde de bois.

— Vous êtes habituée, mademoiselle, à porter seule votre fardeau... Mais vous ne pourrez pas continuer ainsi bien longtemps. La tension se fait trop grande. Pour vous, mademoiselle, la tension est déjà devenue trop grande.

— Je ne comprends pas de quoi vous parlez, dit Rosalie.

— Je parle de faits, mademoiselle, de simples faits dans toute leur laideur. Appelons un chat un chat et disons-le en peu de mots : votre mère boit, mademoiselle.

Rosalie ne répondit pas. Elle ouvrit la bouche, puis la referma. Elle semblait désarçonnée, pour une fois.

— Ne dites rien, mademoiselle. C'est moi qui parlerai. Je me suis intéressé, à Assouan, aux relations qui existent entre vous. J'ai tout de suite compris que, en dépit de vos remarques délibérément irrespectueuses, vous vous acharniez en réalité à protéger votre mère. De quoi ? Je n'ai pas mis longtemps à le découvrir. Je l'avais découvert bien avant de la rencontrer, un matin, dans un état d'ébriété incontestable. De plus, je voyais bien qu'elle devait boire en secret, par accès, ce qui fait partie des cas de loin les plus difficiles. Vous faisiez vaillamment face à la situation. Cependant, elle connaissait toutes les ruses de l'alcoolique. Elle était parvenue à se constituer une réserve secrète d'alcool et je ne serais pas surpris que vous ne l'ayez découverte qu'hier. Si bien que la nuit dernière, dès que votre mère s'est enfin écroulée dans un sommeil de brute, vous avez fait main basse sur le contenu de sa cache, vous êtes allée de l'autre côté du bateau – le vôtre donnant sur le quai – et vous avez tout jeté dans le Nil.

Il s'arrêta.

— J'ai raison, non ?

— Oui... oui, vous avez mille fois raison, répondit Rosalie avec une fièvre soudaine. J'ai sans doute été stupide de ne pas l'avouer tout de suite ! Mais je ne voulais pas que tout le monde le sache. Ça aurait fait le tour du bateau. Et puis ça paraissait tellement... tellement idiot... qu'on me...

— Tellement idiot qu'on vous soupçonne d'avoir commis un crime ?

Rosalie acquiesça. Puis elle se laissa aller de nouveau :

— Je me suis donné tant de mal pour... pour que personne ne sache... Ce n'est pas vraiment sa faute. Elle a cédé au découragement. Ses livres ne se vendaient plus. Les gens sont fatigués de cet érotisme de pacotille... et ça l'a blessée, ça l'a blessée profondément. Alors elle s'est mise à... à boire. Il m'a fallu du temps pour comprendre pourquoi elle était si bizarre. Ensuite, quand j'ai compris, j'ai essayé de... de la sevrer. Elle allait mieux un moment, et elle rechutait et s'en prenait à tout le monde, cherchait des poux dans la tête de tout le monde. C'était épouvantable, dit-elle en frissonnant. Je devais toujours être sur le qui-vive – prête à plier bagages avec elle...

» Et puis elle s'est mise à me détester. Elle... m'agresse constamment, maintenant. Je crois même qu'elle me hait, parfois.

— Pauvre petite, murmura Poirot.

— Ne me plaignez pas ! s'écria Rosalie avec véhémence. Ne soyez pas gentil avec moi ! Ça rend les choses encore plus difficiles. Je suis fatiguée, ajouta-t-elle avec un soupir à fendre le cœur, fatiguée à me coucher par terre et à me laisser mourir.

— Je sais, dit Poirot.

— Les gens me trouvent odieuse. Prétentieuse, contrariante, revêche ! Je n'y peux rien. J'ai oublié ce que c'est que d'être aimable.

— C'est ce que je vous ai dit : vous avez porté ce fardeau seule trop longtemps.

— C'est un soulagement..., dit-elle lentement. Un soulagement d'en parler. Vous avez toujours été très gentil avec moi, monsieur Poirot. Et j'ai bien peur d'avoir été souvent très impolie avec vous.

— La politesse n'est pas de mise entre amis.

Soudain, sa méfiance lui revint :

— Vous allez... vous allez le dire à tout le monde ? Vous y serez sans doute obligé, à cause de ces fichues bouteilles que j'ai jetées à l'eau ?

— Non, non, ce ne sera pas nécessaire. Dites-moi seulement ce que j'ai besoin de savoir. Quelle heure était-il ? 1 h 10 ?

— À peu près, je pense. Je ne m'en souviens pas exactement.

— Et maintenant, dites-moi, mademoiselle : miss Van Schuyler *vous* a vue. L'avez-vous vue, *elle* ?

— Non, répondit Rosalie.

— Elle dit vous avoir vue de la porte de sa cabine.

— Je ne crois pas que j'aurais pu la remarquer. J'ai regardé le pont, à droite et à gauche, et le fleuve, un point c'est tout.

— Et vous n'avez vu personne, absolument personne d'autre sur le pont ?

Rosalie prit son temps, beaucoup de temps pour répondre. Le front plissé, elle avait l'air de réfléchir intensément.

— Non, dit-elle enfin, catégorique. Je n'ai vu personne.

Poirot hocha lentement la tête. Mais son regard était grave.

20

Seuls, ou par deux, les passagers pénétraient dans la salle à manger avec des mines de circonstance comme si, à s'attabler avec trop d'entrain, ils craignaient d'afficher une déplorable insensibilité. Et c'était avec des airs d'excuse qu'ils s'asseyaient, l'un après l'autre, à leur place réservée.

Tim Allerton arriva quelques minutes après sa mère. Il paraissait d'humeur massacrante.

— Je donnerais cher pour ne pas être embarqué dans ce maudit voyage ! maugréa-t-il.

Mrs Allerton secoua tristement la tête.

— Oh ! et moi donc, mon cher petit ! Une si jolie fille ! Quel gâchis ! Penser qu'on a pu la tuer de sang-froid... Je trouve ça épouvantable. Et l'autre... la pauvre enfant !

— Jacqueline ?

— Oui. Elle me fend le cœur ! Elle a l'air si malheureux !

— Ça lui apprendra à ne pas semer son artillerie miniature n'importe où ! déclara Tim froidement en prenant du beurre.

— Elle n'a sans doute pas eu l'éducation qui convenait.

— Oh, bon sang ! mère, laissez tomber de temps en temps votre côté maternel.

— Tu es d'une humeur massacrante, Tim.

— Exact. On le serait à moins.

— Tout cela est très triste, mais je ne vois pas en quoi cela peut te mettre hors de toi.

— Vous envisagez toujours les choses d'un point de vue romanesque, répliqua Tim, acerbe. Vous ne comprenez donc pas que ce n'est pas une plaisanterie que d'être mêlé à un meurtre ?

Mrs Allerton eut l'air un peu surprise.

— Mais voyons...

— Nous y voilà ! Il n'y a pas de « mais voyons » qui tienne ! Tout le monde est suspect sur ce fichu rafiot – vous et moi autant que les autres.

— Théoriquement, oui, sans doute. Mais en réalité, c'est ridicule, objecta Mrs Allerton.

— Rien n'est ridicule quand il s'agit d'un meurtre. Vous, ma chère maman, vous avez beau respirer la vertu et l'honnêteté, croyez bien que ces déplaisants messieurs de la police de Shellal ou d'Assouan ne vous jugeront pas sur la mine.

— D'ici là, on connaîtra peut-être la vérité.

— Par quel miracle ?

— Parce que M. Poirot l'aura découverte.

— Ce vieux charlatan ? Il ne découvrira rien du tout. Il n'est que parlotte et moustache au vent !

— Ma foi, Tim, tout ce que tu dis est sans doute vrai mais même si c'est le cas, nous sommes bien obligés d'en passer par là, alors autant se faire une raison et prendre les choses du bon côté.

Mais son fils était toujours aussi sombre.

— Sans compter cette satanée histoire de la disparition des perles.

— Les perles de Linnet ?

— Oui. Il paraît que quelqu'un les a fauchées.

— C'est sans doute pour cela qu'on l'a tuée, alors.

— Pourquoi ? Vous mélangez deux choses qui n'ont rien à voir ensemble.

— Qui t'a dit que le collier avait disparu ?

— Ferguson. Il le tient de son copain mécanicien, qui le tenait lui-même de la femme de chambre.

— Elles étaient ravissantes, ces perles.

Poirot apparut. Il s'inclina devant Mrs Allerton et s'assit.

— Je suis un peu en retard, dit-il.

— J'imagine que vous étiez très occupé, répliqua Mrs Allerton.

— Oui, très occupé.

Il fit signe au garçon et commanda une nouvelle bouteille de vin.

— Nous avons des goûts très éclectiques, nota Mrs Allerton. Vous ne buvez que du vin, Tim du whisky-soda et moi j'ai essayé toutes les marques d'eau minérale.

— Tiens ! murmura Poirot en la regardant avec attention. C'est une idée, ça...

Puis, agacé, il secoua les épaules comme pour chasser l'idée soudaine qui l'avait distrait, et se mit à bavarder à bâtons rompus.

— Mr Doyle est gravement blessé ? demanda Mrs Allerton.

— Oui, c'est assez sérieux. Le Dr Bessner a hâte que nous arrivions à Assouan pour qu'on radiographie sa jambe et qu'on extraie la balle. Mais il garde l'espoir qu'il ne s'ensuivra aucune boiterie définitive.

— Pauvre Simon, s'apitoya Mrs Allerton. Hier encore il était si heureux, il avait tout ce qu'on peut désirer. Et aujourd'hui, sa femme a été tuée, et lui est au lit, impotent. J'espère pourtant...

— Qu'espérez-vous, madame ? demanda Poirot.

— J'espère qu'il n'en veut pas trop à cette pauvre enfant.

— Mlle Jacqueline ? Au contraire, il s'inquiète beaucoup pour elle.

Il se tourna vers Tim.

— Nous avons là, voyez-vous, un joli petit problème de psychologie. Tant que Mlle Jacqueline les a poursuivis d'étape en étape, il n'a pas décoléré. Mais maintenant qu'elle lui a bel et bien tiré dessus et qu'elle l'a grièvement blessé – au point qu'il risque d'en claudiquer pour le restant de son existence – toute sa hargne semble s'être envolée. Pouvez-vous comprendre ça ?

— Oui, répondit Tim, pensif. Je crois que je peux. Dans le premier cas, il avait l'impression d'être un imbécile...

Poirot hocha la tête.

— C'est juste. Il en souffrait dans sa dignité de mâle.

— Mais maintenant, d'un certain point de vue, l'imbécile c'est elle. Tout le monde lui tombe sur le dos, alors...

— Alors, il peut se montrer magnanime et pardonner, conclut Mrs Allerton. Quels enfants ils font, ces hommes !

— Idée totalement fausse que les femmes se plaisent à rabâcher, murmura Tim.

Poirot sourit.

— Dites-moi, lui demanda-t-il, la cousine de Mrs Doyle, miss Joanna Southwood, lui ressemble-t-elle ?

— Vous faites erreur, monsieur Poirot. Joanna est notre cousine à nous et elle était l'amie de Linnet Doyle.

— Ah, pardon, j'ai confondu. C'est une jeune personne très à la mode. Elle m'intéresse beaucoup, depuis quelque temps.

— Pourquoi ? demanda Tim d'un ton cassant.

Poirot se leva à demi pour saluer Jacqueline de Bellefort qui venait d'entrer et passait près d'eux. Elle avait les joues en feu, les yeux brillants et le souffle un peu irrégulier. Poirot se rassit et, paraissant avoir oublié la question de Tim, il murmura, d'un ton vague :

— Je me demande si toutes les jeunes femmes qui possèdent des bijoux de valeur sont aussi négligentes que l'était Mrs Doyle...

— C'est donc vrai que ses perles ont été volées ? demanda Mrs Allerton.

— Qui vous l'a appris, madame ?

— Ferguson, répondit Tim, prenant les devants.

— C'est tout à fait exact, confirma Poirot, l'air grave.

— J'imagine que cela va encore nous amener un tas de désagréments, remarqua Mrs Allerton avec inquiétude. C'est ce que prétend Tim, en tout cas.

Celui-ci fronça les sourcils. Poirot se tourna vers lui :

— Ah bon ? Vous en avez peut-être déjà fait l'expérience ? Vous vous êtes déjà trouvé dans une maison où un vol avait eu lieu ?

— Non, jamais, répondit Tim.

— Mais si, mon chéri, tu étais chez les Portarington quand on a volé les diamants de cette horrible femme.

— Vous comprenez toujours tout de travers, mère. J'étais là quand on a découvert que les diamants qui s'enroulaient autour de ses triples mentons étaient faux. La substitution avait sans doute eu lieu plusieurs mois auparavant. En réalité, un tas de gens pensent qu'elle était elle-même derrière tout ça.

— C'est Joanna qui le dit, probablement.

— Joanna n'était pas là.

— Mais elle les connaissait très bien. Et c'est tout à fait son genre, des insinuations pareilles.

— Vous en avez toujours après Joanna, mère.

Poirot se hâta de changer de sujet. Il projetait un gros achat dans une boutique d'Assouan. Un très joli tissu pourpre et or, chez un marchand indien. Naturellement il faudrait payer la douane, mais...

— ... ils m'ont expliqué qu'ils peuvent me l'expédier. Et que le coût de l'expédition ne serait pas trop élevé. Qu'en pensez-vous ? Vous croyez qu'il arrivera à bon port ?

Mrs Allerton répondit qu'à sa connaissance, beaucoup de gens se faisaient envoyer leurs achats directement en Angleterre et que tout était toujours bien arrivé.

— Bon. Dans ce cas, c'est ce que je vais faire. En revanche, quelle histoire, à l'étranger, quand on reçoit un paquet d'Angleterre ! Cela ne vous est jamais arrivé ? Vous n'avez jamais reçu de paquet au cours de vos voyages ?

— Non, je ne crois pas, n'est-ce pas, Tim ? Tu reçois des livres quelquefois, mais évidemment, on n'a jamais d'ennui avec ça.

283

— Ah oui. Les livres, c'est différent...

On avait servi le dessert. Tout à coup, sans prévenir, le colonel Race se leva, et entama son petit discours.

Il évoqua rapidement les circonstances du crime et annonça le vol des perles. On allait procéder à une fouille complète du bateau et il serait très reconnaissant si tous les passagers voulaient bien ne pas quitter la salle à manger jusqu'à ce que ce soit terminé. À la suite de quoi, s'ils n'y voyaient pas d'inconvénient – et il était persuadé qu'ils n'en verraient pas –, ils seraient très aimables de se soumettre eux-mêmes à la fouille.

Poirot se faufila jusqu'à lui. Un brouhaha de voix incrédules et indignées s'éleva autour d'eux. Juste au moment où Race allait quitter les lieux, Poirot le rattrapa et lui chuchota quelques mots à l'oreille. Race l'écouta, acquiesça et appela un steward à qui il dit aussi quelques mots. Puis il sortit sur le pont avec Poirot et referma la porte derrière lui.

Ils s'arrêtèrent près du bastingage. Race alluma une cigarette.

— C'est une bonne idée, que vous avez eue là. Nous allons vite voir s'il en sort quelque chose. Je leur donne trois minutes.

La porte de la salle à manger s'ouvrit, et le steward qui avait reçu la consigne apparut.

— Vous aviez raison, monsieur, dit-il à Race. Il y

a une dame qui veut vous parler tout de suite, de toute urgence.

— Ah ! fit Race, l'air très satisfait. Qui est-ce ?

— Miss Bowers, monsieur, l'infirmière.

Race parut légèrement surpris.

— Conduisez-la au fumoir, dit-il. Ne laissez sortir personne d'autre.

— Bien, monsieur. Mon collègue y veillera.

Il regagna la salle à manger tandis que Poirot et Race se rendaient au fumoir.

— Bowers, hein ? marmonna Race.

Ils étaient à peine installés que le steward arriva avec miss Bowers. Il la fit entrer et se retira en refermant la porte.

— Eh bien, miss Bowers, dit Race. Que se passe-t-il ?

Miss Bowers était comme à son habitude, calme et maîtresse d'elle-même. Elle ne manifestait pas la moindre émotion.

— Vous m'excuserez, colonel Race, mais étant donné les circonstances, j'ai pensé qu'il valait mieux que je vous parle tout de suite... (elle ouvrit son sac noir)... et que je vous restitue ceci.

Elle avait sorti un collier de perles qu'elle déposa sur la table.

21

Si miss Bowers avait été du genre à aimer faire sensation, elle aurait été royalement récompensée de son acte.

Le visage du colonel Race exprimait l'étonnement le plus profond tandis qu'il prenait le collier en mains.

— Voilà qui est tout à fait extraordinaire. Auriez-vous l'amabilité de nous donner quelques explications, miss Bowers ?

— Bien sûr. Je suis venue pour ça, répondit-elle en se carrant confortablement dans un fauteuil. Il m'a été assez difficile de décider comment agir pour le mieux. La famille serait évidemment hostile à toute espèce de scandale et elle a confiance en ma discrétion, mais les circonstances sont tellement exceptionnelles que ça ne me laisse guère le choix. Bien entendu, quand vous n'aurez rien trouvé dans les cabines, vous allez fouiller les passagers. Si on trouvait les perles en ma possession, la situation serait très embarrassante, et la vérité serait connue de toute façon.

— Et quelle est exactement cette vérité ? C'est vous qui avez pris les perles dans la cabine de Mrs Doyle ?

— Oh non, colonel Race, bien sûr que non. C'est miss Van Schuyler.

— Miss Van Schuyler ?

— Oui. Elle ne peut pas s'en empêcher, elle prend... euh... des choses. Surtout des bijoux. C'est pour cette raison que je ne la quitte pas d'une semelle. Pas à cause de sa santé, mais à cause de cette petite particularité. Je suis toujours sur le qui-vive et, par bonheur, nous n'avons pas encore eu d'ennuis depuis que je m'occupe d'elle. Il suffit d'ouvrir l'œil. Et puis elle cache toujours ce qu'elle prend au même endroit – roulé dans une paire de bas –, ce qui simplifie les choses. Je vérifie tous les matins. Bien sûr, j'ai le sommeil très léger et je dors toujours dans une pièce voisine de la sienne ou, si nous sommes à l'hôtel, avec la porte de communication ouverte, ce qui fait que je l'entends bouger Alors, je la rattrape et je la persuade de retourner se coucher. Évidemment, c'est plus difficile sur un bateau. Mais il est rare qu'elle fasse cela la nuit. Elle ramasse plutôt ce qu'elle voit traîner. Mais, bien entendu, les perles l'ont toujours fascinée.

Miss Bowers se tut.

— Comment avez-vous découvert qu'elle les avait prises ? lui demanda Race.

— Je les ai trouvées dans ses bas, ce matin. Je savais à qui elles appartenaient, cela va de soi. Je les avais souvent remarquées. J'ai voulu les remettre à leur place, espérant que Mrs Doyle n'avait pas encore découvert leur disparition. Mais un steward était à sa porte. Il m'a mise au courant du meurtre et m'a dit que personne n'avait le droit d'entrer. Comme vous voyez, j'étais bien embarrassée. Mais j'espérais toujours pouvoir les remettre en place avant qu'on ne remarque leur absence. Croyez-moi, j'ai passé une matinée très désagréable à me demander ce que je devais faire. La famille Van Schuyler est *très* fermée et pointilleuse, comprenez-vous. Cela ne ferait pas du tout ses affaires si on parlait de ça dans les journaux. Mais ce ne sera pas nécessaire, n'est-ce pas ?

— Tout dépendra des circonstances, répondit Race, prudent. Mais nous ferons de notre mieux, soyez-en sûre. Qu'en dit miss Van Schuyler ?

— Oh ! Elle niera tout, évidemment. C'est ce qu'elle fait toujours. Elle déclarera que quelqu'un les a cachées là par méchanceté. Elle ne reconnaît jamais avoir pris quoi que ce soit. Voilà pourquoi, quand on la rattrape à temps, elle retourne se coucher, docile comme un agneau. Elle se contente de prétendre qu'elle est sortie admirer le clair de lune, ou quelque chose dans ce goût-là.

— Miss Robson connaît-elle cette... euh... faiblesse ?

— Non, elle l'ignore. Sa mère est au courant, mais miss Robson est une fille au cœur simple, et sa mère a jugé préférable qu'elle n'en sache rien. Et puis, je suis de taille à mater miss Van Schuyler, ajouta la compétente miss Bowers.

— Nous vous remercions, mademoiselle, d'être venue aussi rapidement, déclara Poirot.

— J'espère avoir agi pour le mieux, dit-elle en se levant.

— Soyez-en sûre.

— Vous comprenez, avec un meurtre par-dessus le marché...

Le colonel Race l'interrompit, la voix grave :

— Miss Bowers, je vais vous poser une question et il est essentiel que vous nous disiez la vérité. Miss Van Schuyler est un peu dérangée, au point d'être kleptomane. Est-elle également atteinte de manie homicide ?

— Oh, grands dieux non ! répondit sans hésiter miss Bowers. Absolument pas. Vous pouvez m'en croire. Elle ne ferait pas de mal à une mouche.

Elle avait dit cela avec une telle assurance qu'il n'y avait rien à ajouter. Poirot lui posa quand même une petite question :

— Miss Van Schuyler souffre-t-elle de surdité ?

— En effet, monsieur Poirot. Cela ne se remarque pas quand on lui parle. Mais très souvent, elle ne vous entend pas entrer dans sa chambre. Des choses comme ça.

— Pensez-vous qu'elle aurait pu entendre quelqu'un bouger dans la cabine de Mrs Doyle, qui est juste à côté de la sienne ?

— Non... non absolument pas. D'autant que sa couchette est située de l'autre côté de la cabine, pas même contre la cloison de séparation. Non, à mon avis, elle n'aurait rien entendu.

— Merci, miss Bowers.

— Pouvez-vous retourner dans la salle à manger et attendre avec les autres ? lui demanda Race.

Il lui ouvrit la porte, la regarda descendre l'escalier et entrer dans la salle à manger. Il referma alors la porte et revint vers Poirot. Celui-ci s'était emparé du collier.

— Eh bien, fit Race, la mine sombre, elle ne s'est pas fait attendre, la réaction. Cette infirmière est une femme astucieuse, à la tête froide, très capable de nous cacher bien des choses pour peu qu'elle y trouve son intérêt. Et miss Marie Van Schuyler ? À mon sens, on ne peut pas l'éliminer de la liste des suspects. Vous savez, elle *pourrait* avoir tué afin de s'approprier le collier. Nous ne pouvons pas nous contenter là de la parole de l'infirmière. Elle ne pense qu'à protéger la famille.

Poirot acquiesça. Très occupé à faire glisser les perles dans ses doigts, il les examinait de près.

— À mon avis, dit-il, nous pouvons considérer que

le témoignage de la vieille demoiselle est en partie vrai. Elle a vraiment regardé dehors et elle a vraiment vu Rosalie Otterbourne. Mais je ne pense pas qu'elle ait entendu quoi que ce soit venant de la cabine de Linnet Doyle. Je crois plutôt qu'elle regardait par sa porte histoire de s'assurer qu'elle pouvait aller chiper les perles.

— Rosalie Otterbourne était bien là, alors ?

— Oui. Elle jetait la réserve secrète d'alcool de sa mère par-dessus bord.

— C'était donc ça ! C'est dur pour une gosse.

— Oui. La vie n'a pas été très drôle pour cette pauvre fille.

— Bon. Je suis heureux que ce point ait été éclairci. Elle n'a rien vu ni entendu ?

— Je le lui ai demandé. Après avoir réfléchi une bonne vingtaine de secondes, elle m'a répondu qu'elle n'avait vu personne.

— Ah ! fit Race, l'esprit aussi en éveil.

— Oui, c'est assez significatif.

— Si Linnet Doyle a été tuée vers 1 h 10 du matin, dit Race en réfléchissant ou à n'importe quel moment après que le silence se fut fait à bord, il me paraît bien étrange que personne n'ait entendu le coup de feu. Je vous accorde qu'un petit revolver comme ça ne doit pas faire beaucoup de bruit, mais quand même, dans un silence de mort, un bruit quel qu'il soit, même un léger pan ! ne passe pas inaperçu. Mais je commence à y voir plus clair. La cabine précédant celle de Mrs Doyle est vide puisque son mari est dans celle du Dr Bessner, et la suivante est occupée par miss Van Schuyler, qui est sourde. Il ne reste que...

Il se tut et regarda Poirot qui l'encouragea d'un signe de tête.

— ... que la cabine contiguë, mais qui donne de l'autre côté du bateau. Autrement dit : Pennington. Décidément, on en revient toujours à Pennington.

— Nous allons bientôt revenir à lui... nos gants de velours en moins. Ah ! je m'en réjouis d'avance !

— En attendant, nous allons poursuivre la fouille du bateau. La disparition des perles est un bon prétexte, même si elles ont été retrouvées. Ce n'est pas miss Bowers qui va aller le crier sur les toits.

— Ah, ces perles ! dit Poirot en les levant encore une fois à la lumière.

Il les effleura du bout de la langue et essaya même d'en mordre une avec précaution. Puis, avec un soupir, il jeta le collier sur la table.

— Eh bien, mon bon ami, nous voilà avec une nouvelle complication. Je ne suis pas expert en perles fines, mais j'en ai vu beaucoup dans ma vie et je suis quasiment certain de ce que j'avance. Ces perles ne sont qu'une habile imitation.

22

Le colonel Race émit quelques jurons.

— Cette maudite affaire devient de plus en plus compliquée, dit-il en prenant les perles en main. Vous ne vous trompez pas, j'espère ? Personnellement, elles m'ont l'air parfaites.

— C'est une excellente imitation, en effet.

— Où cela nous mène-t-il ? Linnet Doyle n'en aurait-elle pas fait faire une copie qu'elle aurait emportée sur le bateau, par sécurité ? Beaucoup de femmes font ça.

— Si c'était le cas, son mari l'aurait su.

— Elle ne lui en avait peut-être pas parlé ?

Poirot secoua la tête, sceptique.

— Non, ça ne s'est pas passé comme ça. Alors que nous étions à bord, le premier soir, j'ai admiré leur merveilleux éclat. Je suis sûr que celles que Mrs Doyle portait à ce moment-là étaient vraies.

— Dans ce cas, nous avons deux possibilités. Ou bien miss Van Schuyler a subtilisé le faux collier alors que le vrai avait déjà été volé par quelqu'un d'autre. Ou bien cette histoire de kleptomanie a été montée de toutes pièces. Dans ce cas, ou bien miss Bowers est une voleuse qui s'est empressée d'inventer cette fable et nous a restitué une copie afin d'écarter les soupçons. Ou alors, sous couvert d'une famille américaine très fermée, nous avons affaire à un gang de voleurs organisés.

— Oui, murmura Poirot, c'est difficile à dire. Mais je vous ferai remarquer une chose : fabriquer une copie exacte du collier, du fermoir, etc., assez bonne pour tromper Mrs Doyle représente une performante de haute technicité. L'auteur de cette copie a dû avoir la possibilité d'étudier de près l'original.

— Bon, dit Race en se levant, inutile de spéculer plus avant. Reprenons le travail. Il faut retrouver les vraies perles. Sans pour autant cesser d'ouvrir l'œil.

Ils commencèrent par les cabines du pont inférieur. Celle du signor Richetti renfermait divers ouvrages d'archéologie dans des langues improbables, tout un assortiment de vêtements, des lotions capillaires aux parfums prononcés et deux lettres – l'une provenait d'une expédition archéologique en Syrie, l'autre d'une sœur à Rome. Tous ses mouchoirs étaient en soie de couleur.

Ils continuèrent par la cabine de Ferguson.

Ils y trouvèrent un échantillonnage de littérature

communiste, un bon nombre d'instantanés, l'*Erew-hon* de Samuel Butler et une édition bon marché du *Journal* de Pepys. Il avait peu d'effets personnels. Ses vêtements étaient pour la plupart sales et déchirés. En revanche, ses sous-vêtements étaient d'excellente qualité. Ses mouchoirs de lin avaient dû coûter cher.

— Intéressant contraste, murmura Poirot.

— C'est bizarre qu'il n'y ait rigoureusement ni lettres ni papiers personnels, nota Race.

— Oui. Cela donne à penser. Drôle de personnage, ce jeune Mr Ferguson.

Songeur, Poirot examinait une bague gravée qu'il remit à sa place, dans un tiroir.

Ils se dirigèrent ensuite vers la cabine occupée par Louise Bourget. Celle-ci déjeunait en principe après les passagers, mais Race lui avait fait demander de rejoindre les passagers dans la salle à manger. Un steward vint à leur rencontre.

— Excusez-moi, dit-il, je n'ai trouvé cette personne nulle part. Je n'ai aucune idée de l'endroit où elle peut être.

Race jeta un coup d'œil à l'intérieur de la cabine. Elle était vide.

Ils montèrent sur le pont-promenade et commencèrent à tribord. La première cabine était celle de James Fanthorp.

Elle était rangée avec un soin méticuleux. Mr Fanthorp avait peu de bagages, mais tout ce qu'il possédait était de bonne qualité.

— Pas de lettres, remarqua Poirot, songeur. Notre Mr Fanthorp est prudent, il détruit sa correspondance.

Ils passèrent à côté, dans la cabine de Tim Allerton.

On y trouvait des témoignages de l'esprit catholique anglican : un ravissant triptyque et un rosaire à gros grains de bois sculpté. À part ses vêtements personnels, il y avait aussi un manuscrit en cours, noirci d'annotations et de corrections, et une bonne quantité de livres, récemment parus pour la plupart. Il y avait aussi un tas de lettres jetées en vrac dans un tiroir. Poirot, qui n'avait jamais éprouvé le moindre scrupule à lire la correspondance d'autrui, y jeta un rapide coup d'œil. Il nota qu'il ne s'y trouvait aucune lettre de Joanna Southwood. Il saisit un tube de seccotine et le tripota d'un air absent.

— Au suivant, dit-il.

— Pas de mouchoir de chez Woolworth, constata Race en remettant en place le contenu d'un tiroir.

Ils passèrent dans la cabine de Mrs Allerton. Elle était dans un ordre parfait. Un léger parfum démodé de lavande flottait dans l'air. La fouille fut vite terminée.

— Une femme bien, celle-là, déclara Race en sortant.

La cabine voisine avait servi de dressing-room à Simon Doyle. Les objets de première nécessité – pyjama, brosse à dents, etc. – avaient été transportés dans la cabine du Dr Bessner, mais l'essentiel de ses bagages était encore là : deux grosses valises en cuir, un sac de voyage et quelques vêtements accrochés dans la penderie.

— Il faut chercher très soigneusement, mon bon ami, dit Poirot. Car il se pourrait bien que le voleur ait caché les perles ici.

— Cela vous paraît vraisemblable ?

— Mais oui, bien sûr ! Réfléchissez ! Le voleur – ou la voleuse – sait que tôt ou tard on fouillera le bateau et que par conséquent, il serait peu judicieux de cacher les perles dans sa propre cabine. Les lieux publics présentent d'autres inconvénients. Mais cette cabine-ci est celle d'un homme qui se trouve dans l'incapacité physique d'y avoir mis les pieds, si bien que si nous y retrouvons le collier, nous n'en serons pas plus avancés.

Pourtant, si méticuleuse qu'ait été leur fouille, ils ne trouvèrent aucune trace du collier disparu.

— Zut ! murmura Poiret.

Et une fois de plus ils ressortirent sur le pont.

Après l'enlèvement du corps, la cabine de Linnet Doyle avait été fermée à double tour, mais Race en possédait la clef. Il l'ouvrit et ils y entrèrent tous les deux.

Mis à part la disparition du corps, tout était encore comme on l'avait trouvé le matin.

— Poirot, dit Race, pour l'amour du ciel, s'il y a quelque chose à trouver ici, allez-y, trouvez-le ! Si quelqu'un le peut, c'est bien vous. Je le sais.

— Cette fois, vous ne pensez pas aux perles, mon bon ami ?

— Non. Je pense au meurtre. Quelque chose m'a échappé ce matin.

Avec calme et dextérité, Poirot entreprit ses recherches. Il s'agenouilla et étudia le sol, centimètre par centimètre. Il examina le lit. Il fouilla la penderie et les tiroirs de la commode. Il fouilla la malle à vêtements et les deux luxueuses valises. Il ouvrit le nécessaire de toilette garni d'or fin. Pour terminer, il tourna son attention vers le lavabo. Il s'y trouvait diverses crèmes, poudres, lotions pour le visage. Mais la seule chose qui parut intéresser Poirot, ce fut le vernis à ongles, deux petits flacons étiquetés Nailex. Il alla les déposer sur la coiffeuse. Celui qui portait l'étiquette *Nailex Rose* ne contenait plus qu'une ou deux gouttes d'un liquide rouge vif. L'autre, de la même taille mais dénommé *Nailex Cardinal*, était presque plein. Poirot déboucha d'abord le vide, puis le plein et les renifla délicatement.

Une odeur de poire blette se répandit dans la pièce. Poirot les referma avec une légère grimace.

— Vous tenez quelque chose ? demanda Race.

— « On ne prend pas les mouches avec du vinaigre », lui répondit Poirot, ravi de pouvoir placer une citation en français. (Puis il soupira :) Ah ! mon bon ami, nous n'avons pas de chance. L'assassin a manqué de complaisance. Il n'a abandonné pour nous ni bouton de manchette, ni mégot, ni cendre de cigare... et, si c'est une femme, ni mouchoir, ni bâton de rouge à lèvres, ni épingle à cheveux.

— Seulement un flacon de vernis à ongles ?

Poirot haussa les épaules.

— Il faudra que j'interroge la femme de chambre. Il y a là quelque chose... oui... d'un peu curieux.

— Où diable cette fille a-t-elle pu passer ? Je me le demande.

Ils refermèrent la cabine à double tour et se rendirent chez miss Van Schuyler.

Là aussi se trouvaient tous les accessoires de la fortune : coûteux nécessaire de toilette, bagages luxueux, ainsi que quelques lettres et papiers personnels parfaitement en ordre.

La suivante était la cabine double occupée par Poirot. Derrière elle, venait celle de Race.

— Il ne l'a tout de même pas caché dans une de ces deux-là, dit le colonel.

— Pourquoi pas ? objecta Poirot. Un jour, j'ai enquêté à propos d'un meurtre commis dans l'Orient-Express. Il y avait un problème avec un kimono écarlate. Il avait disparu, et pourtant, il devait être dans le train. Eh bien, où croyez-vous que je l'ai retrouvé ? Dans ma propre valise, fermée à clef ! Non mais ! Vous vous rendez compte de cette insolence ?

— Bon, allons voir si quelqu'un s'est permis de nous traiter, vous ou moi, avec insolence, cette fois-ci.

Mais le voleur de perles ne s'était montré insolent ni avec l'un ni avec l'autre.

Contournant la poupe, ils fouillèrent la cabine de miss Bowers mais n'y découvrirent rien de suspect. Ses mouchoirs étaient en lin, avec une initiale.

Venait ensuite la cabine des Otterbourne. Là non plus, leur fouille minutieuse ne donna aucun résultat.

La cabine suivante était celle du Dr Bessner. Simon Doyle était étendu, le plateau de nourriture à laquelle il n'avait pas touchée à côté de lui...

— Je n'ai pas faim pour deux sous, dit-il d'un air d'excuse.

Il paraissait fiévreux et beaucoup plus mal en point que dans la matinée. Poirot comprit pourquoi Bessner tenait à ce qu'il entre au plus vite à l'hôpital. Il expliqua à Simon ce que Race et lui étaient en train de faire et Simon les approuva. Il fut stupéfait d'apprendre que le collier avait été restitué par miss Bowers mais qu'il s'agissait seulement d'une copie.

— Vous êtes certain, Mr Doyle, que votre femme ne possédait pas une copie du collier qu'elle aurait emportée à la place du vrai ? demanda Poirot.

— Absolument certain. Linnet adorait ces perles et elle les portait partout. Elle les avait assurées contre tous les risques possibles et imaginables, ce qui la rendait sans doute un peu négligente.

— Dans ce cas, nous devons continuer la fouille, dit Poirot en commençant à ouvrir les tiroirs pendant que Race s'attaquait à une valise.

Simon écarquilla les yeux.

— Dites-moi... Vous ne soupçonnez tout de même pas le vieux Bessner de les avoir fauchées ?

Poirot haussa les épaules.

— Pourquoi pas ? Après tout, que savons-nous du Dr Bessner ? Seulement ce qu'il a bien voulu nous dire.

— Mais il n'aurait pas pu les cacher ici sans que je m'en aperçoive !

— Il n'aurait pas pu le faire aujourd'hui, mais nous ignorons quand a eu lieu la substitution. Elle remonte peut-être à plusieurs jours.

— Je n'y avais pas pensé...

Mais les recherches furent vaines.

La cabine d'après était celle de Pennington. Race et Poirot y passèrent beaucoup de temps. Ils examinèrent en détail une valise bourrée de papiers de toutes sortes, officiels ou non, dont la plupart nécessitaient la signature de Linnet.

Poirot secoua tristement la tête.

— Tout cela me paraît honnête et régulier. Vous êtes d'accord ?

— Absolument. Toutefois, le gaillard n'est pas né de la dernière pluie. S'il détenait un document compromettant, il l'aurait certainement détruit tout de suite.

— Oui, bien entendu.

Poirot sortit un gros Colt du tiroir supérieur de la commode, l'examina et le remit en place.

— On dirait qu'il y a encore beaucoup de gens qui voyagent avec un revolver, murmura-t-il.

— Oui, c'est intéressant. Toutefois, on n'a pas tiré sur Linnet Doyle avec un joujou de ce calibre. (Race se tut et reprit :) Vous savez, j'ai réfléchi à une réponse possible à votre théorie selon laquelle le revolver n'aurait pas dû être jeté à l'eau. Supposons que l'assassin l'ait laissé dans la cabine de Linnet Doyle et que quelqu'un d'autre, une deuxième personne l'ait pris et jeté par-dessus bord ?

— Oui, c'est possible. J'y ai pensé. Mais cela ouvre toute une série de questions : qui est cette seconde personne ? Quel intérêt avait-elle à protéger Jacqueline de Bellefort ? Et que faisait-elle là ? Miss Van Schuyler est la seule personne, à notre connaissance, à être entrée dans la cabine. Est-il concevable qu'elle ait pris le revolver ? Pourquoi aurait-elle voulu, *elle*, protéger Jacqueline de Bellefort ? Et pour quelle autre raison aurait-elle pu souhaiter faire disparaître ce revolver ?

— Elle a peut-être reconnu son châle, en a été toute retournée et a jeté tout le paquet par-dessus bord.

— Le châle, oui, mais pourquoi le revolver ? Je reconnais toutefois que c'est possible. Mais comme toujours... Bon Dieu ! tout cela est bien embrouillé ! Et à propos de ce châle, il y a un point dont vous n'avez pas tenu compte...

En sortant de chez Pennington, Poirot proposa que

Race fouille les dernières cabines – celles de Jacqueline de Bellefort, de Cornelia, et les deux inoccupées du bout – pendant que lui-même irait échanger quelques mots avec Simon Doyle. Il fit donc demi-tour et retourna chez Bessner.

— Écoutez, j'ai réfléchi, lui dit Simon. Je suis sûr qu'hier encore, ces perles étaient les vraies.

— Et pourquoi cela, Mr Doyle ?

— Parce que Linnet (sa voix trembla un peu en prononçant ce nom) les a tenues dans la main avant le dîner, et m'en a parlé. Elle s'y connaissait en perles et si elles avaient été fausses, elle s'en serait aperçue.

— Malgré tout, c'est une imitation parfaite... Mais dites-moi, Mrs Doyle avait-elle l'habitude de se séparer de ses perles ? Les a-t-elle jamais prêtées à une amie, par exemple ?

Simon parut gêné.

— Voyez-vous, monsieur Poirot, il m'est difficile de répondre... Je... ma foi, vous savez, je ne connaissais pas Linnet depuis bien longtemps.

— C'est vrai, oui – quel roman éclair que le vôtre...

— Et donc, en fait, poursuivit Simon, je ne suis pas au courant de ce genre de choses. Mais comme Linnet était très généreuse de nature, elle aurait très bien pu le faire.

— Elle ne les a jamais prêtées à Mlle de Bellefort, par exemple ? demanda Poirot d'une voix douce.

— Où voulez-vous en venir ? Que voulez-vous dire ? (Simon était devenu rouge brique. Il tenta de

303

s'asseoir et retomba sur ses oreillers.) Que Jackie a volé ce collier ? Non, elle ne l'a pas fait. Je suis prêt à le jurer. Jackie est la droiture même ! Voir en Jackie une voleuse... c'est ridicule... c'est... c'est grotesque !

Poirot le regarda d'un œil amusé.

— Saperlipopette ! s'écria-t-il. On dirait que ma suggestion a mis le feu aux poudres.

— Jackie est la droiture même ! répéta Simon que le ton léger de Poirot n'avait pas ébranlé.

Poirot se rappela ce que lui avait dit une jeune fille à Assouan, au bord du Nil : « J'aime Simon... et il m'aime... »

Des trois témoignages qu'il avait entendus alors, il s'était demandé lequel était le plus proche de la vérité. En fin de compte, celui de Jacqueline paraissait bien l'emporter.

La porte s'ouvrit et Race entra.

— Rien ! grommela-t-il. Zéro ! Enfin, on ne s'attendait pas à autre chose. Voilà les stewards qui viennent faire leur rapport sur la fouille des passagers.

Il s'en présenta deux, un homme et une femme. L'homme parla le premier :

— Rien, monsieur.

— Aucun de ces messieurs n'a fait de scandale ?

— Seulement le monsieur italien. Il a piqué une crise de colère. Il a clamé que c'était un affront... ou quelque chose comme ça. Par-dessus le marché, il avait un revolver sur lui.

— Quel genre de revolver ?

— Un Mauser 25 automatique, monsieur.

— Ces Italiens ont le sang vif, remarqua Simon. Richetti avait déjà fait un foin de tous les diables à Ouadi Halfa pour une simple erreur de distribution de télégramme. Il s'était montré très grossier avec Linnet.

Race se tourna vers la stewardess, une grande et belle femme.

— Rien non plus chez les dames, monsieur. Elles ont toutes fait un tas de chichis, sauf Mrs Allerton qui a été gentille comme tout. Aucune trace des perles. Soit dit en passant, la jeune miss Rosalie Otterbourne avait un petit revolver dans son sac à main.

— Quel genre ?

— Tout petit, monsieur, avec une crosse de nacre. Une espèce de jouet.

Race écarquilla les yeux.

— Que le diable emporte cette affaire ! marmonnat-il. Je la croyais hors de cause, et maintenant... Est-ce que toutes les filles se promènent avec des joujoux à crosse de nacre sur ce fichu rafiot ? Comment a-t-elle réagi quand vous avez mis la main dessus ? demandat-il à la stewardess.

— Je ne crois pas qu'elle s'en soit aperçue. Je lui tournais le dos quand j'ai fouillé son sac.

— Mais elle devait bien se douter que vous alliez tomber dessus ! Oh, et puis ça me dépasse ! Et la femme de chambre ?

— Nous l'avons cherchée d'un bout à l'autre du

bateau, monsieur. Et nous ne l'avons trouvée nulle part.

— De qui s'agit-il ? demanda Simon.

— De la femme de chambre de Mrs Doyle, Louise Bourget. Elle a disparu.

— *Disparu ?*

— C'est peut-être elle qui a volé les perles, dit Race, pensif. Elle était bien placée pour en faire faire une copie.

— Et quand elle a su qu'on allait fouiller le bateau, elle s'est jetée par-dessus bord, suggéra Simon.

— Absurde ! répliqua Race, agacé. On ne peut pas se jeter à l'eau en plein jour d'un bateau comme celui-ci sans que personne s'en aperçoive ! Il faut bien qu'elle soit quelque part. Quand l'a-t-on vue pour la dernière fois ? demanda-t-il à la stewardess.

— Environ une demi-heure avant la cloche du déjeuner, monsieur.

— Eh bien, allons quand même jeter un coup d'œil dans sa cabine, dit Race. Cela nous apprendra peut-être quelque chose.

Suivi de Poirot, il descendit sur le pont inférieur et ouvrit la porte de la cabine. Ils entrèrent.

Louise Bourget, dont le métier consistait à prendre soin des affaires des autres, s'était donné congé en ce qui concernait les siennes. Un fouillis d'objets divers encombrait le dessus de la commode, des vêtements s'échappaient d'une valise entrouverte, de la lingerie pendait çà et là sur les dossiers de chaises.

Pendant que Poirot ouvrait les tiroirs de la commode. Race examina le contenu de la valise.

Les chaussures de Louise Bourget étaient alignées près du lit. L'une d'entre elles, en cuir verni, faisait un angle bizarre et paraissait ne reposer sur rien. Position si étrange qu'elle attira l'attention de Race.

Il referma la valise et se pencha vers la rangée de chaussures. Il poussa alors une exclamation.

— Que se passe-t-il ?

— Elle n'a pas disparu, répondit Race. Elle est ici... sous le lit...

23

Le corps de la défunte Louise Bourget gisait sur le sol de sa cabine. Les deux hommes se penchèrent sur lui.

Race se redressa le premier.

— À mon avis, elle est morte depuis une heure environ. Nous allons mettre Bessner là-dessus. Poignardée en plein cœur. La mort a dû être quasi instantanée. Elle n'est pas belle à voir...

— Ça, non ! dit Poirot avec un léger frisson.

Le visage félin était convulsé de surprise et de colère aurait-on dit, et les lèvres étaient retroussées sur les dents.

Poirot lui prit doucement la main droite. Elle serrait quelque chose entre les doigts. Poirot le détacha et le tendit à Race. C'était un petit morceau de papier d'un mauve rosé assez pâle.

— Vous voyez de quoi il s'agit ?

— C'est de l'argent, dit Race.

— Le coin d'un billet de mille francs, on dirait.

— Eh bien, c'est clair. Elle savait quelque chose et elle a essayé de faire chanter l'assassin. Nous avions bien senti qu'elle n'était pas tout à fait nette, ce matin.

— Nous avons été stupides... ineptes ! s'écria Poirot. Nous aurions dû comprendre tout de suite ! Que nous a-t-elle dit ? « Qu'aurais-je pu voir ou entendre ? Ma cabine est sur le pont inférieur. Évidemment, si je n'avais pas réussi à m'endormir, si j'étais remontée, alors, peut-être j'aurais pu voir l'assassin, ce monstre, entrer dans la cabine de Madame ou en sortir, mais... » Bien sûr ! C'est ce qui s'est passé ! Elle est remontée. Elle a vu quelqu'un se glisser dans la cabine de Linnet Doyle ou en sortir. Et, à cause de sa cupidité, de sa folle cupidité, elle a menti...

— Et ça ne nous avance en rien pour savoir qui l'a tuée, conclut Race, écœuré.

Poirot secoua la tête.

— Mais si, mais si ! Nous en savons maintenant beaucoup plus. Nous savons... nous savons presque tout. Seulement voilà : ce que nous savons, nous paraît incroyable... Or, c'est pourtant bien ça. Même si je n'y comprends rien. Bon sang, quel idiot j'ai été ce matin ! Nous avons bien senti tous les deux qu'elle nous dissimulait quelque chose, et nous n'avons pas pensé à la seule explication logique : le chantage.

— Elle a dû exiger de l'argent immédiatement pour prix de son silence. Avec menaces à l'appui. Le meurtrier a été obligé d'accepter et l'a payée en argent français. Cela nous mène quelque part, ça ?

Songeur, Poirot secoua la tête.

— Je ne pense pas. En voyage, les gens prennent souvent des réserves d'argent, quelquefois en livres, quelquefois en dollars et très souvent aussi en francs français. L'assassin lui a sans doute donné tout ce qu'il avait en monnaies diverses.

» Mais continuons notre reconstitution... L'assassin vient dans sa cabine, lui donne l'argent, et alors...

— Et alors, elle le compte. Oh, oui ! Je connais le genre. Elle le compte donc, et pendant qu'elle compte, elle n'est plus sur ses gardes. L'assassin frappe. Ayant réussi son coup, il récupère son argent et s'enfuit sans remarquer que le coin d'un billet a été arraché.

— On pourra peut-être l'avoir par ce biais, hasarda Race sans trop y croire.

— J'en doute, répondit Poirot. Il va vérifier les billets et remarquer la déchirure. Bien entendu, s'il était d'un naturel parcimonieux, il n'aurait pas le cœur de détruire un billet de mille, mais je crains que son tempérament ne soit juste à l'opposé.

— Où prenez-vous ça ?

— Ce meurtre et celui de Mrs Doyle requièrent certaines qualités : courage, audace, rapidité d'action. Et ces qualités ne vont pas de pair avec l'épargne et la prudence.

Race secoua tristement la tête.

— Je ferais bien d'aller chercher le Dr Bessner.

Le médecin se mit à l'œuvre avec un généreux accompagnement de « Ach ! » et de « So ! ». Son examen ne lui prit pas longtemps.

— À plus d'une heure la mort ne remonte pas, baragouina-t-il. Elle est morte très vite... sur le coup.

— À votre avis, quelle arme a-t-on utilisée ?

— Ach ! Intéressant ça ! D'objet très fin, très pointu, très délicat il s'agit. L'équivalent, vous montrer je peux.

De retour avec eux dans sa cabine, il ouvrit une trousse chirurgicale et en sortit un scalpel long et fin.

— Quelque chose dans ce genre-là, mon ami, ce doit être. Sûrement pas vulgaire couteau de table.

— Docteur, intervint Race d'une voix douce, je suppose qu'il ne vous manque aucun de vos... euh... propres instruments ?

Bessner écarquilla les yeux et devint rouge d'indignation.

— Qu'est-ce que vous dire ? Vous croire que moi... moi, Carl Bessner... connu dans toute l'Autriche... moi, avec huppée clientèle mienne... j'ai tué misérable petite femme de chambre ! Ridicule ! Absurde ! Pas un seul instrument il ne me manque... pas un seul, je vous dis. Ils sont tous là, à leur place rangés. Vous-mêmes, regardez ! Mais cette insulte à ma profession, jamais je n'oublierai !

Il referma brutalement sa trousse, la jeta par terre et sortit sur le pont.

311

— Bigre ! s'écria Simon, vous l'avez mis dans tous ses états, le pauvre vieux.

— Vous m'en voyez navré, grommela Poirot.

— En tout cas, vous faites fausse route. Même si c'est une espèce de Boche.

Le Dr Bessner réapparut soudain.

— L'amabilité de quitter ma cabine, auriez-vous ? De la jambe de mon patient, m'occuper je dois.

Miss Bowers était entrée sur ses talons. Et, bonne professionnelle impatiente d'agir, elle attendait qu'ils s'en aillent.

Race et Poirot s'éclipsèrent sur la pointe des pieds. Dehors, Race marmonna quelque chose et s'éloigna. Poirot, quant à lui, tourna à gauche et, entendant de petits rires et des bribes de conversation, tendit l'oreille. Il s'agissait de Jacqueline et Rosalie, qui bavardaient dans la dernière cabine.

La porte était ouverte, et les deux jeunes filles se tenaient sur le seuil. Quand l'ombre de Poirot se dessina à leurs pieds, elles levèrent les yeux. Pour la première fois, Rosalie lui adressa un sourire, un timide sourire de bienvenue, un peu incertain, celui de quelqu'un qui s'essaye à quelque chose d'entièrement nouveau.

— Alors, mesdemoiselles, on cancane ?

— Pas du tout, répondit Rosalie. En fait, nous comparions nos rouges à lèvres.

— C'est ce qu'on appelle en France parler chiffons, murmura Poirot avec un sourire.

Mais ce sourire avait été plutôt machinal.

Jacqueline de Bellefort, plus vive et plus observatrice que Rosalie, le remarqua. Elle posa son bâton de rouge et sortit sur le pont.

— Est-ce qu'il... ? Qu'est-ce qui vient d'arriver ?

— Vous l'avez deviné, mademoiselle. Il vient d'arriver quelque chose.

— Quoi donc ? demanda Rosalie en sortant à son tour.

— Une deuxième mort, répondit Poirot.

Rosalie en eut la respiration coupée. Poirot l'observait avec attention. Il vit passer de l'affolement dans son regard et encore autre chose... de la consternation.

— La femme de chambre de Mrs Doyle a été assassinée, leur dit brutalement Poirot.

— Assassinée ? s'écria Jacqueline. Vous avez dit *assassinée* ?

— Oui, c'est bien ce que j'ai dit.

Bien que sa réponse s'adressât formellement à Jacqueline, c'était Rosalie qu'il guettait. Et c'est pour Rosalie qu'il continua :

— Voyez-vous, cette femme a été témoin de quelque chose qu'elle n'aurait pas dû voir. Par conséquent... on l'a réduite au silence de peur qu'elle ne sache tenir sa langue.

— Mais qu'a-t-elle vu ?

C'était de nouveau Jacqueline qui avait parlé, et de

nouveau la réponse de Poirot s'adressa à Rosalie. Comme s'ils jouaient bizarrement aux trois coins.

— Il n'y a guère de doute sur ce qu'elle a dû voir. Elle a vu quelqu'un entrer et ressortir de la cabine de Linnet Doyle au cours de la nuit du crime.

Poirot avait l'oreille fine. Il entendit Rosalie reprendre son souffle. Et il vit battre ses paupières. Elle avait réagi exactement comme il s'y attendait.

— A-t-elle dit qui elle avait vu ? demanda Rosalie.

Doucement, comme à regret, Poirot secoua la tête.

Des bruits de pas retentirent sur le pont. Cornelia Robson apparut, les yeux écarquillés de stupeur.

— Oh, Jacqueline ! s'écria-t-elle. Il est arrivé une chose épouvantable. Encore quelque chose d'affreux !

Jacqueline la rejoignit et elles firent toutes deux quelques pas ensemble. Sans s'être concertés, Poirot et Rosalie s'éloignèrent dans la direction opposée.

— Qu'avez-vous à me regarder ? demanda vivement Rosalie. Qu'avez-vous derrière la tête ?

— Vous me posez deux questions à la fois. Je ne vous en poserai qu'une en retour : Pourquoi ne me dites-vous pas toute la vérité, mademoiselle ?

— Je ne comprends pas de quoi vous parlez. Je vous ai tout raconté ce matin.

— Non. Vous m'avez caché certaines choses. Vous ne m'avez pas dit que vous transportiez un revolver à crosse de nacre dans votre sac. Vous ne m'avez pas dit tout ce que vous avez vu la nuit dernière.

Rosalie rougit, puis déclara d'un ton tranchant :

— C'est faux ! Je n'ai pas de r..ver !

Elle fit demi-tour, entra dans s.bine puis en ressortit comme une flèche avec son. en cuir gris qu'elle lui fourra dans les mains.

— Vous dites n'importe quoi ! Re.dez vous-même, si vous voulez.

Poirot ouvrit le sac. Il ne s'y trouvait p. de revolver.

Il le rendit à Rosalie qui lui lança un r..ard de mépris triomphant.

— Non, dit-il affable. Il n'y a pas de revol.er.

— Vous voyez. Vous n'avez pas toujours raison, monsieur Poirot. Et vous avez tort aussi à propos de cette autre chose ridicule que vous m'avez dite.

— Non, je ne pense pas.

— Vous êtes exaspérant ! s'écria-t-elle en tapant du pied. Quand vous avez une idée en tête, rien ne peut vous en faire démordre.

— Parce que je veux que vous me disiez la vérité.

— Quelle vérité ? Vous semblez la connaître mieux que moi !

— Voulez-vous que je vous dise ce que vous avez vu ? demanda Poirot. Si j'ai raison, le reconnaî-trez-vous ? Eh bien, voilà ma petite idée : lorsque vous êtes arrivée à l'arrière du bateau, je pense que vous vous êtes arrêtée machinalement en voyant un homme sortir d'une cabine située à peu près au milieu du pont... la cabine de Linnet Doyle, ainsi que vous l'avez compris le lendemain. Vous l'avez vu sortir,

fermer la p⎧ derrière lui, s'éloigner, et, peut-être
entrer dans⎧e des deux dernières cabines. Alors,
voyons, m⎧moiselle, j'ai raison ?

Rosalie⎧ répondit pas.

— Vo⎧ pensez peut-être qu'il est plus sage de
vous tai⎧ Vous avez peut-être peur, si vous parlez,
d'être t⎧e à votre tour.

Il cr⎧ un instant qu'elle allait mordre à l'hameçon,
et que⎧de mettre son courage en doute serait plus
effica⎧e que de plus subtils arguments.

R⎧salie ouvrit des lèvres tremblantes.

— Non, je n'ai vu personne, déclara-t-elle.

24

Miss Bowers sortit de la cabine du Dr Bessner en rajustant les manchettes de sa blouse.

Abandonnant Cornelia sans crier gare, Jacqueline se précipita vers l'infirmière.

— Comment va-t-il ? demanda-t-elle.

Poirot arriva juste à temps pour entendre la réponse. Miss Bowers avait l'air plutôt soucieux.

— Ça pourrait être pire, dit-elle.

— Vous voulez dire que son état s'est aggravé ?

— Ma foi, j'avoue que je serai soulagée quand on aura pu lui faire une radio et une anesthésie pour nettoyer tout ça. Quand pensez-vous que nous arriverons à Shellal, monsieur Poirot ?

— Demain matin.

Miss Bowers serra les lèvres et hocha la tête.

— Tant mieux. Nous faisons tout ce que nous

pouvons, mais il y a toujours un risque de septicé-
mie...

Jacqueline l'attrapa par le bras et la secoua.

— Est-ce qu'il va mourir ? Est-ce qu'il va mourir ?

— Grands dieux non, mademoiselle. C'est-à-dire,
j'espère bien que non. La blessure en elle-même n'est
pas grave, mais il faut la radiographier le plus possible. Et puis, bien sûr, il faut que le pauvre Mr Doyle
reste au calme aujourd'hui. Il a eu beaucoup trop de
soucis et d'émotions. Pas étonnant que la fièvre ait
grimpé. Avec la mort de sa femme, et tout le reste...

Jacqueline lui lâcha le bras. Leur tournant le dos,
elle alla s'accouder à la rambarde.

— Il ne faut jamais perdre espoir, c'est ce que je
dis toujours, poursuivit miss Bowers. Par bonheur,
on voit bien que Mr Doyle a une robuste constitution.
Il n'a probablement jamais été malade de sa vie. Cela
joue en sa faveur. Mais il est indéniable que cette
montée de la température n'est pas un bon signe et...

Elle secoua la tête, rajusta encore une fois ses manchettes et s'éloigna rapidement.

Trébuchant, aveuglée par les larmes, Jacqueline se
dirigea vers sa cabine. Elle sentit qu'une main la
maintenait par le bras et la guidait. À travers ses
larmes, elle reconnut Poirot. Elle s'appuya sur lui et
se laissa aller.

Rentrée dans sa cabine, elle s'effondra sur son lit,
secouée de sanglots.

— Il va mourir, j'en suis sûre ! Il va mourir... Je l'aurai tué ! Oui, c'est moi qui l'aurai tué...

— Ce qui est fait est fait, mademoiselle, dit tristement Poirot. On ne peut pas revenir en arrière. Il est trop tard pour les regrets.

— Je l'aurai tué ! Et je l'aime tant... Je l'aime tant... s'écria-t-elle avec véhémence.

— Beaucoup trop, soupira Poirot.

C'était ce qu'il avait pensé, il y a longtemps, dans le restaurant de M. Blondin. Il le pensait de nouveau aujourd'hui.

— N'écoutez pas trop ce que dit miss Bowers, reprit-il. À l'hôpital, les infirmières sont toujours lugubres. L'infirmière de nuit est toujours stupéfaite de retrouver son malade encore en vie le soir ; l'infirmière de jour est toujours stupéfaite de le retrouver en vie le matin ! Elles sont tellement conscientes de tout ce qui peut se produire. Quelqu'un qui conduit peut se dire : « Si une voiture débouche en trombe du carrefour, si ce camion recule brusquement, si cette voiture qui arrive en face perd une roue, si un chien surgit de cette haie et saute sur mon bras, celui qui tient le volant... eh bien je vais sans doute me tuer. » Cependant, on considère d'ordinaire – et à juste titre –, que rien de tout cela ne se produira, et qu'on atteindra sain et sauf le terme de son voyage. Mais si l'on a déjà eu un accident, ou si l'on y a déjà assisté, on tendra à adopter le point de vue opposé.

— Essayez-vous de me réconforter, monsieur Poirot ? demanda Jacqueline en souriant à travers ses larmes.

— Seul le Bon Dieu sait ce que je suis en train de faire ! Mais vous n'auriez jamais dû entreprendre ce voyage.

— Non, je le regrette... Cela a été affreux... mais ce sera bientôt fini...

— Mais oui, mais oui.

— Simon ira à l'hôpital, on le soignera comme il faut et tout ira bien.

— Vous parlez comme une enfant ! « Et ils vécurent heureux et eurent beaucoup d'enfants. » C'est bien ça ?

Jacqueline devint toute rouge.

— Monsieur Poirot, je n'ai jamais voulu dire...

— Il est trop tôt pour y penser ! Voilà la phrase hypocrite à dire, n'est-ce pas ? Mais avec votre tempérament à moitié latin, mademoiselle, vous devriez être capable de regarder la vérité en face, même si elle n'est pas très jolie à voir. Le roi est mort ! Vive le roi ! Le soleil s'est couché, la lune se lève... C'est bien ça, non ?

— Vous ne comprenez pas. Simon a pitié de moi, affreusement pitié, parce qu'il sait combien je souffre de lui avoir fait tant de mal.

— Ah ! bon, répondit Poirot. La pitié sans arrière-pensée est un fort noble sentiment.

Il la regarda, mi-moqueur mi-animé d'un tout autre sentiment. Et il murmura, en français :

La vie est vaine.
Un peu d'amour.
Un peu de haine,
Et puis bonjour.

La vie est brève.
Un peu d'espoir,
Un peu de rêve,
Et puis bonsoir.

Quand il retourna sur le pont, il y trouva le colonel Race, qui marchait de long en large et le héla tout aussitôt :

— Poirot, mon vieux ! Je vous cherchais ! Je viens d'avoir une idée !

Il le prit par le bras et l'entraîna vers la poupe.

— Il s'agit d'une remarque fortuite de Doyle. Je n'y avais pas pris garde sur le moment. Quelque chose à propos d'un télégramme.

— Tiens, c'est vrai...

— Ça n'a peut-être aucun intérêt, mais pas question de laisser la moindre piste inexplorée. Bon sang, mon vieux, deux meurtres et nous nageons toujours en plein brouillard.

— Non, non, pas en plein brouillard, en pleine lumière.

Race le regarda avec curiosité.

— Vous avez une idée ?

— Plus qu'une idée maintenant. Une certitude.

— Depuis quand ?

— Depuis la mort de la femme de chambre, Louise Bourget.

— Que je sois pendu si j'y vois clair !

— C'est justement très clair, mon bon ami, si clair... Mais il reste quelques difficultés, quelques détails gênants, quelques obstacles ! C'est qu'une femme telle que Linnet Doyle, voyez-vous, suscite tant de haines, de jalousies, d'envies, de méchancetés conflictuelles... Comme un nuage de mouches qui bourdonneraient, bourdonneraient...

— Et vous pensez que vous savez ? demanda Race en le regardant avec intérêt. À moins d'en être sûr, vous ne vous en vanteriez pas. Je ne peux pas prétendre y voir clair moi-même. J'ai des soupçons, bien entendu, mais...

Poirot l'arrêta en le prenant fermement par le bras :

— Vous êtes un homme exceptionnel, mon très cher colonel. Vous ne me demandez pas : « Et alors ? C'est quoi, cette fameuse idée ? » Vous savez que si je pouvais vous la dire, je vous la dirais. Mais il y a encore trop de points à éclaircir. Réfléchissez cependant, réfléchissez bien en ne perdant pas de vue les grandes lignes que je vais vous indiquer : le témoignage de Mlle de Bellefort déclarant que quelqu'un a écouté la conversation que nous avons eue tous les deux, la nuit, dans les jardins d'Assouan. Le témoignage de Mr Tim Allerton sur ce qu'il a vu et entendu la nuit du crime. Les réponses significatives de Louise

Bourget à nos questions ce matin. Le fait que Mrs Allerton ne boive que de l'eau, son fils du whisky-soda, et moi du vin. Ajoutez à cela les deux flacons de vernis à ongles et le proverbe que je vous ai cité. Enfin, nous arrivons au nœud de l'affaire, au fait que le revolver ait été enveloppé dans un mouchoir bon marché, un châle de velours, et jeté par-dessus bord...

Race resta silencieux quelques instants puis secoua la tête.

— Non, je ne saisis pas... Remarquez, je vois vaguement où vous voulez en venir mais autant que je puisse en juger, ça ne marche pas.

— Mais si... mais si... C'est parce que vous ne voyez que la moitié de la vérité. Et n'oubliez pas que nous devons repartir de zéro, car nous avions fait fausse route au début.

Race fit une légère grimace.

— J'en ai l'habitude. J'ai même souvent l'impression que c'est là le principal travail du détective : effacer les faux départs et toujours recommencer.

— Oui, c'est là une vérité profonde. Et c'est justement ce que certaines personnes répugnent à faire. Elles échafaudent une théorie et veulent que tout s'y conforme. Si un petit fait ne s'y adapte pas, elles le mettent de côté. Mais ce sont toujours les faits qui ne s'adaptent pas qui sont les plus significatifs. J'avais bien senti l'importance du fait que le revolver ait été soustrait du lieu du crime. Cela avait un sens, mais lequel ? Je l'ai enfin compris il y a une demi-heure.

— Et moi, je ne le comprends toujours pas !

— Cela viendra. Réfléchissez en tenant compte des grandes lignes que je vous ai indiquées. Mais, pour l'instant, éclaircissons cette affaire de télégramme... Si le Herr Doktor veut bien nous recevoir.

L'humeur du Dr Bessner ne s'était pas améliorée. Il les accueillit le sourcil froncé.

— Ach ! Qu'est-ce que c'est ? Revoir mon patient, vous voulez encore ? Je vous préviens que c'est très imprudent. La fièvre, il a, et son compte d'émotions pour aujourd'hui aussi.

— Nous n'avons qu'une question à lui poser, répondit Race. Ce sera tout, je vous le promets.

Avec un grognement désapprobateur, le Dr Bessner les laissa entrer. Puis il sortit en grommelant.

— Dans trois minutes, je reviens ! aboya-t-il. Et alors là... dehors !

On l'entendit marteler le sol sur le pont.

Simon les regarda tour à tour d'un air interrogateur.

— Qu'y a-t-il ?

— Un petit détail, répondit Race. Tout à l'heure, quand le steward m'a fait son rapport, il a dit que le signor Richetti s'était montré particulièrement insupportable. Vous avez répliqué que cela ne vous surprenait pas, qu'il avait mauvais caractère, et qu'il avait été grossier avec votre femme à propos d'un télé-

324

gramme. Pourriez-vous nous raconter ce qui s'est passé ?

— Sans problème. C'était à Ouadi Halfa. Nous revenions d'une excursion à la deuxième cataracte. Linnet a cru voir un télégramme à son nom épinglé au tableau d'affichage. Elle avait oublié qu'elle ne s'appelait plus Ridgeway. Et Richetti ou Ridgeway... quand c'est écrit à la main d'une écriture atroce, ça se ressemble beaucoup. Elle a ouvert le télégramme et, comme le texte n'avait pour elle ni queue ni tête, elle était perplexe quand ce type, ce Richetti, est arrivé. Il le lui a arraché des mains et en a bafouillé de rage. Elle lui a fait des excuses, mais il s'est montré on ne peut plus grossier.

— Savez-vous, Mr Doyle, ce qu'il y avait dans ce télégramme ? demanda Race.

— Oui, Linnet nous en a lu une partie. Il disait...

Il s'interrompit. Il y avait un esclandre sur le pont. Une voix haut perchée s'égosillait, de plus en plus proche.

— Où sont M. Poirot et le colonel Race ? Il faut que je les voie immédiatement ! C'est très important. Je possède une information capitale. Je... sont-ils avec Mr Doyle ?

Bessner n'avait pas fermé la porte. Seul un rideau flottait dans l'embrasure. Mrs Otterbourne l'écarta et entra comme une tornade. Elle avait le visage apoplectique, la démarche un rien vacillante, et elle ne contrôlait pas très bien ses paroles.

325

— Mr Doyle, dit-elle d'un ton mélodramatique. Je sais qui a tué votre femme !

— Quoi ?

Ils la regardèrent tous les trois, ébahis.

Mrs Otterbourne les toisa d'un air de triomphe. Elle était ravie d'elle-même, bouffie de satisfaction.

— Oui. Mes théories se vérifient. Les pulsions profondes, primitives, primordiales... cela peut paraître incroyable... inimaginable... mais cela existe !

— Dois-je comprendre, s'enquit Race d'une voix dure, que vous possédez des preuves désignant l'assassin de Mrs Doyle ?

Mrs Otterbourne s'assit et se pencha vers eux en hochant vigoureusement la tête.

— En effet, j'en ai. Vous êtes bien d'accord, n'est-ce pas, pour penser que qui a tué Louise Bourget a également tué Linnet Doyle, que les deux crimes ont été commis par une seule et même main ?

— Bien sûr, bien sûr, s'impatienta Simon. Cela tombe sous le sens. Continuez.

— Alors mes assertions sont fondées : je sais qui a tué Louise Bourget, par conséquent je sais qui a tué Linnet Doyle.

— Vous voulez dire que vous avez une théorie qui permet d'identifier l'assassin de Louise Bourget ? demanda Race, sceptique.

Mrs Otterbourne se tourna vers lui comme une tigresse.

— Non, je n'ai pas une théorie. Je le connais. Je l'ai vu de mes propres yeux.

— Je vous en conjure, s'écria Simon, fiévreux, commencez par le commencement. Vous prétendez savoir qui a tué Louise Bourget ?

— Je vais vous raconter exactement ce qui s'est passé, dit Mrs Otterbourne.

Pas de doute, elle délirait de joie. Son heure de gloire était arrivée. Quelle importance si ses livres ne se vendaient plus, si son imbécile de public, qui les dévorait naguère, s'était tourné vers d'autres ? Salomé Otterbourne serait célèbre à nouveau. Son nom s'étalerait dans tous les journaux. Au procès, elle serait le témoin principal de l'accusation.

Elle prit une profonde inspiration :

— Cela s'est passé quand je suis descendue déjeuner. Avec cette horrible tragédie, je n'avais guère envie de manger... Bref, inutile de revenir là-dessus. À mi-chemin, je me suis souvenue que j'avais... euh... oublié quelque chose dans ma cabine. J'ai demandé à Rosalie de continuer sans moi. Ce qu'elle a fait.

Mrs Otterbourne se tut un instant. Aucun des trois hommes ne remarqua que le rideau remuait légèrement comme sous l'effet du vent.

— Je... euh... (Mrs Otterbourne s'arrêta de nouveau. Le terrain devenait glissant.) Je... euh... j'avais conclu un arrangement avec un membre du... euh... personnel. Il devait me procurer... euh... quelque chose dont j'avais besoin, mais je ne tenais pas à ce que ma fille le sache. Elle est assommante, parfois...

Pas très fameux, tout ça, mais elle aurait le temps de peaufiner son histoire avant d'aller la raconter devant le tribunal.

Race haussa le sourcil et adressa une question muette à Poirot. Celui-ci hocha imperceptiblement la tête et le mot « ivre » se forma sur ses lèvres.

Le rideau bougea de nouveau. Entre le mur et lui apparut un reflet bleu acier.

— Nous étions convenus, reprit Mrs Otterbourne, que je me rendrais à l'arrière du bateau, sur le pont inférieur, où l'homme m'attendrait. Comme je longeais le pont, la porte d'une cabine s'est ouverte et quelqu'un a regardé dehors. C'était cette fille... Louise Bourget, ou Dieu sait comment elle s'appelle. Elle avait l'air d'attendre quelqu'un. Quand elle m'a vue, elle a paru déçue et elle est rentrée brusquement. Sur le moment, je n'ai pensé à rien. J'ai continué mon chemin. L'homme m'a remis... ce qu'il devait, je l'ai payé et nous... euh... nous avons échangé quelques mots. Puis je suis retournée sur mes pas. Juste au moment où je tournais le coin, j'ai vu quelqu'un frapper à la porte de la domestique et entrer dans sa cabine.

— Et ce quelqu'un, c'était ? demanda Race.

Bang !

Le bruit de la détonation remplit la cabine. Une odeur âcre de fumée se répandit. Mrs Otterbourne se tourna lentement de côté, comme en une interrogation suprême, puis elle bascula en avant et s'affaissa lourdement sur le sol. D'un petit trou rond et net, juste derrière l'oreille, le sang s'était mis à ruisseler.

Il y eut un moment de stupeur silencieuse. Pins, les deux hommes valides bondirent. Le corps de la femme entravait leurs mouvements. Race se pencha sur lui tandis que Poirot bondissait par-dessus avec une agilité toute féline et s'élançait dehors. Le pont était désert. Par terre, juste devant la porte, gisait un gros Colt.

Poirot regarda à droite et à gauche. Personne. Il courut vers la poupe. En tournant le coin, il se heurta à Tim Allerton qui arrivait précipitamment de la direction opposée.

— Bon sang ! mais qu'est-ce qui se passe ? s'écria Tim, hors d'haleine.

— Avez-vous croisé quelqu'un en venant ? haleta Poirot.

— Croisé quelqu'un ? Non.

— Alors, suivez-moi !

Poirot le prit par le bras et revint sur ses pas. Un petit groupe était rassemblé, maintenant. Rosalie, Jacqueline et Cornelia s'étaient précipitées hors de leur cabine. D'autres passagers arrivaient du salon : Ferguson, James Fanthorp et Mrs Allerton.

Race était à côté du revolver.

— Avez-vous des gants sur vous ? demanda Poirot à Tim.

Celui-ci fouilla ses poches.

— Oui, voilà.

Poirot les attrapa, les enfila et se pencha pour examiner le revolver. Race fit de même. Les autres les observaient, retenant leur souffle.

— Il n'a pas pu s'enfuir de l'autre côté, décréta Race. Fanthorp et Ferguson étaient dans le salon, ils l'auraient vu passer.

— Et Mr Allerton l'aurait rencontré s'il était allé vers l'arrière.

— Il me semble bien que nous avons vu cet objet il n'y a pas très longtemps, dit Race en désignant le revolver. Il faut quand même nous en assurer.

Suivi de Poirot, il alla frapper à la porte de Pennington. Ils n'obtinrent pas de réponse : la cabine était vide. Race se précipita sur le tiroir de la commode et l'ouvrit d'un coup sec : le revolver avait disparu.

— Voilà qui répond à ma question, déclara-t-il. Et maintenant, où est Pennington ?

Ils regagnèrent le pont. Poirot alla vers Mrs Allerton qui avait rejoint le groupe entre-temps.

— Madame, prenez miss Otterbourne avec vous et occupez-vous d'elle. Sa mère a été... (D'un œil, il consulta Race et celui-ci hocha la tête.) Elle a été tuée.

Le Dr Bessner arriva en trombe :

— *Gott im Himmel !* Qu'est-ce qu'encore il y a ?

On le laissa passer. Race lui montra du doigt la cabine. Bessner y entra.

— Il faut trouver Pennington, dit Race. Il y a des empreintes sur ce revolver ?

— Aucune, répondit Poirot.

Ils trouvèrent Pennington sur le pont inférieur. Il était en train d'écrire dans le petit salon. Il leva vers eux son beau visage glabre.

— Du nouveau ? demanda-t-il.

— Vous n'avez pas entendu un coup de feu ?

— Maintenant que vous le dites... il me semble que j'ai entendu une espèce de bang ! Mais jamais je n'aurais été imaginer que... Sur qui a-t-on tiré ?

— Mrs Otterbourne.

— *Mrs Otterbourne ?* (Pennington avait l'air abasourdi.) Si je m'attendais à ça ! Mrs Otterbourne... C'est à n'y rien comprendre... Pour moi, messieurs, dit-il en baissant la voix, nous avons à bord un dangereux maniaque. Nous devrions organiser un système de protection.

— Mr Pennington, demanda Race, depuis combien de temps êtes-vous dans cette pièce ?

— Voyons..., répondit Pennington en se frottant le menton, depuis une vingtaine de minutes, je crois bien.

— Et vous n'avez pas bougé d'ici ?

Il les regarda d'un air interrogateur.

— Mais non... absolument pas.

— C'est que voyez-vous, Mr Pennington, dit Race, Mrs Otterbourne a été tuée *avec votre revolver*.

25

Pour Pennington ce fut un choc. Il ne parvenait pas à y croire.

— Messieurs, déclara-t-il, c'est une affaire très grave, vraiment très grave.

— Extrêmement grave pour vous, Mr Pennington.

— Pour moi ? fit Pennington, stupéfait. Mais, mon cher monsieur, j'écrivais tranquillement ici quand le coup de feu a été tiré.

— Vous avez un témoin pour le confirmer ?

— Évidemment non... je n'irai pas jusque-là. Mais de toute évidence, il m'aurait été impossible de monter sur le pont supérieur pour tuer cette pauvre femme – et pourquoi diable l'aurais-je tuée ? – et de redescendre ici sans que personne ne m'ait vu. Il y a toujours un tas de gens dans le salon vitré à cette heure-ci.

— Comment expliquez-vous qu'on se soit servi de votre revolver ?

— Ma foi, j'ai bien peur d'y être pour quelque chose. Je me rappelle que presque aussitôt après être montés à bord, nous avons parlé un soir armes à feu, et j'ai précisé que je ne voyageais jamais sans mon revolver.

— *Qui* était présent ?

— Je ne m'en souviens plus très bien. Beaucoup de monde, je crois. Oui, un tas de gens... Je suis certainement coupable dans cette histoire... Mais d'abord Linnet, ensuite sa femme de chambre, et maintenant Mrs Otterbourne... Je ne vois pas l'ombre d'une raison à tout ça.

— Pourtant, il y en avait bel et bien une, répliqua Race.

— Vraiment ?

— Vraiment. Mrs Otterbourne était en train de nous dire qu'elle avait vu quelqu'un entrer dans la cabine de Louise. Et elle a été abattue avant même d'avoir pu prononcer le nom de cette personne.

Andrew Pennington s'épongea le front avec un fin mouchoir de soie.

— C'est terrible, murmura-t-il.

— Mr Pennington, dit Poirot, je voudrais discuter certains aspects de cette affaire avec vous. Voulez-vous venir me retrouver dans ma cabine d'ici une demi-heure ?

— Avec joie.

Mais le ton de Pennington n'avait rien de joyeux.

Et, joyeuse, sa mine ne l'était guère non plus. Race et Poirot échangèrent un regard et s'éclipsèrent sans plus de cérémonie.

— Malin comme un singe, commenta Race. Mais il n'est pas tranquille, hein ?

— Non, il ne nage pas dans la sérénité, admit Poirot.

Comme ils redébouchaient sur le pont-promenade, Mrs Allerton sortit de sa cabine et, voyant Poirot, le héla impérieusement.

— Madame ?

— Cette pauvre enfant ! Dites-moi, monsieur Poirot, n'y aurait-il pas une cabine double quelque part, que je pourrais partager avec elle ? Elle ne peut pas retourner dans celle qu'elle occupait avec sa mère, et il n'y a place que pour une personne dans la mienne.

— Nous allons arranger ça, madame. C'est très gentil de votre part.

— C'est la moindre des choses. D'ailleurs, j'aime beaucoup cette petite. Elle m'a toujours plu.

— Elle encaisse mal le coup ?

— Terriblement mal. Elle semble avoir été très attachée à cette femme odieuse. C'est le plus navrant. Tim assure qu'elle devait boire. C'est vrai ?

Poirot acquiesça.

— Enfin ! Pauvre femme... Ce n'est pas à nous de la juger, bien sûr, mais sa fille a dû avoir une existence affreuse.

— En effet. Car il n'y a rien de veule en elle, bien

au contraire. Et puis elle a fait preuve d'un beau dévouement.

— Oui, c'est très bien – le dévouement, j'entends. C'est un peu démodé de nos jours. Cette fille a un caractère déroutant : elle est fière, réservée, entêtée, mais cache sans doute un cœur qui ne demande qu'à s'ouvrir.

— Je vois que je l'ai remise entre de bonnes mains, madame.

— Oui, ne vous inquiétez pas. Je m'occuperai d'elle. Sa façon de se raccrocher à moi est bouleversante.

Mrs Allerton rentra dans sa cabine tandis que Poirot retournait sur les lieux du drame.

Cornelia était toujours sur le pont, les yeux ronds.

— Je ne comprends pas, monsieur Poirot. Comment la personne qui a tiré a-t-elle pu s'enfuir sans qu'on la voie ?

— Oui, comment ? fit Jacqueline en écho.

— Ah ! dit Poirot, il ne s'agit pas d'un truc d'illusionniste comme vous semblez le croire, mademoiselle. L'assassin a pu emprunter trois directions différentes.

— Trois ? répéta Jacqueline, très surprise.

— Il a pu aller à droite, il a pu aller à gauche... mais je ne vois pas d'autre chemin, remarqua Cornelia, également surprise.

Le visage de Jacqueline s'éclaira soudain.

— Bien sûr, dit-elle. Il n'y a que deux directions sur un plan horizontal, mais il a pu également faire un angle droit avec ce plan-là. Et même s'il ne pouvait pas *monter* très facilement, il pouvait au moins *descendre*.

— Vous êtes très intelligente, mademoiselle, admit bien volontiers Poirot.

— Je sais que je suis une cruche, mais je ne comprends toujours pas, avoua Cornelia.

— M. Poirot veut dire, ma chérie, qu'il pouvait enjamber la rambarde et se retrouver sur le pont inférieur.

— Mince ! Je n'y aurais jamais pensé ! Quand même, pour y arriver, il a fallu qu'il soit rapide. Il a dû faire ça en un clin d'œil, non ?

— Ça n'a pas dû être bien terrible, intervint Tim Allerton. N'oubliez pas que dans de pareilles circonstances, les gens sont toujours une minute sous le choc. On entend un coup de feu, on reste hébété pendant un moment.

— C'est ce qui vous est arrivé, Mr Allerton ?

— Oui. Je suis resté pétrifié cinq bonnes secondes. Et puis j'ai piqué un sprint sur le pont.

Race sortit de la cabine de Bessner.

— Écartez-vous, ordonna-t-il. Nous allons sortir le corps.

Tout le monde obéit et s'éloigna, y compris Poirot.

— Aussi longtemps que je vivrai, je n'oublierai pas ce voyage, lui dit tristement Cornelia. Trois morts... nous vivons un cauchemar.

Ferguson, qui l'avait entendue, répliqua d'un ton agressif :

— C'est parce que vous êtes trop civilisée ! Vous devriez envisager la mort à la manière des Orientaux. Comme un simple incident, à peine digne d'être remarqué.

— Peut-être bien : ils n'ont pas reçu d'éducation, les pauvres, dit Cornelia.

— Non, et c'est tant mieux ! L'éducation a marqué l'agonie de la race blanche. Regardez l'Amérique, elle fait des orgies de culture. C'est répugnant !

— Je pense que vous dites des sottises, remarqua Cornelia en rougissant. Chaque hiver, j'assiste à des conférences sur l'art grec et sur la Renaissance, et je suis allée en écouter d'autres sur les femmes célèbres de l'Histoire.

— L'art grec ! se mit à gémir Ferguson, comme s'il souffrait le martyre. La Renaissance ! Les femmes célèbres de l'Histoire ! Rien qu'à vous entendre, j'en suis malade ! C'est l'*avenir* qui compte, femme, pas le passé ! Trois personnes sont mortes sur ce bateau. Et alors ? Ce n'est pas une grande perte. Linnet Doyle et son argent ! La femme de chambre française : un parasite social. Mrs Otterbourne : pauvre folle inutile. Vous pensez vraiment qu'il y a un être au monde qui se soucie de savoir si elles sont mortes ou vivantes ? Pas moi, en tout cas. À mon avis, c'est une sacrée bonne chose !

— Eh bien vous avez tort, s'écria Cornelia. Et je

ne supporte pas de vous entendre parler, parler, parler comme si vous étiez *seul* à compter. Je n'aimais pas beaucoup Mrs Otterbourne, mais ce n'est pas le cas de sa fille, et cette mort l'a anéantie. Je ne sais rien de la domestique française, mais il y avait bien quelqu'un qui l'aimait quelque part ; quant à Linnet Doyle... tout le reste mis à part, elle était sensationnelle. Elle était si belle que, quand on la voyait entrer, on en avait la gorge serrée. Je suis moi-même très quelconque et je n'en suis que plus sensible à la beauté. Elle était aussi belle – en tant que femme – que n'importe quel objet d'art grec. Et quand quelque chose de beau disparaît, c'est une perte pour le monde entier. Et voilà !

Mr Ferguson recula et se prit la tête à deux mains.

— J'abandonne, déclara-t-il. Vous êtes incroyable. Vous n'avez pas une ombre de cette malveillance propre aux femelles. (Il se tourna vers Poirot :) Savez-vous, monsieur, que le père de Cornelia a été pratiquement ruiné par celui de Linnet Ridgeway ? Mais sa fille grince-t-elle des dents quand elle voit l'autre se pavaner avec ses perles et ses robes de Paris ? Non, elle ne fait que bêler : « Ce qu'elle peut être be-e-lle », comme un brave tendre agnelet. Je me demande même si elle lui en a jamais voulu !

— Je lui en ai voulu... juste une minute, répondit Cornelia en rougissant. Papa est plus ou moins mort de désespoir, comprenez-vous, parce qu'il n'avait pas été à la hauteur.

— Et elle lui en a voulu une minute... Non mais je rêve !

— Ne venez-vous pas de dire, lui lança Cornelia, que c'était l'avenir qui importait, et non le passé ? Tout cela, c'est du passé, non ? C'est terminé !

— Là, vous m'avez eu ! répliqua Ferguson. Cornelia Robson, vous êtes la seule femme bien que j'aie jamais rencontrée. Voulez-vous m'épouser ?

— Ne faites pas l'idiot.

— C'est une proposition honnête... même si elle est faite en présence du Vieux Limier. Quoi qu'il en soit, vous êtes témoin, monsieur Poirot. J'ai volontairement offert le mariage à cette femelle – et ce contre tous mes principes, car je ne crois pas aux contrats légaux entre représentants des deux sexes. Mais je ne pense pas qu'elle accepterait à moins, alors allons-y pour le mariage. Un beau geste, Cornelia : dites oui.

— Vous êtes complètement grotesque, répondit Cornelia, virant au rouge tomate.

— Pourquoi ne m'épouseriez-vous pas ?

— Vous n'êtes pas sérieux.

— Vous parlez de ma proposition ou de moi ?

— Des deux, mais je pensais davantage à vous. Vous vous moquez de toutes sortes de choses sérieuses : l'éducation, la culture, et... et la mort. On ne peut pas vous faire *confiance*.

Elle s'interrompit, rougit de nouveau et s'enfuit vers sa cabine.

Ferguson la suivit des yeux.

— Que le diable l'emporte ! Elle croit vraiment ce qu'elle dit. Elle veut un homme à qui faire confiance. Confiance !... Tudieu ! (Il s'arrêta et s'enquit, curieux :) Qu'avez-vous, monsieur Poirot ? Vous semblez songeur...

— Je réfléchis, sursauta Poirot, je réfléchis, c'est tout.

— Méditation sur la Mort : *La Mort, Fraction périodique* par Hercule Poirot. Une de ses plus célèbres monographies.

— Mr Ferguson, je vous trouve bien impertinent.

— Pardonnez-moi ! J'adore m'attaquer aux institutions en place.

— Et vous me considérez comme une institution en place ?

— Exactement. Que pensez-vous de cette fille ?

— De miss Robson ?

— Oui.

— Je pense qu'elle a du caractère.

— Vous avez raison. Elle a du courage. Elle a l'air d'un plat de nouilles mais elle ne l'est pas. Elle a du cran. Elle... oh ! et puis je la veux, cette fille. Ce ne serait peut-être pas mauvais que je vole dans les plumes de la vieille chouette. Si elle me prenait franchement en grippe, cela casserait peut-être la glace entre Cornelia et moi.

Il tourna les talons et entra dans le salon. Miss Van Schuyler était à sa place habituelle. Elle tricotait, l'air encore plus hautain que d'habitude. Ferguson se dirigea vers elle à grands pas. Poirot entra discrètement, s'installa non loin d'eux et fit mine de se plonger dans la lecture d'un magazine.

— Bonjour, miss Van Schuyler.

Celle-ci leva les yeux une fraction de seconde et les baissa aussitôt.

— Euh... bonjour, murmura-t-elle glaciale.

— Écoutez, miss Van Schuyler, j'aimerais vous parler d'une chose assez importante. Voilà : j'ai l'intention d'épouser votre cousine.

La pelote de laine de miss Van Schuyler tomba par terre et roula jusqu'au bout du salon.

— Vous semblez avoir perdu l'esprit, jeune homme, répliqua-t-elle d'un ton venimeux.

— Pas du tout. Je suis bien décidé à l'épouser. Je l'ai d'ailleurs demandée en mariage.

Miss Van Schuyler le contempla avec le genre d'attention méditative qu'elle aurait accordée à une espèce inconnue de coléoptère.

— Vraiment ? J'imagine qu'elle vous a envoyé paître.

— Elle m'a éconduit, en effet.

— Cela va de soi.

— Cela ne va pas de soi du tout ! J'ai l'intention de la harceler jusqu'à ce qu'elle accepte.

— Je vous garantis, monsieur, que je prendrai toutes mesures afin que ma jeune cousine ne soit pas en butte à vos persécutions, riposta miss Van Schuyler, cinglante.

— Qu'avez-vous contre moi ?

Miss Van Schuyler se contenta de hausser les sourcils

et de tirer brutalement sur sa laine afin de la récupérer et de clore cet entretien.

— Allons, insista Ferguson, qu'avez-vous à me reprocher ?

— J'inclinerais à penser que cela saute aux yeux, Mr... euh... je ne connais pas votre nom.

— Ferguson.

— Mr Ferguson, répéta-t-elle avec un dégoût évident. Une idée pareille est hors de question.

— Vous voulez dire que je ne suis pas assez bien pour elle ?

— J'aurais cru que cela se passait de démonstration.

— Et en quoi ne suis-je pas assez bien ?

Miss Van Schuyler ne répondit pas.

— J'ai deux bras, deux jambes, une bonne santé, une honnête intelligence. Cela ne suffit pas ?

— Il existe ce quelque chose que l'on nomme rang social, Mr Ferguson.

— Foutaise !

La porte s'ouvrit sur Cornelia. Elle resta pétrifiée à la vue de sa redoutable cousine Marie en conversation avec son prétendant putatif.

L'impossible Mr Ferguson lui adressa un sourire ravageur et l'interpella.

— Venez, Cornelia ! Je suis en train de demander votre main selon les règles de l'étiquette.

— Cornelia ! glapit miss Van Schuyler, d'une voix de corneille enrouée, *aurais-tu, par hasard, encouragé ce jeune homme ?*

— Je... non... bien sûr que non... enfin... pas exactement... je veux dire...

— Que veux-tu dire ?

— Elle ne m'a pas encouragé, intervint Ferguson volant à son secours. Je suis le seul coupable. Et si elle ne m'a pas volé dans les plumes, c'est parce qu'elle a trop bon cœur. Cornelia, votre cousine considère que je ne suis pas assez bien pour vous. En un sens, c'est exact, mais pas au sens où elle l'entend. Moralement, je ne vous arrive pas à la cheville, mais, de son point de vue, c'est socialement que je vous suis irrémédiablement inférieur.

— Il va de soi que Cornelia en est aussi consciente que moi, décréta miss Van Schuyler.

— C'est vrai ? s'enquit Ferguson en plongeant son regard dans celui de Cornelia. C'est pour ça que vous ne voulez pas m'épouser ?

— Non, ce n'est pas ça, répondit Cornelia en rougissant, si... si vous me plaisiez, je vous épouserais, qui que vous soyez.

— Mais je ne vous plais pas ?

— Je... je vous trouve impossible. La façon dont vous dites les choses... Les *choses* que vous dites... je... je n'ai jamais rencontré quelqu'un comme vous... je...

La crise de larmes menaçait. Elle quitta la pièce en courant.

— Après tout, pour un début, ce n'est pas si mal, décréta Mr Ferguson.

Il se renversa dans son fauteuil, sifflota, contempla

le plafond et croisa ses jambes revêtues d'un pantalon douteux.

— Dorénavant, ajouta-t-il à l'intention de la vieille demoiselle, je vous appellerai « cousine ».

— Quittez cette pièce à l'instant, jeune homme, vociféra miss Van Schuyler, tremblante de colère, ou j'appelle le steward !

— J'ai payé mon passage, répliqua Mr Ferguson. Personne ne peut me chasser d'un salon ouvert au public. Mais je consens à vous être agréable.

Il se leva et tout en fredonnant : « Hé hi, hé ho ! nous rentrons du boulot ! », se dirigea d'un pas nonchalant vers la porte et sortit.

Étouffant de rage, miss Van Schuyler manœuvra pour s'extraire de son fauteuil. Poirot émergea discrètement de sa retraite, derrière son magazine et se précipita pour lui ramasser sa pelote de laine.

— Merci, monsieur Poirot. Si vous voulez bien m'envoyer miss Bowers... je suis toute retournée... quelle insolence, chez ce garçon...

— Un tantinet excentrique, n'est-ce pas ? Comme la plupart des membres de sa famille. Un enfant gâté, évidemment. Toujours prêt à se battre contre des moulins à vent ! Je suppose que vous l'avez reconnu ? ajouta-t-il d'un ton négligent.

— Reconnu ?

— Il se fait appeler Ferguson et ne fait pas usage de son titre à cause de ses idées progressistes.

— Son *titre* ? s'étrangla miss Van Schuyler.

— Oui, c'est le jeune lord Dawlish. Il roule sur l'or, évidemment... mais Oxford l'a rendu communiste.

Miss Van Schuyler, dont le visage exprimait les sentiments les plus contradictoires, s'enquit :

— Depuis quand savez-vous cela, monsieur Poirot ?

Poirot haussa les épaules.

— J'ai aperçu une photo dans je ne sais plus quel journal et j'ai remarqué la ressemblance. Puis j'ai trouvé une bague à ses armes. Oh ! cela ne fait aucun doute, je vous assure.

Il s'amusait beaucoup à voir le conflit d'états d'âme qui agitait les traits de miss Van Schuyler.

— Je vous suis très obligée, monsieur Poirot, dit-elle enfin en inclinant gracieusement la tête.

Poirot la suivit des yeux en souriant tandis qu'elle pliait bagage. Mais, dès qu'elle eut quitté le salon, il se rassit et redevint grave. Sous son crâne, les pensées s'ordonnaient, les idées se mettaient en place. De temps à autre, il hochait doucement la tête.

— Mais oui, conclut-il enfin à voix haute. Mais c'est bien ça : tout *colle*.

26

Il était toujours assis au même endroit quand Race vint le rejoindre.

— Alors, Poirot, où en sommes-nous ? Pennington sera chez vous dans dix minutes. Je vous l'abandonne.

Poirot bondit sur ses pieds :

— Avant tout, allez chercher le jeune Fanthorp.

— Fanthorp ? demanda Race, surpris.

— Oui. Et amenez-le-moi dans ma cabine.

Race acquiesça et s'en fut. Poirot regagna ses pénates où Race le rejoignit avec Fanthorp quelques minutes plus tard.

Poirot les fit asseoir et leur offrit des cigarettes.

— Et maintenant, Mr Fanthorp, à nous. Je remarque que vous portez la même cravate que mon ami Hastings.

Abasourdi, Fanthorp regarda sa cravate.

— C'est une cravate plutôt... traditionnelle, dit-il.

— Tout juste. Bien que je sois étranger, je connais quelques-unes de vos coutumes. Je sais, par exemple, qu'il y a « des choses qui se font » et « des choses qui ne se font pas ».

James Fanthorp sourit.

— Cela ne se dit plus guère aujourd'hui.

— Peut-être, mais rien n'est changé pour autant. La Vieille École reste la Vieille École et il est des choses – je le sais par expérience – que les tenants de la Vieille École ne font pas. Et l'une de ces choses, Mr Fanthorp, c'est d'intervenir, quand on ne vous demande rien, dans la conversation de gens qu'on ne connaît ni d'Eve ni d'Adam.

Fanthorp écarquilla les yeux. Poirot continua :

— Seulement l'autre jour, Mr Fanthorp, c'est précisément ce que vous avez fait. Certaines personnes discutaient de leurs affaires dans le salon vitré. Vous vous êtes approché d'elles, visiblement pour savoir de quoi elles parlaient et, plus tard, vous avez félicité la dame, Mrs Simon Doyle, pour le bien-fondé de ses méthodes de travail.

Le sang monta au visage de James Fanthorp, mais Poirot poursuivit, sans attendre ses commentaires :

— Or, Mr Fanthorp, ce n'est pas la conduite normale de quelqu'un qui porte la même cravate que celle de mon ami Hastings ! Hastings, qui est le tact même, serait mort de honte avant même d'être allé jusqu'au bout de son geste. Si j'ajoute à cela que vous êtes bien jeune pour pouvoir vous offrir des vacances aussi coûteuses, que vous êtes employé dans un cabinet de notaire de province, ce qui ne vous assure sans doute pas des revenus exceptionnels, que vous n'avez pas la mine d'un convalescent qui se refait une santé en voyageant, je me demande et vous le demande à votre tour : quelle est la raison de votre présence sur ce bateau ?

James Fanthorp le défia du regard.

— Je refuse de vous fournir quelque explication que ce soit, monsieur Poirot. Je suis porté à croire que vous avez perdu l'esprit.

— J'ai tous mes esprits, Mr Fanthorp. Je suis même très sain d'esprit. Où se trouve votre étude ? À Northampton ; ce n'est pas très loin de Wode Hall. Quelle conversation avez-vous essayé d'intercepter ? Une conversation concernant certains papiers officiels. Quel était le but de la remarque que vous avez faite, avec, d'ailleurs, un embarras et un malaise évidents ? Le but en était d'empêcher Mrs Doyle de signer sans le lire le moindre papier.

Il s'interrompit.

— Il y a eu un meurtre sur ce bateau, et deux autres l'ont suivi presque aussitôt. Si je vous dis que le revolver qui a tué Mme Otterbourne appartenait à M. Andrew Pennington, peut-être reconnaîtrez-vous qu'il est de votre devoir de nous raconter ce que vous savez.

James Fanthorp resta un moment silencieux.

— Vous avez une drôle de façon de vous y prendre,

monsieur Poirot, finit-il par déclarer, mais je reconnais le bien-fondé de votre argumentation. L'ennui, c'est que je n'ai aucune information précise à vous donner.

— Vous voulez dire que vous n'avez que des soupçons ?

— Oui.

— En conséquence, vous trouvez plus judicieux de vous taire ? Au regard de la loi, vous avez raison. Mais nous ne sommes pas au tribunal, ici. Le colonel Race et moi nous efforçons de débusquer un assassin. Tout ce qui est de nature à nous y aider a son intérêt.

James Fanthorp réfléchit encore et se décida :

— Très bien. Que voulez-vous savoir ?

— Pourquoi avez-vous entrepris ce voyage ?

— C'est mon oncle, Me Carmichael, le notaire anglais de Mrs Doyle, qui m'a envoyé. Il s'occupe d'un bon nombre de ses affaires et, en conséquence, il est en correspondance suivie avec Mr Andrew Pennington, son homme de confiance américain. Plusieurs incidents mineurs – je ne peux pas vous les énumérer tous – l'ont amené à penser que tout n'allait pas comme il se devrait.

— En langage clair, intervint Race, votre oncle soupçonne Pennington d'être un escroc ?

Jim Fanthorp hocha la tête avec un léger sourire.

— Je n'aurais pas été aussi brutal, mais c'est bien l'idée d'ensemble. Certains prétextes avancés par Pennington, certaines explications fournies pour justifier la façon dont il avait disposé des fonds, avaient éveillé la méfiance de mon oncle.

» Ses soupçons étaient encore très vagues quand miss Ridgeway s'est brusquement mariée avant de partir pour l'Égypte en voyage de noces. Ce mariage le soulageait beaucoup car il savait que, dès son retour en Angleterre, la gestion de ses biens lui reviendrait.

» Là-dessus, dans une lettre que Mrs Doyle lui écrit du Caire, elle mentionne en passant qu'elle a rencontré Andrew Pennington par le plus grand des hasards. Les soupçons de mon oncle ont aussitôt pris corps. Il a eu la certitude que Pennington, qui était peut-être déjà dans une situation désespérée, allait essayer d'obtenir d'elle les signatures propres à dissimuler ses détournements. Cependant, comme il ne pouvait rien prouver, mon oncle se trouvait dans une position délicate. Il n'a vu qu'une solution : m'envoyer sur place, par avion, afin que je cherche à savoir ce qui se tramait. Je devais ouvrir l'œil et agir sans délai si nécessaire – mission très déplaisante, je peux vous l'assurer. En fait, dans la circonstance que vous citez, j'ai été obligé de me conduire comme un rustre. La situation était affreusement embarrassante, mais tout compte fait, je ne suis pas mécontent du résultat.

— Vous voulez dire que vous avez mis Mrs Doyle sur ses gardes ? demanda Race.

— Non, mais j'ai fichu la frousse à Pennington. Convaincu qu'il renoncerait à ses manigances pendant quelque temps, j'espérais d'ici là me lier suffisamment avec Mr et Mrs Doyle pour éveiller leur méfiance. En vérité, je comptais surtout influencer Mr Doyle, car Mrs Doyle avait tant d'affection pour Mr Pennington qu'il aurait été difficile de lui faire admettre quoi que ce soit. Son mari aurait été plus abordable.

Race hocha la tête.

— Mr Fanthorp, dit Poirot, donnez-moi franchement votre opinion. Si vous deviez monter une escroquerie, choisiriez-vous Mrs Doyle ou son mari comme victime ?

Fanthorp sourit.

— Mr Doyle, sans hésiter, répondit-il. Linnet Doyle était très perspicace en affaires. Mais son mari, à mon avis, fait partie de ces gens confiants qui n'y connaissent rien et sont toujours prêts à signer où on leur dit de signer, comme il l'a reconnu lui-même.

— C'est mon avis également, dit Poirot. (Et regardant Race, il ajouta :) Le voilà, votre mobile !

— Mais ce ne sont là que des suppositions, insista James Fanthorp. Ce ne sont pas des *preuves*.

— Ah, bah ! fit Poirot, avec désinvolture. Des preuves, nous en trouverons.

— Comment ?

— Peut-être Mr Pennington nous les fournira-t-il lui-même.

— Cela m'étonnerait, dit Fanthorp, sceptique. Cela m'étonnerait beaucoup.

— Il ne va pas tarder, dit Race en consultant sa montre.

James Fanthorp comprit l'allusion et s'esquiva aussitôt.

Peu après, Andrew Pennington faisait son apparition, tout sourire et urbanité. Seuls son regard méfiant et ses mâchoires crispées trahissaient le fait que le combattant aguerri était sur ses gardes.

— Eh bien, messieurs, dit-il, me voici.

Il s'assit et les regarda d'un air interrogateur.

— Nous vous avons demandé de venir, Mr Pennington, préluda Poirot, parce qu'il est assez évident que vous avez un intérêt direct et très particulier à cette affaire.

Pennington haussa très légèrement les sourcils.

— Vraiment ?

— Sans aucun doute, répondit aimablement Poirot. Vous connaissiez Linnet Ridgeway depuis son enfance, si j'ai bien compris ?

— Oh, ça..., dit-il en changeant de visage, les traits soudain moins tendus. Excusez-moi, je n'avais pas saisi. Oui, comme je vous l'ai dit ce matin, j'ai connu Linnet quand elle n'était encore qu'une adorable gamine en barboteuse.

— Vous étiez très intime avec son père ?

— C'est exact. Nous étions très, très liés, Melhuish Ridgeway et moi.

— Et si intimement associés qu'avant de mourir il

352

vous a nommé tuteur de sa fille et administrateur de l'immense fortune dont elle devait hériter.

— En gros, c'est exact, dit-il, de nouveau sur ses gardes. Mais je n'étais pas seul, évidemment, il y en avait d'autres.

— Qui sont morts depuis ?

— Deux sont morts en effet. Le troisième, Mr Sterndale Rockford, est vivant.

— C'est votre associé ?

— Oui.

— J'ai cru comprendre que miss Ridgeway n'était pas majeure lorsqu'elle s'est mariée ?

— Elle aurait eu vingt et un ans en juillet.

— Et normalement, elle n'aurait pris le contrôle de sa fortune qu'à ce moment-là ?

— Oui.

— Mais son mariage a précipité les choses.

Pennington serra les mâchoires et prit un air de défi :

— Pardonnez-moi, messieurs, mais en quoi cela vous regarde-t-il ?

— Si ma question vous déplaît...

— Elle ne me déplaît pas. Vous pouvez me demander tout ce que vous voulez. Mais je ne vois pas le rapport avec cette affaire.

— Voyons, Mr Pennington, dit Poirot en se penchant vers lui, n'oubliez pas le mobile. Dans cette perspective, il faut toujours prendre en compte les problèmes financiers.

Pennington répondit de mauvaise grâce :

— Selon le testament de Ridgeway, Linnet devenait maîtresse de ses biens à vingt et un ans, ou au
jour de son mariage.

— Sans conditions d'aucune sorte ?

— Sans conditions.

— Et il s'agit de millions, je présume.

— Oui, de millions, en dollars.

— Votre responsabilité, comme celle de votre associé, était bien lourde, remarqua doucement Poirot.

— Nous avons l'habitude des responsabilités. Cela
ne nous fait pas peur, répondit sèchement Pennington.

— Je me le demande.

Quelque chose, dans son intonation, piqua Pennington au vif.

— Que diable voulez-vous dire ? riposta-t-il,
agressif.

— Je me demandais, Mr Pennington, répliqua Poirot avec une belle franchise, si le mariage soudain de
Linnet Ridgeway n'avait pas causé chez vous une certaine consternation.

— De la consternation ?

— C'est bien le mot que j'ai employé.

— Mais où diable voulez-vous en venir ?

— À quelque chose de très simple. Les affaires de
Linnet Doyle sont-elles aussi parfaitement en ordre
qu'elles le devraient ?

Pennington se leva.

— Ça suffit ! J'en ai assez ! gronda-t-il en se dirigeant vers la porte.

— Mais vous voudrez bien répondre d'abord à ma question ?

— Elles sont parfaitement en ordre, lui jeta Pennington.

— Lorsque la nouvelle du mariage de Linnet Ridgeway vous est parvenue, vous n'avez pas été inquiet au point de vous précipiter en Europe par le premier bateau et de manigancer une rencontre apparemment fortuite en Égypte ?

Pennington revint vers eux. Il était de nouveau maître de lui.

— Ce que vous dites ne tient pas debout ! Quand j'ai rencontré Linnet au Caire, je ne savais même pas qu'elle était mariée. J'en suis resté pétrifié. Sa lettre a dû arriver à New York un jour trop tard. On me l'a fait suivre et je ne l'ai reçue qu'une semaine après.

— Vous avez fait la traversée sur le *Carmanic* n'est-ce pas ?

— Exact.

— Et la lettre est arrivée à New York après le départ du *Carmanic* ?

— Combien de fois devrai-je vous le répéter ?

— C'est curieux, dit Poirot.

— Qu'est-ce qui est curieux ?

— Qu'il n'y ait pas d'étiquettes du *Carmanic* sur vos bagages. Les plus récentes sont celles du *Normandie*. Or le *Normandie*, si ma mémoire est bonne, a quitté New York deux jours après le *Carmanic*.

Le regard soudain fuyant, l'autre perdit un instant contenance.

Race enfonça le clou :

— Allons, Mr Pennington, nous avons toutes les raisons de penser que vous êtes venu sur le *Normandie*, et non sur le *Carmanic* comme vous le prétendez. Dans ce cas, vous avez reçu la lettre de Mrs Doyle avant de quitter New York. Ce serait une erreur de le nier car rien n'est plus facile à vérifier auprès des compagnies maritimes.

Machinalement, Pennington prit un siège et s'y laissa tomber. Son visage était impassible – on eut dit un joueur de poker. Mais derrière ce masque, son cerveau agile était en train de mettre au point le coup suivant.

— Je dois le reconnaître, messieurs, vous avez été trop malins pour moi. Mais j'avais des raisons pour agir ainsi.

— Sans aucun doute, fit Race d'un ton cassant.

— Si je vous en fais part, je dois être assuré qu'elles resteront confidentielles.

— Vous pouvez nous faire confiance, nous nous conduirons comme il convient. Mais, bien sûr, je ne peux rien promettre en aveugle.

— Bon, soupira Pennington. Je vais tout vous dire : il se tramait en Angleterre des affaires louches et cela m'inquiétait. Par correspondance, je ne pouvais pas faire grand-chose. La seule solution était pour moi de me rendre sur place pour en avoir le cœur net.

— Qu'entendez-vous par des affaires louches ?

— J'avais de bonnes raisons de penser que Linnet était escroquée.

— Par qui ?

— Par son notaire anglais. Ce n'est évidemment pas une accusation qu'on peut porter à la légère. Je me suis donc décidé à venir vérifier cela moi-même.

— Cela fait certainement honneur à votre vigilance. Mais pourquoi ce petit mensonge à propos de la lettre ?

— Eh bien, je vous le demande, fit Pennington avec un grand geste. On ne peut quand même pas se mêler à l'intimité d'un couple en pleine lune de miel et se mettre à parler boutique sans lui en donner plus ou moins les raisons ? J'ai pensé qu'il était préférable que la rencontre paraisse fortuite. D'autre part, je ne savais rien du mari. Il pouvait très bien être mêlé à l'escroquerie.

— En résumé, toutes vos actions ont été dictées par le plus pur désintéressement, ironisa Race.

— Vous l'avez dit, colonel.

Le silence se fit. Race jeta un coup d'œil à Poirot. Celui-ci se pencha vers Pennington.

— Mr Pennington, nous ne croyons pas un mot de votre histoire.

— Que voulez-vous que ça me fasse ? Et que diable croyez-vous, alors ?

— Nous croyons que le mariage inopiné de Linnet Ridgeway vous a plongé dans un grand embarras.

Que vous êtes venu en toute hâte pour essayer de trouver un moyen de remédier au désastre, autrement dit de gagner du temps. Qu'à cette fin, vous avez essayé d'obtenir de Mrs Doyle qu'elle signe certains papiers, mais que vous avez échoué. Que, pendant notre excursion à Abou Simbel, cheminant seul au sommet de la falaise, vous avez délogé un gros rocher qui est tombé, ratant de peu son objectif...

— Vous êtes fou !

— Nous croyons que le même concours de circonstances s'est présenté pendant le voyage de retour. Autrement dit, l'occasion d'éliminer Mrs Doyle à un moment propice, pour que le meurtre soit attribué à quelqu'un d'autre. Nous ne faisons pas que croire, nous *savons* que votre revolver a tué une femme à l'instant où elle allait nous révéler le nom de la personne qu'elle soupçonnait d'avoir assassiné et Linnet Doyle, et Louise, sa femme de chambre.

— Bon sang de bonsoir ! s'écria Pennington, interrompant le flot d'éloquence de Poirot. Qu'est-ce que vous me chantez-là ? Vous êtes fou à lier ! Pour quel motif aurais-je tué Linnet ? Ce n'est pas à moi que son argent doit revenir ; il doit aller à son mari. Pourquoi ne pas vous en prendre à lui ? C'est *lui*, le bénéficiaire, pas moi !

— Jusqu'au moment où il a été blessé à la jambe, Doyle n'a pas quitté le salon cette nuit-là, répliqua Race froidement. L'impossibilité dans laquelle il s'est trouvé ensuite de faire un pas est attestée par un médecin et une infirmière, tous deux témoins indépendants et fiables. Simon Doyle n'a pas pu tuer sa femme. Il n'a pas pu tuer Louise Bourget. Il n'a pas tué Mrs Otterbourne. Vous le savez aussi bien que nous.

— Je sais qu'il ne l'a pas tuée, répondit Pennington, un peu plus calme. Tout ce que je voulais dire c'est : pourquoi vous acharner sur moi alors que sa mort ne me rapporte rien ?

— Mais, mon cher monsieur, répliqua Poirot d'une voix aussi douce qu'un ronronnement, c'est une question de point de vue. Mrs Doyle était une femme avisée, au courant de ses affaires et prompte à déceler une irrégularité. Dès qu'elle aurait repris le contrôle de ses biens, c'est-à-dire dès son retour en Angleterre, elle aurait conçu des soupçons. Mais maintenant qu'elle est morte et que son mari hérite, comme vous l'avez fait remarquer, tout a changé. Simon Doyle ne sait rien des affaires de sa femme, sinon qu'elle était riche. Il a le caractère simple et confiant. Il vous sera facile de placer devant lui des relevés de compte compliqués, de noyer le problème dans un fouillis de chiffres et de faire traîner les choses en invoquant les formalités légales à accomplir et et le krach récent. Traiter avec le mari plutôt qu'avec la femme, cela fait une grande différence pour vous.

— Quelle imagination !

— Nous verrons bien...

— Vous dites ?

— Je dis : nous verrons bien. Il s'agit de trois décès – de trois meurtres. La loi exigera une enquête poussée sur l'état de fortune de Mrs Doyle.

En voyant les épaules de Pennington s'affaisser soudain, Poirot comprit qu'il avait gagné. Les soupçons de James Fanthorp étaient fondés.

— Vous avez joué, poursuivit-il. Et vous avez perdu. Inutile de continuer à bluffer.

— Vous ne comprenez pas, murmura Pennington. Tout serait en règle s'il n'y avait eu ce maudit krach. Wall Street a perdu la tête. Mais j'attends des rentrées. Avec un peu de chance, tout sera rétabli vers la mi-juin.

Les mains tremblantes, il prit une cigarette, essaya de l'allumer, en vain.

— Le rocher a été une tentation soudaine, j'imagine, dit Poirot d'un air songeur. Vous avez pensé que personne ne vous verrait...

— Il s'agit d'un accident. Je jure qu'il s'agit d'un accident ! s'écria Pennington, le visage crispé, les yeux remplis d'effroi. J'ai trébuché et je suis tombé dessus... Je jure qu'il s'agit d'un accident !

Les deux autres ne répondirent pas.

Pennington se reprit soudain. Il n'était encore que l'ombre de lui-même, mais il avait recouvré en partie son esprit combatif. Il se dirigea vers la porte.

— Messieurs, vous ne pouvez pas me mettre ça

sur le dos. Il s'agit d'un accident. Et ce n'est pas moi qui ai tiré sur Linnet. Vous entendez ? Ça non plus vous ne pouvez pas me le mettre sur le dos – et vous ne le pourrez jamais.

Et il sortit.

27

Comme la porte se refermait sur lui, Race poussa un profond soupir.

— Nous en avons tiré plus que je ne l'espérais. Il a reconnu son imposture, il a reconnu sa tentative de meurtre. Il me paraît impossible d'aller plus loin. On peut amener un individu à avouer plus ou moins une tentative de meurtre, mais l'obliger à avouer qu'il a réellement commis le meurtre en question est une autre paire de manches.

— Cela devrait pourtant pouvoir se faire, dit Poirot.

Il avait l'œil songeur, le regard félin. Race le dévisagea, intrigué.

— Vous avez un plan ?

Poirot hocha la tête. Puis il énuméra en comptant sur ses doigts :

— Le jardin d'Assouan. Le témoignage de Mr Allerton. Les deux flacons de vernis à ongles. Ma bouteille de vin. Le châle de velours. Le mouchoir taché. Le revolver abandonné sur les lieux du crime. La mort de Louise. La mort de Mrs Otterbourne. Tout se trouve là. Ce n'est pas Pennington qui a fait le coup, Race.

— Qu'est-ce que vous me chantez là ? s'écria Race, égaré.

— Ce n'est pas Pennington qui a fait le coup. Il avait un mobile, oui. Il en avait le désir, oui. Il est allé jusqu'à essayer de le faire. Mais c'est tout. Pour accomplir ce crime, il fallait quelque chose qui manque à Pennington. Ce crime réclamait de la hardiesse, de la rapidité, une exécution parfaite, du courage, de l'indifférence au danger, un cerveau calculateur et inventif. Pennington ne possède rien de tout cela. Il ne pourrait commettre un crime qu'en toute sécurité – ce qui n'était pas le cas de celui-ci qui tenait sur le fil du rasoir, qui nécessitait une audace que Pennington n'a pas. Il n'a que de l'astuce.

Race regarda Poirot avec toute la considération qu'un homme de l'art peut éprouver envers un autre.

— Si je comprends bien, vous avez réussi à rassembler tous les fils.

— Oui, je pense. Il reste encore une ou deux broutilles... ce télégramme que Linnet a lu, par exemple. C'est un point que j'aimerais éclaircir.

— Sapristi ! Nous l'avions oublié ! Doyle allait nous le dire lorsque cette pauvre vieille mémé Otterbourne a fait irruption. Allons le lui demander.

— Tout à l'heure. Je voudrais d'abord parler à quelqu'un d'autre.

— À qui ?

— À Tim Allerton.

Race haussa les sourcils.

— Allerton ? Bon, je vais l'envoyer chercher.

Il sonna et expédia un steward avec le message.

Tim Allerton arriva, l'air interrogateur.

— Vous désirez me voir ?

— C'est exact, Mr Allerton. Asseyez-vous.

Tim s'assit avec l'expression languide de quelqu'un qui accomplit une corvée.

— Je peux faire quelque chose pour vous ? demanda-t-il d'un ton courtois mais qui manquait d'enthousiasme.

— En un sens, peut-être, répondit Poirot. Mais je vais surtout vous demander d'écouter.

Le visage de Tim exprima une surprise de bon aloi.

— Certainement. Il n'y a pas meilleur auditoire au monde que moi. On peut toujours compter sur moi pour faire des « oh ! » et des « ah ! » aux moments adéquats.

— Vous m'en voyez ravi. Des « oh ! » et des « ah ! » seront suffisamment éloquents. Eh bien, allons-y. Lorsque j'ai fait votre connaissance à Assouan, j'ai tout de suite éprouvé beaucoup de sympathie pour votre mère et vous. Tout d'abord, je trouvais que votre mère était une des personnes les plus charmantes que j'aie jamais rencontrées...

L'air lassé fit place un instant à une expression indéfinissable.

— Elle est... unique, dit-il.

— En second lieu, vous aviez fait mention d'une personne qui m'intéressait également.

— Vraiment ?

— Oui, une certaine miss Joanna Southwood. C'est que, voyez-vous, j'avais entendu parler d'elle peu de temps auparavant.

» Ces trois dernières années, il s'est produit une série de vols de bijoux qui ont inquiété Scotland Yard. Des vols que l'on pourrait qualifier de vols mondains. La méthode se répétait avec une belle régularité : on substituait une copie au bijou original. Mon ami l'inspecteur Japp est arrivé à la conclusion que ces vols n'étaient pas l'œuvre d'une seule personne mais de deux, opérant en équipe de façon fort habile. Étant donné la connaissance du milieu qu'ils exigeaient, il a également estimé que les personnes en question devaient faire partie de la bonne société. Finalement, son attention a été attirée par miss Joanna Southwood.

» Les victimes étaient toutes soit des amis à elle, soit des relations et, dans chacun des cas, elle avait eu soit l'occasion de tenir en main le bijou volé, soit celle de l'emprunter. Par ailleurs, son train de vie dépassait largement ses revenus. D'un autre côté, il était clair que le vol lui-même, c'est-à-dire la substitution, *n'était pas* de son fait. Elle se trouvait même parfois à l'étranger au moment où cette substitution avait lieu.

» Peu à peu, un schéma prit forme dans l'esprit de l'inspecteur Japp. Miss Southwood avait été naguère membre d'une guilde de joaillerie moderne. Il la soupçonna d'exécuter un dessin précis des bijoux qui lui passaient par les mains et de les faire copier par quelque joaillier sans scrupules. Le troisième temps de l'opération consistait à faire accomplir la substitution par une tierce personne – par quelqu'un dont on pouvait prouver qu'il n'avait jamais eu le bijou entre les mains et qu'il n'avait jamais eu à s'occuper de copies ou d'imitations de pierres précieuses. Japp ignorait l'identité de ce troisième larron.

» Certains propos tenus au cours de vos conversations m'ont beaucoup intéressé : une bague disparue pendant votre séjour à Majorque, le fait que vous ayez été présent à une réception durant laquelle on avait découvert une de ces substitutions. Vos rapports étroits avec miss Southwood. Le fait aussi que je vous importunais visiblement et que vous engagiez votre mère à ne pas me témoigner tant d'amitié. Il aurait pu s'agir d'une antipathie personnelle, bien sûr, mais j'en doutais. Vous étiez trop soucieux de dissimuler votre aversion sous des dehors cordiaux.

» Et voilà qu'après le meurtre de Linnet Doyle, on découvre que son collier de perles a disparu. Vous comprendrez que j'aie aussitôt pensé à vous. Mais cette explication ne me satisfaisait pas. Car si vous travailliez, comme je le soupçonnais, avec miss South-wood – qui était une amie intime de Mrs Doyle –, vous auriez employé la méthode de la substitution – non du vol pur et simple. Mais voilà que, de façon tout à fait inattendue, on nous rend le collier. Et que découvrons-nous ? Qu'il ne s'agit pas de l'original, mais d'une imitation.

» J'ai compris alors qui était le véritable voleur. On avait volé et restitué une copie, une copie que vous aviez auparavant substituée à l'original.

Poirot regarda le jeune homme qui lui faisait face. Tim était blanc sous son hâle. Il n'était pas aussi combatif que Pennington ; il manquait de résistance. Il ne s'en efforça pas moins de conserver ses manières ironiques.

— Vraiment ? Dans ce cas, qu'en ai-je fait ?

— Je sais cela aussi.

Le jeune homme changea de visage, se fit hagard.

— Les perles ne peuvent se trouver qu'à un seul endroit, j'y ai bien réfléchi, poursuivit posément Poirot. Ces perles, Mr Allerton, sont dissimulées dans le rosaire suspendu dans votre cabine. Les grains en ont été méticuleusement évidés. Je pense que vous l'avez fait réaliser dans ce seul but. Bien que cela ne saute pas aux yeux, ses grains se dévissent. Chacun d'eux renferme une perle, collée avec de la seccotine. La plupart des policiers respectent les objets religieux, à moins qu'ils n'aient quelque chose de vraiment suspect. Vous comptiez là-dessus. J'ai cherché à comprendre comment miss Southwood vous avait fait parvenir la copie du collier. Il ne pouvait y avoir eu qu'expédition puisque vous êtes venu directement de Majorque en apprenant que Mrs Doyle serait ici en voyage de noces. Selon moi, elle vous l'a envoyée dans un livre, évidé de son milieu. Un livre voyage en pli non clos et n'est pratiquement jamais ouvert à la douane.

Il y eut un silence, un long silence.

— Vous avez gagné ! se décida à déclarer posément Tim. Je me suis bien amusé, mais c'est fini. Je pense qu'il ne me reste plus maintenant qu'à avaler la pilule.

Poirot hocha la tête et demanda doucement :

— Savez-vous qu'on vous a vu cette nuit-là ?

— Vu ? sursauta Tim.

— Oui. La nuit où Linnet Doyle est morte, quelqu'un vous a vu quitter sa cabine juste après 1 heure du matin.

— Hé là !... Vous ne pensez tout de même pas... ce n'est pas moi qui l'ai tuée ! Je le jure ! Choisir cette nuit-là entre mille ! Vous parlez d'une déveine ! Je vous prie de croire que, depuis, je n'en mène pas large !

— Oui, vous avez dû passer de sales moments. Mais maintenant que nous connaissons la vérité, vous pouvez nous aider. Mrs Doyle était-elle encore vivante ou déjà morte lorsque vous avez volé les perles ?

— Je n'en sais rien, répondit Tim d'une voix rauque. Je vous en donne ma parole, monsieur Poirot, je n'en sais rien. J'avais découvert où elle posait son collier le soir – sur sa table de chevet. Je me suis faufilé dans la cabine, j'ai tâtonné sur la table, j'ai attrapé les perles, j'ai mis les fausses à la place et je suis ressorti. J'étais convaincu qu'elle dormait.

— Vous l'avez entendue respirer ? Vous avez dû faire attention à ça, non ?

Tim réfléchit.

— C'était très silencieux... vraiment très silencieux. Non, je ne me rappelle pas avoir entendu sa respiration.

— Avez-vous senti une odeur de fumée, comme celle qu'aurait pu laisser un récent coup de feu ?

— Je ne pense pas. Je ne m'en souviens pas.

Poirot soupira.

— Alors, nous ne sommes pas plus avancés.

— Qui m'avait vu ? demanda Tim, curieux.

— Rosalie Otterbourne. Elle arrivait de l'autre côté du bateau ; elle vous a vu sortir de la cabine de Linnet Doyle et regagner la vôtre.

— Alors c'est elle qui vous a tout raconté.

— Mille excuses, dit Poirot avec douceur, elle ne m'a rien raconté de tout ça.

— Mais alors, comment le savez-vous ?

— Parce que je m'appelle Hercule Poirot et que je n'ai pas eu besoin qu'on me le raconte. Quand je l'ai mise au pied du mur, savez-vous ce qu'elle m'a répondu ? Eh bien, elle m'a répondu : « Je n'ai vu personne. » Et elle mentait.

— Mais pourquoi ?

— Peut-être parce qu'elle a pensé que l'homme qu'elle avait vu était l'assassin. Cela en avait tout l'air, vous savez, répondit Poirot avec détachement.

— Raison de plus pour vous en parler.

Poirot haussa les épaules.

— Pas pour elle, semble-t-il.

— Quelle fille extraordinaire, remarqua Tim, d'une voix étrange. Avec une mère comme la sienne elle a dû traverser des moments épouvantables.

— Oui, elle n'a pas eu la vie facile.

— Pauvre gosse, murmura Tim. Eh bien, monsieur, poursuivit-il, s'adressant à Race, que va-t-il se passer maintenant ? Je reconnais avoir pris les perles de Linnet Doyle et vous les retrouverez juste à l'endroit que vous avez indiqué. Je suis coupable, c'est d'accord. Mais pour ce qui concerne miss Southwood, je ne reconnais rien du tout. Vous ne possédez aucune preuve contre elle. Quant à la façon dont je me suis procuré la copie du collier, cela ne vous regarde pas.

— Très noble attitude, murmura Poirot.

— Gentleman jusqu'au bout des ongles ! grinça Tim. Vous pouvez imaginer à quel point l'amitié que vous témoignait ma mère m'était désagréable. Je ne suis pas un malfaiteur assez endurci pour me réjouir de me trouver côte à côte avec un détective réputé juste avant de réaliser un coup plutôt risqué. Il y a certainement des gens qui en tireraient un malin plaisir. Pas moi. Franchement, ça m'a fichu la frousse.

— Mais cela ne vous a pas détourné de votre projet ?

Tim haussa les épaules.

— Je n'avais pas la frousse à ce point-là. Il fallait bien que je fasse l'échange à un moment quelconque et, sur ce bateau, l'occasion était trop belle : une cabine à deux pas de la mienne et Linnet si préoccupée par ses propres ennuis qu'elle ne remarquerait sans doute pas la substitution.

— Je me demande si cela s'est bien passé ainsi...

— Que voulez-vous dire ? demanda vivement Tim.

Poirot sonna.

— Je vais prier miss Otterbourne de venir une minute.

Tim sourcilla mais ne souffla mot. Un steward entra et repartit avec le message.

Rosalie arriva très vite. En apercevant Tim, ses yeux rougis par les pleurs s'agrandirent un peu, mais il n'y avait plus trace de son ancienne attitude de défiance. Elle s'assit et, avec une docilité toute nouvelle, regarda tour à tour Race et Poirot.

— Nous sommes navrés de vous déranger, miss Otterbourne, fit doucement Race qui était un peu fâché contre Poirot.

— C'est sans importance, répondit la jeune fille à voix basse.

— Nous avons besoin d'éclaircir un ou deux points, déclara Poirot. Quand je vous ai demandé si vous aviez vu quelqu'un sur le pont, tribord, à 1 h 10 du matin, vous m'avez répondu que vous n'aviez vu personne. Par chance, j'ai pu découvrir la vérité sans votre aide. Mr Allerton a reconnu qu'il s'était rendu dans la cabine de Linnet Doyle, la nuit dernière.

Elle lança un rapide coup d'œil à Tim. L'air sombre et résolu, celui-ci fit un petit signe de tête.

— L'heure est exacte, Mr Allerton ?

— Parfaitement exacte.

Rosalie avait les yeux fixés sur lui, ses lèvres tremblèrent... s'entrouvrirent...

— Mais vous n'avez pas... vous n'avez pas...

— Non, je ne l'ai pas tuée, répliqua-t-il aussitôt. Je suis un voleur, pas un assassin. Puisque tout sera étalé au grand jour, autant que vous le sachiez. C'est aux perles que j'en avais.

— Selon sa version, intervint Poirot, Mr Allerton a pénétré dans la cabine de Mrs Doyle la nuit dernière et a échangé un collier de fausses perles contre l'original.

— Vous avez fait ça ? lui demanda Rosalie avec un regard interrogateur, grave et triste comme celui d'un enfant.

— Oui, répondit Tim.

Il y eut un silence. Le colonel Race s'agitait sur son siège.

— Ceci, comme je vous le disais, reprit Poirot d'une voix étrange, est la version de Mr Allerton, confirmée en partie par votre témoignage. Il est donc prouvé qu'il a pénétré dans la cabine de Linnet Doyle la nuit dernière, mais ce qui n'est *pas* prouvé, c'est pourquoi il l'a fait.

— Mais si, vous le savez bien ! s'écria Tim en ouvrant de grands yeux.

— Qu'est-ce que je sais ?

— Eh bien... que j'ai pris les perles !

— Mais oui, mais oui, je sais que vous avez les perles, mais je ne sais pas quand vous les avez prises. Cela aurait pu se passer *avant* la nuit dernière... Vous venez de dire que Linnet n'aurait pas remarqué la substitution. Je n'en suis pas si sûr... Supposons qu'elle l'ait justement remarquée... Supposons même qu'elle savait par qui elle avait été opérée... Supposons que la nuit dernière elle ait menacé de révéler toute l'affaire, et que vous ayez compris qu'elle ne plaisantait pas... et supposons que vous ayez surpris la scène qui a éclaté entre Jacqueline de Bellefort et Simon Doyle et que, vous glissant à l'intérieur dès que la place a été libre, vous ayez récupéré le revolver et que, une heure plus tard, lorsque tout a été tranquille à bord, vous vous soyez introduit dans la cabine de Linnet Doyle pour vous assurer qu'aucune révélation de ce genre ne pourrait plus être faite...

— Seigneur Dieu ! s'écria Tim.

Le visage couleur de cendres, il posait sur Poirot un regard désespéré. Celui-ci poursuivit :

— Mais quelqu'un d'autre encore vous a vu : Louise, la femme de chambre. Le lendemain, elle est venue vous faire chanter : ou vous vous montriez généreux avec elle, ou elle racontait tout ce qu'elle savait. Vous avez tout de suite compris que si vous vous soumettiez à son chantage, c'était le commencement de la fin. Vous avez fait semblant d'accepter et vous lui avez proposé de lui apporter l'argent dans sa cabine juste avant le déjeuner. Et là, pendant qu'elle comptait les billets, vous l'avez poignardée.

» Cette fois encore, la chance était contre vous. Quelqu'un vous a vu entrer dans sa cabine. Votre mère, mademoiselle, dit Poirot en se tournant vers Rosalie. Encore une fois vous avez été obligé d'agir avec audace et imprudence, mais vous n'aviez pas le choix. Vous aviez entendu Pennington parler de son revolver. Vous vous êtes précipité chez lui, vous vous en êtes emparé, vous avez écouté à la porte de la cabine du Dr Bessner, et vous avez tiré sur Mrs Otterbourne avant qu'elle ait pu prononcer votre nom.

— Non ! s'écria Rosalie. Ce n'est pas lui ! Ce n'est pas lui !

— Après ça, vous avez fait la seule chose possible, vous avez couru vers l'arrière du bateau.. Et quand je me suis mis à courir derrière vous, vous avez fait demi-tour, comme si vous arriviez de la direction opposée. Vous aviez tenu le revolver avec des gants et ces gants étaient dans votre poche quand je vous les ai demandés...

— Je jure devant Dieu qu'il n'y a pas un mot de vrai dans tout ça, dit Tim. Pas un mot !

Mais sa voix tremblante, mal assurée, n'était pas faite pour convaincre.

— Bien sûr que ce n'est pas vrai ! s'écria Rosalie, les surprenant tous. Et M. Poirot le sait très bien. S'il le dit, c'est pour une raison bien à lui.

Poirot la regarda, sourit et leva les bras en signe de capitulation.

— Vous êtes trop maligne, mademoiselle... mais vous m'accorderez que l'accusation tient debout ?

— Que diable..., commença Tim, furieux.

Mais Poirot l'arrêta d'un geste.

— L'accusation tient très bien, Mr Allerton. Je voulais que vous en preniez conscience. Maintenant, je vais vous dire quelque chose de plus agréable. Je n'ai pas encore examiné le rosaire que vous avez dans votre cabine. Lorsque je le ferai, il est possible que je n'y trouve rien. Et comme miss Otterbourne maintient qu'elle n'a vu personne sur le pont la nuit dernière, eh bien il n'y a aucune charge contre vous. Les perles ont été volées par une kleptomane qui les a rendues depuis. Elles sont sur la table à côté de la porte, dans une petite boîte, si vous voulez vous en assurer... ainsi que mademoiselle.

Tim se leva. Il resta un moment sans bouger, incapable de prononcer un mot. Quand il retrouva la parole, sa déclaration parut plutôt insuffisante, mais il n'est pas exclu que ses interlocuteurs en aient été satisfaits.

— Merci ! dit-il. Vous n'aurez pas besoin de m'accorder une seconde chance.

Il tint la porte ouverte pour permettre à la jeune fille de sortir. Il la suivit en s'emparant au passage de la petite boîte en carton.

Ils marchaient côte à côte. Tim ouvrit la boîte, prit le collier de fausses perles et le lança de toutes ses forces, au loin, dans le Nil.

— Et voilà, dit-il, c'est fini. Quand je rendrai cette boîte à Poirot, elle contiendra le vrai collier. Quel imbécile j'ai pu être !

— Comment... en êtes-vous arrivé là ? lui demanda Rosalie à voix basse.

— Comment j'ai commencé, vous voulez dire ? Oh ! Je n'en sais rien... L'ennui... La paresse... Le côté amusant de la chose... C'était une façon tellement plus séduisante de gagner sa vie que de trimer dans un bureau. Cela vous paraît sûrement sordide, mais cela avait son charme – le risque, sans doute.

— Je crois que je comprends.

— Oui, mais vous ne l'auriez jamais fait.

Rosalie réfléchit un moment, tête baissée, visage grave.

— Non, répondit-elle simplement. Je ne l'aurais pas fait.

— Oh ! Rosalie, vous êtes adorable... tellement adorable. Pourquoi n'avez-vous pas dit que vous m'aviez vu la nuit dernière ?

— J'ai pensé... qu'on pourrait vous soupçonner...

— Et vous, vous m'avez soupçonné ?

— Non. Je ne pouvais pas croire que vous ayez pu tuer quelqu'un.

— Non. Je ne suis pas du bois dont on fait les assassins. Je ne suis qu'un misérable chapardeur.

Elle posa timidement la main sur son bras.

— Ne dites pas cela.

Cette main, il la prit dans la sienne.

— Rosalie, accepteriez-vous... Vous voyez ce que je veux dire ? Ou me mépriserez-vous toujours et me jetterez-vous toujours ça à la tête ?

— Il y a des choses que vous pourriez aussi me jeter à la tête, répondit Rosalie avec un petit sourire.

— Rosalie... ma chérie...

Mais elle ne céda pas encore :

— Et cette... Joanna ?

Tim poussa un cri.

— Joanna ? Vous êtes aussi à peu près psychologue que ma mère ! Je me fiche pas mal de Joanna ! Elle a une tête de jument et des yeux d'oiseau de proie. C'est une créature totalement dépourvue d'attraits.

— Votre mère ne doit jamais savoir la vérité, lui dit plus tard Rosalie.

— Je n'en suis pas sûr..., répondit Tim, songeur. Je pense que je vais la lui avouer. Ma mère n'est pas une chiffe molle, vous savez. Elle peut tenir le coup. Oui, je pense que je vais détruire ses illusions de mère à mon sujet. Elle sera tellement soulagée d'apprendre que je n'avais avec Joanna que des relations d'affaires qu'elle me pardonnera tout le reste.

Ils étaient arrivés devant la cabine de Mrs Allerton. Tim frappa énergiquement à la porte. Sa mère vint ouvrir.

— Rosalie et moi..., commença Tim puis il s'arrêta.

— Oh, mes chers enfants ! s'écria Mrs Allerton en serrant Rosalie dans ses bras. Ma chère, ma chère petite. J'espérais tant... mais Tim était si assommant... il prétendait que vous ne lui plaisiez pas. Mais bien sûr, cela ne m'empêchait pas d'y voir clair !

— Vous avez été si gentille avec moi... toujours. J'espérais... j'espérais..., dit Rosalie d'une voix brisée.

Elle s'interrompit et se mit à pleurer de bonheur sur l'épaule de Mrs Allerton.

28

Quand la porte se fut refermée sur Tim et Rosalie, Poirot eut un regard d'excuse pour le colonel Race. Celui-ci avait l'air plutôt désapprobateur.

— Vous êtes d'accord avec mon petit arrangement, n'est-ce pas ? plaida Poirot. Ce n'est pas régulier, je le sais bien... mais je place très haut le bonheur de mes semblables.

— Pas le mien, en tout cas, répliqua Race.

— J'ai beaucoup de tendresse pour cette jeune fille, et elle aime ce jeune homme. Ils formeront un couple parfait. Elle a la rigueur qui lui manque ; elle plaît à la mère ; tout s'arrange pour le mieux.

— Si je comprends bien, ce mariage a été voulu par le ciel et par Hercule Poirot. Mon rôle à moi se limite à pactiser avec le crime !

— Mais, mon bon ami, je vous l'ai dit, tout cela était pure conjecture de ma part.

Race sourit soudain.

— Je n'ai rien contre. Je ne suis pas gendarme, après tout. Je pense que dorénavant ce jeune imbécile marchera droit. Et la fille est sans histoire. Non, je ne me plains que de la manière dont vous *me* traitez ! Je suis patient, mais la patience a des limites ! Savez-vous, *oui* ou *non*, qui a commis ces trois crimes ?

— Oui.

— Alors pourquoi tourner comme ça autour du pot ?

— Vous croyez que je prends plaisir à faire des détours ? Et cela vous agace ? Mais ce n'est pas ça du tout. J'ai participé un jour à une expédition archéologique et cela m'a appris au moins une chose : quand tout à coup, au cours d'une fouille, un objet émerge de la terre, on fait soigneusement le ménage tout autour. On déblaye, on gratte tout autour avec un couteau et l'objet apparaît enfin, seul, prêt à être dessiné et photographié sans que rien d'étranger n'en déforme l'image. C'est ce que je cherche à faire ici : écarter tout ce qui est étranger à l'affaire de façon à ce que nous puissions voir la vérité – la vérité toute nue et dans son infinie splendeur.

— Bon, dit Race, voyons-la un peu, cette vérité – toute nue ou pas. Ce n'est pas Pennington. Ce n'est pas le jeune Allerton. Ce n'est sans doute pas Fleetwood. Si vous nous disiez qui c'est, pour changer ?

— Mon bon ami, c'est justement ce que j'allais faire !

On frappa à la porte. Race étouffa un juron.

C'étaient le Dr Bessner et Cornelia. Celle-ci semblait bouleversée.

— Oh, colonel Race ! s'exclama-t-elle, miss Bowers vient de tout me raconter au sujet de cousine Marie. Cela m'a fait un choc terrible ! Elle m'a dit qu'elle ne voulait plus continuer à porter seule toute cette responsabilité, qu'il valait mieux que je le sache puisque j'étais de la famille. D'abord, je n'ai pas voulu le croire, mais le Dr Bessner a été merveilleux.

— Ach ! Mais non, mais non, protesta le docteur avec modestie.

— Il a été si gentil, il m'a tout expliqué, comment ces gens ne peuvent pas faire autrement et tout. Il a des kleptomanes dans sa clinique. Il m'a expliqué aussi que cela provenait souvent d'une névrose profondément ancrée...

Cornelia répétait ces mots avec componction.

— Une névrose enracinée dans les tréfonds du subconscient. Quelquefois, cela ne tient qu'à une broutille, un incident mineur qui s'est produit quand vous étiez enfant. Et il a guéri des gens en les amenant à retourner en arrière et à se rappeler cet infime détail.

Cornelia s'arrêta, reprit bruyamment son souffle... et reprit aussi sa tirade :

— J'ai très peur que cette histoire ne s'ébruite. La situation à New York serait effroyable... absolument effroyable. Ce serait dans tous les journaux. Cousine Marie, ma mère, personne ne pourrait jamais plus relever la tête.

— Ne vous en faites pas, soupira Race. Ici, c'est la Maison du Silence.

— Pardon ?

— Ce que j'essaie de vous dire, c'est qu'à part le meurtre, nous étouffons tout, ici.

— Oh, quel soulagement ! s'écria Cornelia en battant des mains. J'étais si, si inquiète !

— Ach ! Le cœur trop tendre vous avez, dit le Dr Bessner en lui tapotant l'épaule avec bienveillance. Un merveilleux naturel, une âme très sensible elle a, ajouta-t-il en s'adressant aux autres.

— Oh, mais non ! Vous êtes trop gentil.

— Miss Robson, avez-vous revu Mr Ferguson ? demanda Poirot.

Cornelia s'empourpra.

— Non... mais cousine Marie m'a parlé de lui...

— Ach ! C'est un jeune homme bien né, paraît-il, dit le Dr Bessner. À le voir, on ne le dirait pas. Ses vêtements... abominables ils sont. Et bonne éducation, jamais entendu parler.

— Et vous, mademoiselle, qu'en pensez-vous ?

— Moi ? Je crois qu'il est complètement fou.

Poirot se tourna vers le docteur.

— Comment va votre malade ?

— Ach ! D'une façon splendide il se rétablit. Je viens de rassurer Fraülein de Bellefort. Le croirez-vous ? Désespérée elle était. Juste parce qu'un peu de température cet après-midi, il a eu ! Quoi de plus naturel ? Stupéfiant c'est même qu'il n'ait pas très forte fièvre maintenant. Mais non, comme certains de nos paysans il est, il a robuste constitution – constitution d'un bœuf. Profondes blessures ils peuvent avoir et ils remarquent à peine. De même Herr Doyle. Son pouls régulier il est et sa température à peine supérieure à la normale. Chasser les frayeurs de la dame j'ai pu. Mais tout de même, c'est ridicule, *nicht wahr* ? D'un côté, vous tirez sur un homme ; de l'autre, hystérique vous devenez à l'idée qu'il ne va pas très bien.

— C'est qu'elle l'aime de toutes ses forces, dit Cornelia.

— Ach ! Mais pas normal, ça ! Si un homme *vous* aimiez, vous essayeriez le tuer, vous ? Non, vous raisonnable.

— De toute façon, j'ai horreur de tous ces machins qui vous partent dans les mains dès qu'on les tripote.

— *Natürlich*. Vous si féminine !

Race interrompit cet échange de laborieuses congratulations :

— Puisque Mr Doyle va bien, rien ne s'oppose à ce que nous reprenions la conversation que nous avions cet après-midi. Il me parlait justement d'un télégramme...

L'éléphantesque Dr Bessner fut secoué de soubresauts d'hilarité.

— Ha ! ha ! ha ! Ça très amusant, Doyle m'en a parlé. Un télégramme à propos de légumes c'était : pommes de terre, artichauts, poireaux... Ach ! pardon ?

Avec une exclamation étouffée, Race s'était redressé sur son siège.

— Bon Dieu ! dit-il. Alors c'est lui ! Richetti !

Il regarda tour à tour trois visages ébahis.

— C'est un nouveau code... utilisé par les rebelles d'Afrique du Sud. *Pomme de terre* signifie mitraillette, *artichaut* signifie explosif, etc. Richetti n'est pas plus archéologue que moi ! C'est un dangereux agitateur qui a tué plus d'une fois et qui tuera encore, j'en donne ma tête à couper. Mrs Doyle a ouvert ce télégramme par erreur. Si jamais elle répétait devant moi ce qu'elle avait lu, pour lui les carottes étaient cuites !

» Je n'ai pas raison ? fit-il en se tournant vers Poirot. Ce n'est pas Richetti, notre homme ?

— C'est *votre* homme, répondit Poirot. Je lui ai toujours trouvé quelque chose de louche. Il était trop parfait dans son rôle. Tout archéologue et pas assez humain.

Il s'arrêta, puis reprit :

— Mais ce n'est pas Richetti qui a tué Linnet Doyle. Depuis quelque temps déjà je connais ce qu'on pourrait appeler « la première moitié » de l'assassin. Maintenant, je connais aussi la « seconde moitié ». Le tableau est complet. Mais, comprenez-vous, si je sais ce qui a dû se passer, je n'ai pas la preuve que cela se soit effectivement passé de cette façon. Intellectuellement, la solution est satisfaisante. Concrètement, elle laisse beaucoup à désirer. Notre seul espoir, c'est que le meurtrier passe aux aveux.

Sceptique, le Dr Bessner haussa les épaules.

— Ach ! Ça, un vrai miracle ce serait !

— Je ne pense pas. Pas dans les circonstances présentes.

— Mais qui est-ce ? s'écria Cornelia. N'allez-vous pas enfin nous le dire ?

Poirot prit le temps de les observer.

Race, sourire sardonique, Bessner, l'air toujours sceptique, Cornelia, bouche bée, tous trois n'avaient d'yeux que pour lui.

— Hé, oui, dit-il. J'avoue que j'aime avoir un public. Je suis vaniteux, vous savez. Gonflé d'orgueil. J'aime pouvoir dire : « Admirez l'intelligence d'Hercule Poirot ! »

Race remua un peu sur son siège.

— Bon, susurra-t-il, eh bien voyons jusqu'*où* va l'intelligence d'Hercule Poirot...

— Pour commencer, j'ai été stupide... incroyablement stupide, confessa Poirot en secouant tristement la tête. Je trébuchais sans cesse sur ce revolver, le revolver de Jacqueline de Bellefort. Pourquoi ne l'avait-on pas laissé sur les lieux du crime ? Le meurtrier désirait visiblement l'incriminer. Alors pourquoi l'emporter ? J'ai été stupide au point de voir à ça toutes sortes de raisons, plus fantastiques les unes que les autres. La vraie raison est extrêmement simple : l'assassin a emporté le revolver parce qu'il *devait* l'emporter... parce qu'il n'avait pas le choix.

29

— Vous et moi, mon bon ami, dit Poirot en se penchant vers Race, nous avons débuté notre enquête avec une idée préconçue. L'idée que le meurtre avait été commis sans plan préalable et sous l'impulsion du moment. Quelqu'un voulait éliminer Linnet Doyle et avait saisi l'occasion qui se présentait à un moment où le crime devait être, selon toute probabilité, attribué à Jacqueline de Bellefort. Il s'ensuivait que la personne en question avait surpris la scène entre Jacqueline et Simon Doyle et s'était emparée du revolver après que tout le monde ait quitté le salon.

» Mais, mes amis, si cette idée de départ était fausse, l'affaire changeait totalement d'aspect. Or elle *était* fausse ! Il ne s'agissait pas d'un crime spontané, commis sous l'impulsion du moment. C'était, au contraire, un crime soigneusement élaboré et minuté, dont tous les détails avaient été méticuleusement mis au point, jusqu'au narcotique versé dans la bouteille d'Hercule Poirot.

» Hé oui, c'est comme ça ! On m'a endormi pour me tenir à l'écart des événements de la nuit. J'avais déjà envisagé cette possibilité. Je bois du vin ; mes deux compagnons de table boivent respectivement du whisky et de l'eau minérale. Rien de plus facile que de verser une dose d'un narcotique inoffensif dans ma bouteille de vin : les bouteilles restent sur la table toute la journée. Mais j'avais écarté cette idée. Il avait fait une chaleur étouffante ; j'étais particulièrement fatigué ; ce n'était pas vraiment extraordinaire que, pour une fois, j'aie dormi beaucoup plus profondément que d'habitude.

» C'est que, voyez-vous, j'étais encore sous l'emprise de mon idée préconçue : si l'on m'avait drogué, cela impliquait la préméditation, cela voulait dire que le meurtre avait déjà été décidé avant 19 h 30, l'heure du dîner. Et ça, toujours selon mon idée préconçue, c'était absurde.

» Le premier coup fut porté à cette idée préconçue par le repêchage du revolver dans le Nil. D'abord, de notre point de vue, on n'aurait jamais dû le jeter par-dessus bord... Et ce n'est pas tout.

Poirot se tourna vers le Dr Bessner.

— Vous avez examiné le corps de Linnet Doyle, Dr Bessner. Vous vous rappelez que la blessure offrait des traces de brûlures, ce qui revient à dire qu'on avait placé le revolver tout près de la tempe avant de tirer.

Bessner hocha la tête.

— Ach so ! Exact.

— Mais quand on a retrouvé le revolver, il était enveloppé dans un châle de velours montrant à l'évidence qu'on avait tiré à travers le tissu, sans doute avec l'idée d'étouffer le bruit de la détonation. Mais si on avait tiré à travers le tissu, il n'y aurait pas eu de traces de brûlures sur la peau de la victime. Alors, s'agissait-il du coup de feu tiré sur Simon Doyle par Jacqueline de Bellefort ? Pas davantage, puisque nous avions deux témoins de la scène et nous en connaissions tous les détails. Dans ces conditions, il semblait qu'un *troisième* coup de feu avait été tiré, dont nous ignorions tout. Mais on n'avait tiré que deux fois avec ce revolver, et rien ne permettait de prouver ni même de supposer qu'il avait pu servir une troisième fois.

» Nous étions là face à une situation inexplicable. Le fait de trouver deux flacons de vernis à ongles dans la cabine de Linnet Doyle fut le second point intéressant. Les femmes changent souvent la couleur de leurs ongles, mais Linnet Doyle n'utilisait jamais qu'un rouge foncé, du Nailex *Cardinal*. L'autre flacon était étiqueté Nailex *Rose*, mais les quelques gouttes qui restaient au fond du flacon n'étaient pas roses mais rouge vif. C'était assez curieux pour que je dévisse le bouchon et que je renifle. Au lieu de l'odeur habituelle de poire blette, ce flacon sentait le vinaigre ! Ce qui laissait supposer que les quelques gouttes qui restaient étaient de l'encre rouge. Bien sûr, il n'y avait aucune raison pour que Mrs Doyle ne possédât pas d'encre rouge, mais il eût été plus logique qu'elle se trouvât dans une bouteille d'encre rouge et non dans un flacon de vernis à ongles. Cela faisait penser au mouchoir légèrement taché qui enveloppait le revolver. L'encre rouge se lave facilement mais laisse toujours une tache rosâtre.

» Je serais peut-être parvenu à la vérité avec ces minces indices quand se produisit un événement qui balaya mes derniers doutes : on avait tué Louise Bourget dans des circonstances qui indiquaient, sans risque d'erreur, qu'elle faisait chanter l'assassin. Non seulement elle serrait un fragment de billet de mille francs dans ses doigts, mais je me rappelai quelques paroles significatives qu'elle avait prononcées ce matin.

» Écoutez attentivement, car c'est là le nœud de l'affaire. Lorsque je lui avais demandé si elle avait vu quelque chose la nuit précédente, elle m'avait fait cette étrange réponse : « Évidemment, si je n'avais pas réussi à m'endormir, si j'étais remontée, *alors*, peut-être, j'aurais pu voir l'assassin, ce monstre, entrer dans la cabine de Madame ou en sortir... » Eh bien, qu'est-ce que cela nous apprend exactement ?

Très intéressé, Bessner, dont le nez frémissait de bonheur intellectuel, se prêta aussitôt au jeu :

— Qu'elle était effectivement remontée cela vous a appris, *nicht wahr* ?

— Non, non, vous perdez de vue l'essentiel. Pourquoi nous a-t-elle dit ça à *nous* ?

— Pour vous aigui... – on dit bien « aiguiller » ?...

— Mais pourquoi se contenter d'*allusions* ? Si elle sait qui est le meurtrier, de deux choses l'une : ou elle nous révèle la vérité, ou elle tient sa langue et se fait payer son silence par la personne concernée. Or, elle ne fait ni l'un ni l'autre. Elle ne dit pas : « Je n'ai vu personne, je dormais », ni « Oui, j'ai vu quelqu'un et voilà ce qui s'est passé ». Pourquoi se sert-elle d'un pareil galimatias ? Parbleu, il ne peut y avoir qu'une seule explication : elle s'adresse au meurtrier ! Par conséquent, il devait être présent à ce moment-là. Mais à part le colonel Race et moi, il n'y avait que deux personnes : Simon Doyle et le Dr Bessner.

Le docteur bondit en rugissant :

— Ach ! Qu'est-ce que vous dire ? Vous m'accusez ? Encore ? C'est ridicule... Au-dessous de tout vous êtes !

— Calmez-vous, s'empressa Poirot. Je suis en train de vous expliquer ce que je pensais alors. Ne nous énervons pas.

— Il ne veut pas dire qu'il pense encore maintenant que c'est vous, déclara Cornelia d'un ton apaisant.

Poirot se hâta de poursuivre :

— Donc, il fallait choisir entre Simon Doyle et le Dr Bessner. Mais quel intérêt avait le Dr Bessner à tuer Linnet Doyle ? Aucun, pour autant que je sache. Simon Doyle, alors ? Mais c'était impossible ! Une quantité de témoins pouvaient jurer que Doyle n'avait pas quitté le salon jusqu'à ce qu'éclate la querelle. Après quoi, il avait été blessé et cela lui était devenu physiquement impossible. Avais-je des preuves de ces deux points ? Oui, j'avais les déclarations de miss Robson, de James Fanthorp et de Jacqueline de Bellefort en ce qui concerne le premier, et j'avais le témoignage autorisé du Dr Bessner et de miss Bowers quant au second. Aucun doute n'était permis.

» Par conséquent, le coupable *devait* être le Dr Bessner. Que la domestique ait été poignardée avec un instrument chirurgical venait à l'appui de cette hypothèse. D'un autre côté, c'était le Dr Bessner lui-même qui avait attiré l'attention sur ce fait.

» C'est alors, mes amis, qu'un autre fait incontestable s'est imposé à moi : les insinuations de Louise ne pouvaient pas être destinées au Dr Bessner car elle aurait pu lui parler en privé à n'importe quel moment. Il n'y avait qu'une personne, *et une seule* en fonction de qui ce stratagème était nécessaire : Simon Doyle ! Simon Doyle, blessé, était dans la cabine du docteur, sous sa surveillance constante. C'est à lui qu'elle adressait ces paroles ambiguës pour le cas où il ne se présenterait pas une autre occasion de la faire. Je me rappelle comme elle lui a dit : « Monsieur, je vous en supplie... qu'est-ce que je peux dire, moi ? » Et la réponse de Mr Doyle : « Ne soyez pas ridicule, mon petit. Personne ne vous soupçonne d'avoir vu ou entendu quoi que ce soit. Tout ira bien, je ne vous laisserai pas tomber. On ne vous accuse de rien. » C'était l'assurance qu'elle cherchait, et elle l'avait obtenue.

Bessner émit un barrissement colossal.

— Ach ! C'est de la folie, ça ! Vous croire qu'un homme avec jambe fracturée pouvoir gambader sur pont de bateau et poignarder les gens ? J'ai déjà dit à vous : Ma cabine, Simon Doyle n'a pas pu quitter. *Impossible* c'était !

— Je sais cela, répondit Poirot avec douceur. C'est tout à fait exact. La chose était impossible... Elle était impossible, mais elle était également exacte. C'était la seule explication logique aux propos de Louise Bourget.

» Alors j'ai tout repris depuis le début à la lumière de ces nouvelles données. Était-il possible que Simon se soit absenté du salon avant l'esclandre et que les autres ne l'aient pas remarqué, ou l'aient oublié ? Je ne voyais pas comment. Pouvait-on ne tenir aucun compte des avis autorisés du Dr Bessner et de miss Bowers ? Pas davantage. Mais, dans mon souvenir, il y avait un trou entre ces deux séries de témoignages. Simon Doyle s'était retrouvé seul au salon durant cinq minutes, et le témoignage autorisé du Dr Bessner ne prenait effet qu'après cette période-là. Et pour ce qui concernait ce laps de temps, nous n'avions que des preuves visuelles – apparemment solides – mais plus aucune certitude. En laissant de côté toute interprétation, qu'avait-on réellement *vu* ?

» Miss Robson avait vu Mlle de Bellefort tirer, et Simon Doyle s'effondrer dans un fauteuil, elle l'avait vu appliquer un mouchoir sur sa jambe et vu ce mouchoir se teinter peu à peu de rouge. Qu'avait vu et entendu Mr Fanthorp ? Il avait entendu un coup de feu et trouvé Doyle tenant un mouchoir taché de rouge sur sa jambe. Que s'était-il passé alors ? Doyle avait beaucoup insisté pour qu'on éloigne Mlle de Bellefort et qu'on ne la laisse pas seule. Après quoi, il avait demandé à Fanthorp d'aller chercher le docteur.

» En conséquence, miss Robson et Mr Fanthorp sont sortis avec Mlle de Bellefort et, pendant les cinq minutes suivantes, ils ont été occupés à bâbord : miss Bowers, le Dr Bessner et Mlle de Bellefort ont tous les trois leur cabine à bâbord. Simon n'a besoin que de deux minutes. Il ramasse le revolver sous la banquette, ôte ses chaussures, court silencieusement à toutes jambes sur le pont à tribord, pénètre dans la cabine de sa femme, s'approche d'elle pendant qu'elle dort, lui tire une balle dans la tête, pose le flacon qui avait contenu l'encre rouge sur la table de toilette – il ne fallait pas qu'on le trouve sur lui –, repart en courant, s'empare du châle de velours de miss Van Schuyler qu'il avait caché sous le coussin d'un fauteuil, en enveloppe le revolver et se tire une balle dans la jambe. Le siège sur lequel il s'était effondré

– il souffrait vraiment, cette fois – était près de la fenêtre. Il l'ouvre et jette le revolver – enveloppé dans le mouchoir compromettant et dans le châle de velours – dans le Nil.

— C'est impossible ! s'exclama Race.

— Non, mon bon ami, ce n'est pas impossible. Rappelez-vous le témoignage de Tim Allerton. Il a entendu un bruit de bouchon qui saute *suivi* d'un plouf ! Et il a entendu autre chose encore : quelqu'un qui courait devant sa porte. Mais personne ne pouvait courir à bâbord. Ce qu'il a entendu, c'est Simon Doyle, passant en courant devant sa cabine, en chaussettes.

— Je persiste à penser que c'est impossible, déclara Race. Personne n'aurait pu venir à bout de tout ce fourbi en un éclair, surtout pas un type comme Doyle, dont la rapidité d'esprit n'est pas la vertu principale.

— Mais qui est vif et adroit dans l'action !

— Ça, oui. Mais il aurait été bien incapable de concevoir un plan pareil !

— Ce n'est pas lui qui l'a conçu, mon bon ami. C'est là que nous nous sommes tous trompés. Cela avait tout l'air d'un crime commis sous l'impulsion du moment, mais ce n'était *pas* un crime commis sous l'impulsion du moment. Comme je l'ai dit, c'était du travail bien préparé et intelligemment élaboré. Simon Doyle n'avait pas *par hasard* une bouteille d'encre rouge dans sa poche. Non, cela faisait partie du *plan*. Ce n'est pas *par hasard* que Jacqueline de Bellefort avait envoyé d'un coup de pied le revolver sous la banquette, pour qu'il soit hors de vue et qu'on l'oublie provisoirement.

— Jacqueline ?

— Oui. Une des deux moitiés de l'assassin... Qu'est-ce qui a fourni son alibi à Simon ? Le coup de feu tiré par Jacqueline. Et qu'est-ce qui a fourni son alibi à *Jacqueline* ? L'insistance de Simon pour que quelqu'un reste auprès d'elle toute la nuit. À eux deux, ils ont toutes les qualités requises : le sang-froid, l'imagination, le cerveau organisé de Jacqueline de Bellefort, et la capacité d'exécution incroyablement rapide et minutée de l'homme d'action.

» Regardons les choses sous le bon angle et nous avons les réponses à toutes nos questions. Simon Doyle et Jacqueline s'étaient aimés. Comprenons qu'ils s'aiment toujours, et tout devient clair ! Simon se débarrasse de sa riche épouse, hérite de sa fortune et, en temps voulu, épouse son ancien amour. C'était très ingénieux. La persécution de Mrs Doyle par Jacqueline faisait partie du plan. La prétendue colère de Simon aussi... Et pourtant... il faisait des faux pas. Un jour, il m'a fait un discours sur les femmes possessives – un discours très amer. J'aurais dû comprendre qu'il parlait de sa femme et non de Jacqueline. Il y avait également sa manière de se conduire avec sa femme. Un Anglais quelconque comme Simon Doyle, et qui a du mal à s'exprimer, est très gêné d'avoir à faire des démonstrations d'affection en public. Simon n'est pas un très bon comédien. Dans son rôle de mari plein d'adoration, il en faisait trop. Et puis, il y avait aussi cet entretien que j'avais eu avec Mlle Jacqueline quand elle avait prétendu que quelqu'un nous écoutait et que je n'avais vu personne. Et il n'y avait personne ! Cela devait servir plus tard à nous lancer sur une fausse piste. Et puis une nuit, sur ce bateau, j'avais cru entendre Simon et Linnet parler devant ma porte. « Il faut en finir une bonne fois pour toutes », disait l'homme. C'était bien Simon Doyle, mais c'était à Jacqueline qu'il parlait.

» Le dernier acte du drame avait été parfaitement réglé et minuté. Une potion soporifique pour moi, pour éviter que je n'aille mettre mon nez où il ne fallait pas. Le choix de miss Robson comme témoin de la scène d'hystérie et de remords exagérés de Mlle de Bellefort. Celle-ci faisait beaucoup de vacarme afin qu'on n'entende pas la détonation. En vérité, c'était une idée de génie. Jacqueline déclare qu'elle a tiré sur Doyle. Miss Robson le confirme, Fanthorp aussi, et lorsqu'on examine la jambe de Mr Doyle, on constate effectivement qu'il a été blessé par balle. C'est imparable ! Tous les deux ont un alibi parfait, au prix il est vrai d'une certaine dose de risque et de souffrance pour Simon Doyle, mais il était indispensable que sa blessure le rende impotent.

» C'est alors que le mécanisme se détraque. Louise Bourget ne dormait pas. Elle est remontée sur le pont-promenade et a vu Simon Doyle courir jusqu'à la cabine de sa femme et en revenir. Le lendemain, il lui a été facile de reconstituer ce qui s'était passé. Par cupidité, elle décide alors de se faire acheter son silence, sans se douter qu'elle signe ainsi son arrêt de mort.

— Mais Mr Doyle n'a pas pu la tuer, *elle* ! objecta Cornelia.

— Non, c'est sa partenaire qui s'en est chargée. Dès qu'il a pu, Simon a demandé à voir Jacqueline. Il m'a même prié de les laisser seuls. Il lui a fait part de ce nouveau danger. Il fallait agir tout de suite. Il savait où Bessner rangeait ses scalpels. Son crime accompli, Jacqueline a nettoyé le scalpel, l'a remis en place, après quoi, en retard et hors d'haleine, elle s'est précipitée dans la salle à manger.

» Mais rien ne va encore, car Mrs Otterbourne a vu Jacqueline entrer dans la cabine de Louise Bourget. Et elle accourt ventre à terre pour raconter ça à Simon : c'est Jacqueline la meurtrière ! Vous souvenez-vous comme Simon s'est emporté contre cette pauvre femme ? Ce sont les nerfs, avons-nous pensé. Mais la porte était ouverte et il essayait de prévenir sa complice. Celle-ci l'a entendu et a agi comme l'éclair. Elle s'est souvenue que Pennington avait parlé d'un revolver. Elle est allée le chercher, s'est approchée de la porte à pas de loup, a écouté et, au moment crucial, elle a tiré. Elle s'était vantée un jour d'être bonne tireuse et ce n'était pas parole en l'air.

» L'auteur de ce troisième meurtre avait pu s'enfuir dans trois directions : il avait pu aller vers l'arrière du bateau – dans ce cas, Tim Allerton était l'assassin – il avait pu passer par-dessus la rambarde – c'était très improbable – et il avait pu entrer dans une cabine. Or la cabine de Jacqueline n'était qu'à deux portes de celle du Dr Bessner. Elle n'avait eu qu'à laisser tomber le revolver, se précipiter dans sa cabine, ébouriffer ses cheveux et se jeter sur son lit. C'était risqué, mais c'était sa seule chance.

Il y eut un silence, puis Race demanda :

— Qu'est devenue la première balle que Jacqueline a tirée sur Doyle ?

— Elle a dû se loger dans la table. On y remarque un petit trou récent. Je pense que Doyle a eu le temps de l'extraire avec un canif et qu'il l'a jetée par la fenêtre. Bien sûr, il avait sur lui une cartouche supplémentaire, ce qui laisserait croire qu'on avait tiré *deux* coups, seulement deux coups.

— Ils ont pensé à tout ! soupira Cornelia. C'est... c'est horrible !

Poirot se tint coi. Mais cette réserve soudaine n'avait rien à voir avec un quelconque élan de modestie. Ses yeux semblaient dire : « Pensé à tout ? Vous vous trompez. Ils n'ont pas compté avec Hercule Poirot... »

— Et maintenant, docteur, dit-il à haute voix, allons échanger quelques mots avec votre patient.

30

Bien plus tard dans la soirée, Hercule Poirot alla frapper à la porte d'une cabine.

— Entrez ! répondit une voix – ce qu'il fit aussitôt.

Jacqueline de Bellefort était dans un fauteuil. Dans un autre, à côté de la porte, trônait une imposante stewardess.

Jacqueline observa Poirot d'un air songeur.

— Elle peut s'en aller ? demanda-t-elle en désignant la stewardess.

Poirot fit un signe de tête à la femme qui sortit. Il prit son fauteuil et le tira près de Jacqueline. Aucun d'eux ne soufflait mot. Poirot paraissait triste.

— Et voilà, la boucle est bouclée, finit par déclarer la jeune fille. Vous avez été trop malin pour nous, monsieur Poirot.

Poirot soupira et écarta les bras. Il restait étrangement muet.

— Toutefois, reprit Jacqueline en réfléchissant, je ne vois pas ce que vous pouvez prouver. Vous avez deviné juste, bien sûr, mais si nous avions bluffé...

— Cela n'avait pas pu se passer autrement, mademoiselle.

— C'est peut-être une preuve suffisante pour un esprit logique, mais je ne crois pas qu'elle aurait pu convaincre un jury. Oh ! et puis ce qui est fait est fait. Vous avez attaqué Simon bille en tête et il s'est écroulé comme un jeu de quilles. Il a complètement perdu la tête, le pauvre chou, et il a tout avoué. C'est un mauvais perdant, ajouta-t-elle en secouant la tête.

— Mais vous, mademoiselle, vous êtes bonne perdante.

Elle éclata soudain d'un petit rire étrange, gai et plein de défi.

— Oh, oui ! Je suis bonne perdante !

Elle le regarda et lança, impulsive :

— Ne vous bilez pas tant, monsieur Poirot ! Pour moi, je veux dire. Parce que vous vous inquiétez, n'est-ce pas ?

— Oui, mademoiselle.

— Mais il ne vous serait pas venu à l'idée de me laisser filer ?

— Non, répondit posément Poirot.

Elle approuva d'un signe de tête.

— Bon, inutile de faire du sentiment. Je serais bien capable de recommencer... je ne suis plus inoffensive. Je le sens moi-même... Tuer, c'est si facile... de tuer.

On se met à penser que cela n'a aucune importance... qu'on est seul à compter !... C'est dangereux, ça.

» Vous avez fait pour moi ce que vous avez pu, reprit-elle avec un petit sourire. Cette nuit-là, à Assouan, vous m'avez dit de ne pas ouvrir mon âme au mal... saviez-vous alors ce que j'avais en tête ?

— Je savais seulement que ce que je disais était vrai.

— C'était vrai. À ce moment-là, j'aurais encore pu renoncer, vous savez. J'ai d'ailleurs failli le faire... J'aurais pu dire à Simon que j'abandonnais... Mais alors, peut-être que...

Elle s'interrompit.

— Voulez-vous que je vous raconte tout ? Depuis le début ?

— Si vous en avez envie, mademoiselle.

— Je crois bien que j'ai effectivement envie de tout vous dire. C'est très simple, en vérité. Simon et moi, nous nous aimions...

C'était l'énoncé d'un fait, mais sous la légèreté du ton on entendait comme des échos...

— Et pour vous, l'amour suffisait, dit Poirot. Mais pas pour lui.

— On peut voir les choses comme ça. Mais vous ne comprenez pas du tout Simon. Il a toujours eu une envie folle d'avoir de l'argent. Il aime tout ce que l'argent procure – les chevaux, les yachts, la chasse – toutes choses agréables et dont un homme se doit de raffoler ! Et il n'a jamais pu se les offrir. C'est un être effroyablement fruste, Simon. Ce qu'il désire, il le désire comme le fait un enfant : tout de suite, et de toutes ses forces.

» Et malgré cela, il n'a jamais cherché à épouser un laideron ou une vieillarde bourrée de galette. Ce n'est pas son genre. Et puis nous nous sommes rencontrés et... et tout a été réglé, en quelque sorte. Seulement, nous ne savions pas quand nous pourrions nous marier. Simon avait eu une situation convenable, mais il venait de la perdre. Par sa propre faute, en un sens. Il s'était livré à une petite embrouille financière, et le pot aux roses avait été découvert aussitôt. Je ne crois pas qu'il pensait faire quelque chose de malhonnête. Il croyait que c'était comme ça qu'on menait les affaires dans la City.

Poirot sourcilla mais retint sa langue.

— Nous en étions là quand j'ai pensé à Linnet et au domaine qu'elle venait d'acquérir, et je me suis précipitée chez elle. Vous savez, monsieur Poirot, j'aimais beaucoup Linnet, c'est vrai. C'était ma meilleure amie, et je n'aurais jamais cru que quelque chose pourrait nous séparer. J'ai seulement pensé que c'était une chance qu'elle soit riche. Cela changerait tout si elle donnait un emploi à Simon. Et elle a été charmante à ce propos, elle m'a tout de suite demandé de lui amener Simon. C'est à ce moment-là que vous nous avez vus *Chez ma Tante*. Nous fêtions l'événement, sans en avoir vraiment les moyens.

Elle s'interrompit, soupira et poursuivit :

— Ce que je vais vous dire maintenant, monsieur

Poirot, est l'exacte vérité. Que Linnet soit morte n'y change rien. Voilà pourquoi je ne suis pas vraiment triste pour elle, même maintenant. Elle a tout fait pour me prendre Simon. C'est la vérité pure ! Je ne pense pas qu'elle ait hésité plus d'une minute. J'étais son amie, mais elle s'en fichait pas mal. Elle lui a foncé dessus tête baissée.

» Simon, lui, s'en souciait comme d'une guigne. Je vous ai beaucoup parlé de son charme ensorcelant mais, bien sûr, ce n'était pas vrai. Elle ne plaisait pas à Simon. Il la trouvait belle, mais terriblement autoritaire, et il déteste les femmes autoritaires. Il était affreusement gêné par toute cette histoire. Cependant, il était très sensible à son argent...

» Je m'en suis aperçue, bien sûr... Et j'ai même fini par lui suggérer de se débarrasser de moi et d'épouser Linnet. Mais il en a repoussé l'idée. Il prétendait qu'argent ou pas, ce serait l'enfer d'être marié avec elle. L'argent, il le voulait à lui, il ne voulait pas d'une femme riche qui tiendrait les cordons de la bourse. « Je serais une espèce de prince consort », répétait-il. Et il disait aussi que moi seule je lui plaisais...

» Je crois connaître le moment où l'idée a germé dans sa tête. Un jour, il m'a dit : « Si j'étais un tant soit peu veinard, je l'épouserais et elle mourrait au bout d'une année en me laissant tout le paquet », et j'ai vu une lueur bizarre scintiller dans son regard. Il y pensait pour la première fois...

» Il s'est mis à beaucoup parler des avantages à

tirer de la mort de Linnet. Comme je lui disais que c'était une idée abominable, il a fini par se taire. Mais un jour, je l'ai surpris en train de se documenter sur l'arsenic. Je l'ai accusé, alors il a éclaté de rire et m'a dit : « Qui ne risque rien n'a rien. C'est sans doute la seule fois de ma vie où je serai aussi près de décrocher le gros lot ! »

» Et puis, j'ai compris qu'il était décidé. Et cela m'a épouvantée – tout bonnement épouvantée. Car, voyez-vous, je savais qu'il ne s'en tirerait pas. Il est aussi naïf qu'un gosse. Il est incapable de subtilité et n'a pas une once d'imagination... Il lui aurait probablement fait ingurgiter de l'arsenic, convaincu que les médecins conclueraient à une mort par gastrite. Pour lui, tout finit toujours par s'arranger.

» J'ai donc été obligée de participer à son projet, afin de le protéger.

Elle avait dit ça avec une simplicité absolue et une entière bonne foi. Pour Poirot, il ne faisait aucun doute que c'était bien là son mobile. Personnellement, elle ne convoitait pas l'argent de Linnet, mais elle aimait Simon, elle l'aimait au-delà de toute raison, au-delà de l'honnêteté, au-delà de la pitié.

— J'ai beaucoup réfléchi et j'ai essayé d'échafauder un plan, reprit-elle. Il devait reposer, à mon avis, sur un alibi à deux. Il fallait que Simon et moi témoignions l'un contre l'autre, mais qu'en fait ce témoignage nous lave mutuellement de tout soupçon. Il ne m'était pas difficile de faire croire que je haïssais

Simon. C'était même logique étant donné les circonstances. Par conséquent, si Linnet était tuée, je serais probablement soupçonnée. Alors autant s'arranger pour que les soupçons pèsent tout de suite sur moi. Nous avons tout combiné, point par point. Si les choses tournaient mal, je voulais que Simon soit épargné, que tout retombe sur moi.

» La seule chose qui me faisait plaisir, c'était de ne pas avoir à agir moi-même. Je n'aurais pas pu ! Je n'aurais pas pu la tuer de sang-froid pendant son sommeil. Je ne lui avais pas pardonné, vous savez, et j'aurais sans doute été capable de la tuer en face, mais pas de cette façon-là.

» Nous avions tout minutieusement préparé. Mais, même comme ça, il a fallu que Simon s'amuse à tracer un J avec du sang, ce qui était stupidement mélodramatique. C'est typique du genre de chose qui peut lui venir à l'idée. Mais, en fin de compte, tout s'est bien passé.

— Oui, dit Poirot. Ce n'est pas votre faute... si Louise Bourget n'arrivait pas à dormir cette nuit-là... Et ensuite, mademoiselle ?

Elle le regarda bien en face.

— Oui, c'est assez atroce, n'est-ce pas ? Je n'arrive pas à croire que... que c'est moi qui ai fait ça. Je comprends maintenant ce que signifie ouvrir son âme au mal... Vous connaissez la suite. Louise a fait comprendre à Simon qu'elle savait. Simon vous a prié d'aller me chercher. Dès que nous nous sommes retrouvés seuls, il m'a exposé la situation. Et il m'a dit ce que je devais faire. Cela ne m'a même pas horrifiée. J'avais peur... mortellement peur... Voilà ce que le crime fait de vous. Tout allait bien pour nous, très bien, si ce n'était cette misérable Française qui voulait nous faire chanter. J'ai fait semblant d'accepter. Je lui ai apporté tout l'argent que nous avons pu rassembler. Et alors, pendant qu'elle comptait les billets, je... je l'ai fait ! Cela n'a pas été difficile. Voilà ce qui est le plus effrayant... C'est si facile...

» Mais nous n'étions pas encore sortis d'affaire. Mrs Otterbourne m'avait vue. Triomphante, elle s'est précipitée à votre recherche. Je n'ai pas eu le temps de réfléchir. J'ai agi comme l'éclair. C'était presque excitant. Je jouais notre va-tout, cette fois... Cela n'en était que meilleur...

Elle s'interrompit de nouveau.

— Vous vous rappelez que vous êtes venu dans ma cabine après cela ? Vous m'avez dit que vous ne saviez pas trop ce qui vous avait amené. J'étais si malheureuse, si terrifiée... Je croyais que Simon allait mourir...

— Et moi... je l'espérais, dit Poirot.

Jacqueline hocha la tête.

— Oui, cela aurait été préférable pour lui.

— Ce n'est pas ce que je pensais.

Jacqueline le regarda. Il avait le visage grave.

— Ne vous inquiétez pas, monsieur Poirot, dit-elle doucement. Après tout, la vie a toujours été dure pour moi ! Si nous avions réussi, j'aurais été heureuse, j'aurais profité de tout et n'aurais sans doute jamais rien regretté. Comme ça... Ma foi, il faudra bien s'en accommoder.

» Je suppose que la stewardess est là pour m'empêcher de me pendre ou d'avaler une capsule d'acide prussique tombée du ciel, comme dans les romans. Mais ne craignez rien. Je ne le ferai pas. Ce sera moins pénible pour Simon si je suis là.

Poirot se leva. Jacqueline se leva aussi.

— Vous vous souvenez, dit-elle en souriant tout à coup, quand je vous ai confié que je devais suivre mon étoile ? Vous m'avez fait remarquer que c'était peut-être une fausse étoile et je vous ai répondu : « Ça pas bonne étoile, m'sieur. Cette étoile, tomber ! »

Poirot sortit sur le pont, son rire encore dans les oreilles.

31

L'aube pointait lorsqu'ils arrivèrent à Shellal. Sinistres, les rochers descendaient jusqu'à la rive.

— Quelle sauvagerie, ce pays, murmura Poirot.

— En tout cas, dit Race qui contemplait le spectacle à ses côtés, nous avons fait notre travail. J'ai donné des ordres pour que Richetti soit débarqué le premier. Je suis bien content que nous l'ayons coincé, vous savez. C'est une véritable anguille. Il nous a filé entre les doigts des dizaines de fois !

» Il faut que nous nous procurions une civière pour Doyle, poursuivit-il. Étonnant, la façon dont il s'est effondré, non ?

— Pas vraiment, répondit Poirot. Ce type de criminels enfantins est généralement très vaniteux. Une fois crevée leur bulle d'amour-propre, il n'y a plus personne. Ils lâchent prise, comme des gosses.

— Il mérite la corde, décréta Race. C'est une crapule sans pitié. Je suis navré pour la fille, mais nous n'y pouvons rien.

Poirot secoua la tête.

— On prétend que l'amour excuse tout, mais c'est faux... Les femmes qui tiennent à un homme comme Jacqueline tenait à Simon sont redoutables. La première fois que je l'ai vue, j'ai pensé : « Elle l'aime trop, cette petite. » Et c'est bien vrai.

Cornelia Robson vint soudain les rejoindre.

— Oh ! Mais nous sommes presque arrivés ! dit-elle.

Puis, au bout de quelques instants, elle ajouta :

— Je suis allée la voir.

— Mlle de Bellefort ?

— Oui. Je me suis dit que ça devait être horrible d'être enfermée avec cette stewardess. Mais je crois que cousine Marie est furieuse contre moi.

Miss Van Schuyler louvoyait lentement dans leur direction. Elle avait l'œil venimeux.

— Cornelia ! lança-t-elle. Ta conduite est inqualifiable ! Je vais te renvoyer tout droit chez toi !

Cornelia prit une longue inspiration.

— Je suis désolée, cousine Marie, mais je ne rentrerai pas à la maison. Je vais me marier.

— Tu deviens enfin raisonnable ! glapit la vieille demoiselle.

Ferguson déboulait de l'arrière du bateau.

— Qu'est-ce que j'entends, Cornelia ? s'écria-t-il. Ce n'est pas vrai !

— C'est tout ce qu'il y a de plus vrai, répondit

Cornelia. Je vais épouser le Dr Bessner. Il m'a deman-dée en mariage, hier soir.

— Pourquoi lui ? s'emporta Ferguson. Parce qu'il est riche ?

— Mais non ! se récria Cornelia, indignée. Parce qu'il me plaît. Il est gentil et il sait des tas de choses. Et puis je me suis toujours intéressée aux malades et aux cliniques... et, avec lui, la vie sera merveilleuse.

— Vous voulez dire que vous préférez épouser ce vieux dégoûtant plutôt que moi ? demanda Mr Fer-guson, incrédule.

— Mais oui. Vous, on ne peut pas vous faire confiance. Vivre avec vous n'aurait rien de rassurant. Et puis, il n'est pas vieux ! Il n'a même pas cinquante ans !

— Il a du ventre ! lança Ferguson, perfide.

— Et moi, j'ai le dos rond ! rétorqua Cornelia. Peu importe de quoi on a l'air. Il m'a dit que je pourrai l'aider dans son travail et qu'il m'apprendrait tout sur les névroses.

Elle s'éloigna. Ferguson se tourna vers Poirot.

— Vous croyez qu'elle parle sérieusement ?

— J'en suis certain.

— Elle me préfère ce vieux raseur pontifiant ?

— Sans aucun doute.

— Cette fille est folle, conclut Ferguson.

— C'est une femme qui a des idées personnelles, remarqua Poirot, l'œil brillant. C'est sans doute la première fois que vous en rencontrez une.

Le bateau accosta. Une corde retenait le flot des passagers. On les avait priés d'attendre avant de débarquer.

Richetti, le visage sombre, descendit à terre encadré par deux mécaniciens.

Puis, un peu plus tard, on apporta une civière. Et on transporta Simon jusqu'à la passerelle.

C'était un autre homme, craintif, effrayé, chez qui toute trace d'insouciance s'était envolée.

Jacqueline de Bellefort suivait, accompagnée d'une stewardess. N'était sa pâleur, elle n'avait guère changé. Elle s'approcha de la civière.

— Bonjour, Simon ! dit-elle.

Il lui jeta un rapide coup d'œil et retrouva un instant son expression de petit garçon.

— J'ai tout gâché ! dit-il. J'ai craqué et j'ai tout avoué ! Désolé, Jackie. Je t'ai lâchée.

Elle lui sourit.

— Ne t'en fais pas, Simon. Nous avons joué, nous avons perdu, voilà tout.

Les brancardiers soulevèrent la civière. Jacqueline se baissa pour relacer sa chaussure. Puis elle porta la main à sa jarretelle et se redressa avec quelque chose à la main.

On entendit une brève détonation.

Un spasme secoua Simon, puis il ne bougea plus.

Jacqueline de Bellefort hocha la tête. Elle resta un instant, revolver à la main, et adressa à Poirot un sourire fugitif.

Puis, comme Race bondissait vers elle, elle tourna le petit jouet brillant contre son cœur et pressa sur la détente.

Elle s'écroula, recroquevillée.

— Où diable a-t-elle pris ce revolver ? s'écria Race.

Poirot sentit une main se poser sur son bras.

— Vous le saviez ? lui demanda Mrs Allerton à voix basse.

Il hocha la tête.

— Elle possédait deux de ces revolvers. Je l'ai compris quand j'ai su qu'on en avait trouvé un dans le sac de Rosalie Otterbourne le jour de la fouille. Jacqueline était assise à sa table. Lorsqu'elle a appris qu'on allait procéder à une fouille, elle l'a glissé dans le sac de sa voisine. Plus tard, elle est allée chez Rosalie et l'a récupéré en détournant son attention avec une comparaison de rouge à lèvres. Comme leurs deux cabines avaient été fouillées la veille, on n'avait pas cru bon de recommencer.

— Vous vouliez qu'elle prenne cette porte de sortie ?

— Oui. Mais elle n'a pas souhaité la franchir seule. Et ainsi, Simon a eu une mort bien plus douce que celle qu'il méritait.

Mrs Allerton frissonna :

— L'amour a parfois quelque chose d'effrayant.

— C'est bien pourquoi la plupart des grandes histoires d'amour sont des tragédies.

Mrs Allerton posa les yeux sur Tim et Rosalie, côte

à côte dans la lumière du soleil, et dit soudain, avec émotion :

— Dieu merci, le bonheur existe aussi en ce monde.

— Comme vous dites, madame, Dieu merci.

Les passagers ne tardèrent pas à débarquer.

Plus tard, on descendit du *Karnak* les corps de Louise Bourget et de Mrs Otterbourne.

Enfin, ce fut le tour de Linnet Doyle. Et, dans le monde entier, les réseaux télégraphiques se mirent à bourdonner, pour signaler aux foules que Linnet Doyle, naguère Linnet Ridgeway, la célèbre, la belle et riche Linnet Doyle, était morte.

Sir George Wode l'apprit en lisant son journal dans son club à Londres, Sterndale Rockford à New York, Joanna Southwood en Suisse et on en discuta au bar des *Three Crowns* à Malton-under-Wode.

— Tout compte fait, conclut Mr Burnaby, perspicace, ça ne lui a pas réussi, la pauvre gosse.

Mais on cessa bientôt de parler d'elle pour se demander qui allait gagner le Grand National. Car, ainsi que le disait Mr Ferguson au même instant à Louxor, ce n'est pas le passé qui compte, c'est l'avenir.

Le Livre de Poche s'engage pour
l'environnement en réduisant
l'empreinte carbone de ses livres.
Celle de cet exemplaire est de :
355 g éq. CO_2
Rendez-vous sur
www.livredepoche-durable.fr

PAPIER À BASE DE
FIBRES CERTIFIÉES

« Pour l'éditeur, le principe est d'utiliser des papiers composés de fibres naturelles, renouvelables, recyclables et fabriquées à partir de bois issus de forêts qui adoptent un système d'aménagement durable. En outre, l'éditeur attend de ses fournisseurs de papier qu'ils s'inscrivent dans une démarche de certifi cation environnementale reconnue. »

Édité par la Librairie Générale Française - LPJ
(58, rue Jean Bleuzen 92170 Vanves)

Composition PCA
Achevé d'imprimer en Espagne par Liberduplex
Dépôt légal 1re publication septembre 2020
40.4995.2/04 - ISBN : 978-2-01-705214-2
Loi n° 49-956 du 16 juillet 1949 sur les publications destinées à la jeunesse
Dépôt légal : janvier 2022